NE LE DIS PAS À MAMAN

Paru dans Le Livre de Poche :

ILS ONT LAISSÉ PAPA REVENIR

TONI MAGUIRE

Ne le dis pas à maman

Les abus d'un père,
la trahison d'une mère...

TRADUIT DE L'ANGLAIS PAR ANNE BLEUZEN

LE LIVRE DE POCHE

Titre original :

DON'T TELL MUMMY
Publié par HarperElement, 2006.

ISBN : 978-2-253-12833-5 – 1ʳᵉ publication LGF

À Caroline

... qui a ouvert la porte et m'a encouragée à la franchir.

1

Dans ce quartier calme de Belfast, rien ne distinguait vraiment la bâtisse parmi les autres. C'était un imposant bâtiment de briques rouges entouré de jardins, en retrait de la route. Il ressemblait à n'importe quelle grande maison de famille. Je jetai une dernière fois un œil sur le papier que je tenais à la main. J'étais à la bonne adresse, le numéro sur la barrière me le confirmait.

Je ne pouvais pas repousser l'échéance plus longtemps. Je saisis mes bagages, que le chauffeur de taxi avait déposés sur le trottoir, m'engageai dans l'allée et poussai la porte.

« Je suis Toni Maguire, annonçai-je à la réceptionniste. La fille de Ruth Maguire. »

Elle me regarda d'un air étrange.

« Oui. Votre mère nous a dit ce matin que vous alliez venir. Nous ne savions pas qu'elle avait une fille. »

Non, pensai-je, cela m'aurait en effet étonnée.

« Venez, je vais vous conduire jusqu'à elle. Elle vous attend. »

D'un pas vif, elle emprunta le couloir qui menait à la chambre où se trouvait ma mère, avec trois autres personnes. Je la suivis, prenant soin de ne pas montrer mes émotions.

Quatre vieilles dames étaient assises devant leurs tables de chevet. Trois de ces tables étaient recouvertes de photos d'êtres chers ; la quatrième, celle de ma mère, était nue. Je ressentis un pincement familier. Elle n'y avait même pas mis une photo de moi bébé.

Elle était assise là, une couverture sur les genoux, les jambes sur un repose-pieds. Ce n'était plus la robuste femme que j'avais vue lors de ma dernière visite en Irlande, un an plus tôt, et qui paraissait encore dix ans de moins que son âge. C'était une vieille femme fragile, rabougrie, dont la maladie avait manifestement atteint sa phase terminale.

Ses yeux vert foncé qui avaient si souvent brillé de colère étaient à présent pleins de larmes tandis qu'elle me tendait les bras. Je laissai tomber mes sacs sur le sol et répondis à son geste. Pour la première fois depuis bien des années, ma mère et moi nous embrassâmes et mon amour pour elle, qui s'était endormi, se raviva.

« Tu es venue, Toni, murmura-t-elle.

— Je serais venue plus tôt si tu me l'avais demandé », répondis-je doucement, découvrant avec stupeur les frêles épaules qui se dessinaient sous mes mains à travers sa robe de chambre.

Une infirmière entra, s'empressa d'ajuster la couverture autour des jambes de ma mère et me demanda poliment si j'avais fait bon voyage depuis Londres.

« Pas mal, répondis-je, j'ai seulement mis trois heures de porte à porte. »

J'acceptai avec plaisir la tasse de thé qu'elle me proposa et que je fixai un moment, le temps de reprendre contenance. Je ne voulais pas que mon visage trahisse le choc que j'avais ressenti devant la fragilité de ma mère. Elle avait déjà été admise une fois à l'hospice pour un traitement anti-douleur ; mais je savais que cette visite serait la dernière.

Informé de mon arrivée, le médecin de ma mère vint se présenter. C'était un jeune homme charmant et très souriant.

« Ruth, demanda-t-il, êtes-vous heureuse que votre fille soit venue vous voir ?

— Très heureuse », répondit-elle de sa voix distinguée et aussi détachée que si elle parlait de la pluie ou du beau temps.

Il se tourna vers moi. Je notai dans ses yeux la même expression étrange que n'avait pu dissimuler la réceptionniste.

« Puis-je vous appeler Toni ? C'est ainsi que votre mère vous a appelée.

— Bien sûr.

— J'aimerais vous dire deux mots quand vous aurez fini votre thé. Venez dans mon bureau. L'infirmière vous montrera le chemin. »

Il s'en alla après avoir adressé un dernier sourire bienveillant à ma mère.

Je pris quelques minutes pour boire mon thé, car je n'étais guère pressée d'entamer un entretien que j'imaginais délicat. Je finis par aller m'enquérir de ce qu'il voulait, à contrecœur.

En entrant dans son bureau, je fus surprise de voir un autre homme assis à côté de lui. Seul son col romain témoignait de sa vocation religieuse. Je m'assis sur la seule chaise libre, regardai le médecin d'un air que j'espérais neutre et attendis qu'il entame la conversation. Quand il commença à exposer doucement la situation, mon cœur se serra. Je me rendais compte qu'on attendait de moi des réponses ; des réponses que je rechignais à donner, parce que, si je le faisais, j'allais libérer du même coup tous les démons de mon enfance.

« Le traitement de votre mère nous pose quelques problèmes, et nous espérons que vous pourrez nous aider à comprendre pourquoi. Les anti-douleur ne fonctionnent pas aussi bien qu'ils le devraient. Et pour être franc, on lui donne la dose maximale. »

Il s'interrompit, attendant une réaction qui ne vint pas. « Pendant la journée, elle réagit bien avec le personnel soignant, elle les laisse l'accompagner à la cafétéria, elle fait attention à elle et a bon appétit. Le problème, c'est la nuit. »

Il fit une nouvelle pause mais mon visage était toujours aussi impassible. Je n'étais pas encore prête à lâcher quoi que ce soit. Au bout de quelques secondes, il continua, un peu moins en confiance.

« Votre mère a des nuits très agitées. Elle se réveille extrêmement perturbée et souffre plus qu'elle ne devrait. C'est un peu comme si elle luttait contre ses médicaments. »

Oh, les heures noires, pensais-je. Je connaissais si bien ces heures où l'on ne contrôle plus ses pensées et où les souvenirs les plus sombres refont surface. Impossible alors de trouver le sommeil. On est envahi par le désespoir, la colère, la peur ou la culpabilité. Quand ça m'arrivait, je pouvais me lever, me préparer un thé, prendre un livre ou écouter de la musique. Mais ma mère, que pouvait-elle faire pour évacuer ses démons ?

« Elle a demandé deux fois à l'infirmière d'appeler le pasteur. Mais – il se tourna vers son voisin – mon ami m'a dit que, le temps qu'il arrive, elle avait changé d'avis et ne souhaitait plus lui parler. »

Le pasteur confirma par un signe de tête et je sentis deux paires d'yeux scruter mon visage à la recherche de réponses. Cette fois, ce fut le pasteur qui brisa le silence. Il se pencha sur le bureau et me demanda : « Toni, y a-t-il quelque chose que vous puissiez nous dire et qui nous aiderait à aider votre mère ? » Je perçus une réelle inquiétude dans son regard et pris soin de bien choisir mes mots.

« Je crois que je comprends pourquoi ma mère a des nuits agitées. Elle croit en Dieu. Elle sait qu'il ne lui reste plus beaucoup de temps avant de se présenter devant Lui, et je crois qu'elle a très peur de mourir. Je voudrais être utile, mais je ne peux pas faire grand-chose. J'espère pour elle qu'elle trouvera la force de vous parler. »

Le médecin avait l'air perplexe. « Vous voulez dire que votre mère a quelque chose sur la conscience ? »

Je pensai à tout ce dont ma mère pouvait se sentir coupable, et me demandai si ses souvenirs la hantaient. Je fis un effort pour ne rien laisser paraître de mes pensées, mais ne pus m'empêcher de répondre dans un soupir.

« Sans doute. Elle devrait, en tout cas. Mais je ne sais pas si elle a jamais admis avoir fait quelque chose de mal. »

Le médecin avait l'air embarrassé.

« Dans ce cas, ça a certainement une influence sur son traitement. Quand l'esprit est aussi peu serein que semble l'être celui de votre mère, les médicaments ne sont pas 100 % efficaces.

— Alors il faut mieux surveiller ma mère et son traitement », dis-je d'un ton plus sec que je n'aurais dû, tandis qu'un sentiment d'impuissance montait en moi. Là-dessus, je retournai voir ma mère.

Quand j'entrai dans sa chambre, elle me regarda dans les yeux.

« Que voulait le docteur ? » demanda-t-elle.

Je savais qu'elle savait.

« Ils m'ont dit que tu avais appelé deux fois le pasteur en pleine nuit et que tu étais très perturbée. » Puis mon courage me quitta, comme d'habitude. « Mais ce n'est pas la peine de s'inquiéter, n'est-ce pas ? »

Enfant, j'avais pris l'habitude de me plier à sa volonté : « Pas de discussion ». Cette habitude avait bel et bien résisté aux années.

Elle pleura beaucoup pendant le reste de cette première matinée. J'avais beau savoir que c'était fréquent chez des patients en phase terminale, ses pleurs me bouleversaient. J'essuyais ses larmes tendrement, comme elle l'avait fait pour moi lorsque je n'étais qu'une petite fille. Elle me manifestait plus d'affection que depuis de nombreuses années : elle voulait prendre ma main, parler et se souvenir des jours heureux. Je la regardais. C'était une vieille dame dont les derniers jours ne seraient pas aussi sereins que je l'aurais souhaité. Je me rendis compte à quel point elle avait besoin de moi.

« Combien de temps vas-tu rester ? me demanda-t-elle.

— Aussi longtemps que tu auras besoin de moi »,

répondis-je tout bas, en essayant de dissimuler ce que je pensais vraiment.

Ma mère, qui avait toujours su lire en moi, sourit. Dans un flash, je me souvins d'elle beaucoup plus jeune et des moments où nous étions si proches. Ce fut comme une décharge d'un amour passé.

« Je ne sais pas combien de temps... dit-elle avec un sourire ironique. Mais je ne pense pas que ce sera très long. »

Elle s'arrêta puis, me regardant : « Tu es venue seulement parce que tu sais que je vais mourir, n'est-ce pas ? »

Je serrai sa main et la massai doucement avec mon pouce. « Je suis venue parce que tu me l'as demandé. Je serais toujours venue si tu me l'avais demandé. Et, oui, je suis venue pour t'aider à mourir en paix, parce que je crois que je suis la seule à pouvoir faire cela. »

J'espérais qu'elle trouverait la volonté de parler à cœur ouvert, et j'ai bien cru qu'elle allait le faire, à un moment donné de ce premier jour.

Elle tira ma main vers elle et me dit : « Tu sais, Toni, quand tu étais un petit bébé, c'était la plus belle période de ma vie. Je m'en souviens comme si c'était hier. Quand tu es née, dans mon lit d'hôpital, je me sentais tellement fière de t'avoir faite, à vingt-neuf ans. Tu étais si petite et si parfaite... Je t'aimais tellement. Je voulais que tu aies une belle vie. J'ai ressenti tellement de tendresse et d'amour à ce moment-là... »

Une boule se forma dans ma gorge. Je me souvins d'avoir été enveloppée dans son amour, bien des années plus tôt. Ma mère, alors, me câlinait et jouait avec moi, elle me lisait des histoires et me bordait ; je respirais son parfum quand elle se penchait pour m'embrasser, le soir.

La voix d'une petite fille s'insinua dans ces souvenirs. Elle murmurait : « Où est passé tout cet amour, Toni ? Aujourd'hui, c'est ton anniversaire. Elle dit qu'elle se rappelle ta naissance. Elle dit à quel point elle t'aimait, et pourtant quatorze ans plus tard, elle a failli te laisser mourir. Ça, elle ne s'en souvient pas ? Elle ne pense pas que tu t'en souviennes, toi ? Est-ce qu'elle a vraiment chassé ça de son esprit ? Et toi ? »

Je tentai de faire taire la voix. Je voulais que mes souvenirs restent dans les boîtes où je les tenais enfermés depuis trente ans, sans les regarder, sans jamais y repenser, sauf quand les heures noires les laissaient s'échapper et qu'ils parvenaient à se raccrocher au wagon d'un rêve finissant. Alors leurs froids tentacules caressaient mon subconscient et faisaient remonter des images floues du passé, jusqu'à ce que je me réveille pour les chasser.

Un peu plus tard ce jour-là, j'emmenai ma mère, en fauteuil roulant, faire une promenade dans le parc. Elle avait toujours adoré créer de beaux jardins ; un peu comme si son instinct maternel, en se détachant de moi, s'était reporté sur eux.

Elle me demanda de m'arrêter devant plusieurs plantes et arbustes dont elle me donnait les noms. Elle murmura d'un air triste, davantage pour elle que pour moi : « Je ne reverrai jamais mon jardin. »

Je me rappelai être venue la voir au tout début de sa maladie. C'était lors d'un séjour en Irlande du Nord avec une amie. Profitant de l'absence de mon père, qui était allé jouer au golf, j'avais rendu visite à ma mère.

Elle m'avait montré, toute fière, une photo de son jardin avant qu'elle ne commence les aménagements – une sorte de terrain vague avec des mottes de mauvaises herbes et pas même quelques fleurs sauvages pour l'égayer.

Nous l'avions ensuite visité et quelque chose m'avait immédiatement fait sourire. À chaque anniversaire et fête des Mères, je lui offrais de nombreux plants. Elle me montra comment elle les avait repiqués, avec d'autres boutures, dans toutes sortes de récipients : de vieux éviers de cuisine, des pots en terre cuite, un abreuvoir... Cela formait une explosion de couleurs dans le patio qu'elle avait aménagé.

Ce jour-là, elle m'avait présenté tous ses arbustes.

« Celui-ci, c'est mon préféré : c'est un buddleia, m'avait-elle dit. Mais je préfère son surnom : l'arbre aux papillons. »

Comme pour justifier cette appellation, un nuage de papillons avait virevolté autour des panicules violettes de l'arbuste. Un peu plus loin, un parterre de roses exhalait un arôme entêtant. Leurs pétales arboraient des nuances allant du blanc crème au rose intense. Un peu plus loin encore se trouvaient les lys adorés de ma mère. Et une autre parcelle du jardin mêlait fleurs sauvages et cultivées.

« Si elles sont belles, ce ne sont pas des mauvaises herbes », avait-elle plaisanté.

Les chemins étaient recouverts de galets, avec des arches en fil de fer autour desquelles le jasmin et le chèvrefeuille avaient appris à se déployer. Au pied d'une de ces arches nichait une ribambelle de nains de jardin. Elle les appelait « ma petite part d'absurde ».

Elle semblait si heureuse et sereine, ce jour-là, que j'avais précieusement rangé ce souvenir dans mon album photo intérieur. Je pourrais ainsi y revenir à loisir et avec plaisir.

Le lendemain, j'étais allée lui acheter un petit abri de jardin que je lui avais fait livrer.

« Comme ça, quel que soit le temps, tu pourras profiter de ton jardin », lui avais-je annoncé, tout en sachant qu'elle n'en profiterait pas plus d'un été.

Elle avait donc créé un jardin anglais en Irlande du Nord, un pays qu'elle n'avait jamais considéré comme le sien et où elle s'était toujours sentie étrangère.

En me remémorant ce souvenir, je me sentais si triste pour elle – ma pauvre mère qui avait rêvé sa vie et en avait fait sa réalité.

Une part de moi était contente d'être avec elle à l'hospice, malgré sa faiblesse. Finalement, je parvenais à passer du temps seule avec elle, un temps qui s'amenuisait minute après minute.

Ce soir-là, j'aidai le personnel à la coucher, la coiffai et l'embrassai sur le front.

« Je vais dormir dans la chaise à côté de ton lit, lui dis-je. Je ne serai pas bien loin. »

Quand l'infirmière lui eut donné ses somnifères, je m'assis près d'elle et tins sa petite main fragile. Sa peau, striée de veines bleues, était presque transparente. Quelqu'un l'avait manucurée : les ongles étaient bien limés et recouverts d'un vernis rose pâle. Rien à voir avec les ongles terreux qu'elle arborait lors de ma précédente visite.

Quand elle se fut endormie, je pris un roman de Mavis Cheek et m'installai au salon. La tristesse m'envahit à la pensée que la mère que j'avais tant aimée était en train de mourir. Malgré tout le mal, toutes les choses qu'elle avait faites, j'étais triste qu'elle n'eût jamais été heureuse. Je pleurais la relation que j'avais toujours voulu vivre avec elle mais qui, à part dans ma plus tendre enfance, m'avait toujours été refusée.

Je ne parvins pas à lire mon roman, cette nuit-là, incapable de contrôler mes souvenirs. Mon esprit revenait sans cesse à ces jours heureux passés avec elle, où je me sentais aimée et protégée – le soleil avant la nuit.

Antoinette, la petite fille, vint à moi dans ce moment particulier de l'aube où les rêves nous ont quittés mais où la conscience est toujours endormie. Vêtue de gris, son visage blanc comme l'ivoire luisait sous sa frange brune.

« Toni, murmura-t-elle, pourquoi ne m'as-tu jamais permis de grandir ?

— Laisse-moi tranquille », criai-je en silence, tentant de la repousser de toutes mes forces.

J'ouvris les yeux. Seuls quelques grains de poussière flottaient dans l'air. Mais quand je pris mon visage dans mes mains, c'étaient mes larmes d'enfant qui coulaient.

« Toni, murmura-t-elle, laisse-moi te raconter ce qui s'est vraiment passé. Le moment est venu. »

Je savais qu'Antoinette était réveillée et que je ne pourrais pas l'obliger à se rendormir comme je l'avais fait pendant toutes ces années. Je fermai les yeux et laissai la petite fille commencer à raconter notre histoire.

2

Mes premiers souvenirs remontent à une maison avec jardin, dans le Kent, où je vivais avec ma mère. Ma grand-mère, un petit bout de femme, venait souvent nous rendre visite. Dès que je l'entendais m'appeler « Antoinette, où es-tu ? », faisant mine de me chercher, je courais dans ses bras toutes affaires cessantes.

Elle avait un parfum très particulier, un mélange de poudre et de muguet, qui par la suite me fit toujours penser à elle. Quand je respirais cette odeur, je sentais tout l'amour qu'il y avait entre nous.

Les jours de beau temps, nous nous promenions dans la grand-rue de Tenterdon jusqu'à l'un des salons de thé aux poutres de chêne apparentes. J'étais apprêtée comme il se doit pour de telles sorties : je troquais mes habits de tous les jours contre une jolie robe, on me lavait les mains et le visage, et on me coiffait.

Une fois que ma mère avait choisi des talons et un sac assorti, elle mettait un peu de rouge à lèvres, se poudrait le nez, et nous étions prêtes à partir toutes les trois.

Une serveuse en tenue noire et blanche nous indiquait notre table. Ma grand-mère pouvait alors passer commande : des scones avec de la confiture et de la crème, suivis de gâteaux nappés de glaçages rose et jaune, accompagnés d'un jus de fruits pour moi et de thé pour les adultes.

Dans une robe à col droit, tête nue, ma mère bavardait aimablement avec ma grand-mère qui, quel que soit le temps, dissimulait toujours ses cheveux roux sous un chapeau. Des femmes de leur âge, vêtues de robes imprimées et coiffées de chapeaux de paille ou de toques, venaient les saluer en souriant, remarquant comme j'avais grandi ou commentant le temps qu'il faisait – un sujet qui, aux yeux de l'enfant que j'étais, semblait avoir une importance démesurée pour les adultes.

Parfois aussi nous allions rendre visite à Mrs Trivett, une amie d'école de ma grand-mère qui, pour mon plus grand bonheur, préparait elle-même ses bonbons dans son petit cottage noir et blanc. Son minuscule jardin était rempli d'hortensias framboise vif, dont la brise faisait danser les larges têtes au-dessus du petit mur de briques. J'étais fascinée par les deux nains de jardin potelés, munis de cannes à pêche, qui trônaient sous l'un des bosquets. C'est peut-être Mrs Trivett qui a transmis à ma mère le goût de ces petits compagnons.

Ma grand-mère poussait le heurtoir récemment lustré contre la porte noire et Mrs Trivett, dans son large tablier, venait nous ouvrir, libérant le doux fumet de la décoction sucrée qui deviendrait bientôt les bonbons dont je raffolais.

Elle m'emmenait dans sa cuisine pour me montrer comment elle les préparait. Sur un crochet, elle faisait pendre près de la porte de larges bandes du mélange noir et blanc, qu'elle pressait et étirait jusqu'à trois fois leur longueur. Puis Mrs Trivett les décrochait et les débitait en petits rectangles qu'elle enroulait sur eux-mêmes.

Je l'observais, fascinée, les joues pleines des échantillons qu'elle me permettait de « tester » et que je faisais rouler autour de ma langue. Quand la dernière goutte de sirop avait coulé dans ma gorge, je lui posais ma question rituelle.

« Mrs Trivett, de quoi sont faites les petites filles ? »

Je ne me lassais jamais de sa réponse.

« Antoinette, combien de fois devrai-je te le dire ? De sucre et d'épices, bien sûr, et de toutes ces bonnes choses ! »

J'éclatais de rire et elle me gratifiait d'un autre bonbon.

Certains jours, ma mère me montrait les jeux auxquels elle aimait jouer quand elle était enfant ; le genre de jeux qui traversent les âges et passent de génération en génération. On habillait des poupées et on faisait des pâtés de sable avec un petit seau et une pelle. Mais mon jeu préféré consistait à faire semblant de prendre le thé dans un service que ma grand-mère m'avait donné. Je plaçais d'abord les petites tasses et les soucoupes sur une nappe, à côté desquelles je posais la théière et un petit pot à lait. Puis je disposais avec soin des assiettes assorties. Une fois la table dressée à mon goût, des cailloux ou des fleurs faisaient office de gâteaux et d'en-cas, que j'offrais ensuite aux adultes qui jouaient avec moi ou à mes poupées. Je servais des tasses de thé imaginaire et essuyais les pseudo-miettes au coin des lèvres de mes poupées.

Non seulement ma mère avait beaucoup de temps

pour jouer avec moi, mais elle adorait m'habiller de beaux vêtements qu'elle confectionnait souvent elle-même. Elle passait des heures à broder mes corsages, comme c'était la mode à l'époque.

Elle m'avait fait photographier par un professionnel dans une de ses créations, quand j'avais trois ans. Une robe vichy bordée de blanc. Mes petites jambes dodues croisées, j'arborais un sourire confiant devant l'objectif. J'avais l'air de l'enfant choyée que je savais être alors.

Ma mère m'avait même inscrite au concours de « Miss Pears[1] » et, à sa plus grande joie, j'étais allée jusqu'en finale. Une photo souvenir trônait fièrement sur la cheminée.

Ces jours heureux où nous vivions toutes les deux étaient cependant comptés. Pendant des années, j'ai rêvé de leur retour ; mais quand mon rêve se réalisa, plus de dix ans plus tard, ce fut loin de ce que j'imaginais.

Mon père est resté dans l'armée plusieurs années après la guerre. Il ne venait nous voir que de temps à autre et chacune de ses courtes visites provoquait un branle-bas de combat à la maison. À mes yeux, c'était un visiteur de marque plutôt qu'un parent. Plusieurs jours avant son arrivée, nous faisions un grand ménage de printemps. On secouait les coussins, on cirait les meubles et on lavait les sols. La maison embaumait les odeurs de ses gâteaux et biscuits préférés. Enfin, le jour tant attendu, ma mère me parait de mes plus beaux vêtements et se mettait elle aussi sur son trente

---

1. Concours organisé à partir des années cinquante par la marque de savon Pears. (*N.d.T.*)

et un. Les yeux rivés à la fenêtre, nous attendions que la barrière s'ouvre et que retentisse la voix de mon père. Ma mère courait alors à la porte et se précipitait dans ses bras.

J'ai le souvenir d'un homme grand et séduisant. Ma mère riait de bonheur, les joues légèrement empourprées. Il nous rapportait toujours des cadeaux : des bas de soie pour ma mère, du chocolat pour moi. Ma mère les déballait délicatement et prenait soin de réserver le papier à un usage ultérieur. Pour ma part, je déchirais l'emballage en poussant des cris de joie. Notre bienveillant visiteur prenait place dans le fauteuil le plus confortable et nous regardait en souriant, savourant notre plaisir.

Pour mon quatrième anniversaire, j'ouvris un énorme paquet et découvris un gros éléphant en peluche rouge. Je le trouvais plus beau que n'importe quelle poupée. Je le baptisai Jumbo et, pendant plusieurs mois, il fut impossible de m'en séparer. Je prenais Jumbo par la trompe et le traînais dans toute la maison. Il fallait absolument que nous dormions ensemble, et il m'accompagnait dans toutes mes sorties.

Quelques mois plus tard, mon père annonça son intention de renouer avec la vie civile. Il voulait passer plus de temps avec sa femme et sa fille, nous dit-il. Quand ma mère entendit cela, son visage s'illumina et les semaines qui suivirent, son enthousiasme était palpable. Elle attendait qu'il revienne, cette fois pour de bon.

Je savais quel jour il devait arriver, grâce aux odeurs de pâtisserie et au ménage intensif qui le précédaient. Mais il ne rentra que trois jours plus tard. Cette fois, il ne nous rapportait pas de cadeaux. En quelques heures, l'atmosphère insouciante de notre foyer changea à jamais. Les tensions commencèrent dès ce jour.

Ma mère m'expliqua longtemps après que c'était à cause du goût de mon père pour l'alcool et le jeu. Sur le moment, je n'en savais rien, sinon que cette tension me mettait très mal à l'aise. En quittant l'armée, son indemnité en poche, mon père avait dépensé jusqu'au dernier sou au poker avant de rentrer chez nous. Ma mère avait espéré que l'on pourrait acheter une maison, dont elle ferait un nid confortable. Ses espoirs étaient balayés. Quand elle se confia ainsi à moi lors d'un de nos rares moments d'intimité, il me parut évident qu'elle avait vécu à l'époque la première désillusion d'une longue série.

Avec un enfant qui grandissait et pas d'argent de côté, ma mère se rendit compte qu'il fallait qu'elle trouve un travail, si elle voulait un jour pouvoir réaliser son rêve d'avoir une maison. Mais ça n'allait pas être facile. Non seulement les salaires des femmes n'étaient pas bien élevés dans la décennie d'après-guerre, mais il y avait très peu de travail. À leur retour, les soldats victorieux qui étaient restés dans l'armée pour contribuer à la reconstruction de l'Allemagne dévastée, s'étaient retrouvés confrontés au chômage massif, à la crise du logement et au rationnement. Déterminée comme elle l'était, ma mère ne se laissa pas décourager, et sa persévérance finit par payer. Elle trouva un emploi dans un garage à quelques kilomètres de la maison, pour tenir la caisse la nuit. Son salaire incluait la jouissance d'un petit appartement sombre.

Pour mon père aussi, il fut difficile de décrocher un

travail. Bien qu'il fût un mécanicien expérimenté, on lui proposa seulement de travailler à l'usine, de nuit également. Comme il n'avait pas le choix, il accepta.

Notre vie prit alors une tournure bien différente. Chaque matin, mon père rentrait fatigué et bougon, et allait directement se coucher. Ma mère, elle, avait une maison à tenir et un enfant à élever. Elle grappillait un peu de sommeil dès qu'elle le pouvait.

Ma grand-mère venait de temps en temps me chercher pour une promenade, mais elle nous rendait rarement visite. Je ne passais plus aucune journée seule avec ma mère. Le matin, je me réveillais dans ce petit appartement, serrais Jumbo contre moi et allais chercher ma mère au garage, en pyjama, encore à moitié endormie. À cette époque-là, elle ne se mit jamais en colère contre moi. Elle prenait mon petit corps plein de sommeil dans ses bras, riait et montait me recoucher.

Quelques mois avant mon cinquième anniversaire, nous déménageâmes à nouveau, cette fois pour une maison mitoyenne avec jardin. Mon père avait eu une promotion : un CDI, un meilleur salaire et des horaires moins contraignants. Le travail de nuit était épuisant pour ma mère. Désormais, pour la première fois depuis le retour de son mari, elle se dit qu'elle pourrait devenir une femme au foyer à plein temps.

La veille de mon anniversaire, dans mon lit, je me demandais quel serait mon cadeau. Toute la semaine, j'avais tourné autour de ma mère dans l'espoir qu'elle me le dise. Insensible à mes prières, elle avait ri en me disant de patienter jusqu'au jour J.

Le matin, je sautai du lit aux aurores et explorai le salon, le souvenir de Jumbo à l'esprit. Mais il n'y avait aucun paquet. Voyant mon air déçu, ma mère me dit que nous allions nous rendre chez quelqu'un ; mon cadeau était là-bas.

À peine eus-je fini mon petit déjeuner que j'étais déjà habillée et prête à partir. Main dans la main, ma mère et moi marchâmes jusqu'à l'arrêt de bus. Un bus rouge à deux étages nous emmena jusqu'au village voisin, distant de quelques kilomètres. Nous fîmes ensuite un petit bout de chemin à pied jusqu'à une maison que je n'avais encore jamais vue. J'étais perplexe. Je n'avais aucune idée de ce que pourrait être mon cadeau. À priori, c'était dans les magasins qu'on achetait les cadeaux...

Quand ma mère frappa à la porte, j'entendis un concert d'aboiements. L'excitation monta. J'aimais encore beaucoup Jumbo mais je commençais à m'en lasser. Ce que je désirais alors plus que tout, c'était un petit chien à moi. Mon rêve allait-il se réaliser ?

Une petite femme replète aux cheveux gris nous ouvrit la porte. Elle était entourée de plusieurs fox-terriers noirs à poils durs qui remuaient la queue en sautillant. Elle essaya de calmer leur chahut et nous fit entrer dans sa cuisine spacieuse. Mon excitation monta d'un cran lorsque je vis, près du poêle, un panier rempli de chiots endormis. Juste à côté, une petite créature duveteuse, avec les taches noires des adultes et des yeux mutins, titubait sur ses pattes encore tremblantes et reniflait autour d'elle de son museau noir.

Avant que ma mère ait eu le temps de demander à la dame de m'en présenter d'autres, je m'étais précipitée vers le plus audacieux des chiots. Agenouillée près d'elle, je sus tout de suite qu'elle me voulait pour maîtresse. Je la pris contre moi et respirai son odeur chaude. Sa petite langue rugueuse me léchait le visage tandis qu'elle se tortillait dans mes bras. Le courant passait entre nous. Elle devint la meilleure amie de mon enfance.

« C'est celle que tu préfères ? » me demanda ma mère.

Elle vit mon visage radieux et n'eut pas besoin d'une autre réponse.

« Alors elle est à toi. C'est ton cadeau d'anniversaire. »

J'eus le souffle coupé. Mon souhait le plus cher se réalisait. J'embrassai le petit animal sur la tête. Du haut de mes cinq ans, je voulais lui montrer tout mon amour maternel.

« Comment vas-tu l'appeler ? » demanda ma mère.

Je me souvins alors d'une autre petite créature intrépide. Un personnage que j'avais vu lors d'une merveilleuse journée à la plage quelques mois plus tôt. Ma grand-mère m'avait emmenée en train à Ramsgate, une ville côtière du Kent. Alors que nous achetions une glace, j'avais aperçu des enfants assis en ronde au soleil. Ils riaient et semblaient absorbés par un spectacle qui était hors de ma vue. J'avais tiré ma grand-mère par la manche pour l'emmener vers eux, et j'avais soudain vu les personnages de Punch et Judy[1]. Fascinée par leurs pitreries, j'étais restée clouée au sol, laissant ma glace fondre dans ma main. Je huais quand Punch attaquait Judy et poussais des cris de joie avec les autres enfants quand celle-ci lui rendait ses coups. Même quand le

---

1. Célèbre spectacle de marionnettes en Grande-Bretagne. (*N.d.T.*)

marionnettiste était venu parmi nous quémander quelque pièce, le mystère des deux petits personnages était demeuré entier à mes yeux. Je n'avais épargné aucune question à ma grand-mère, dont la patience était sans bornes, sur cet extraordinaire spectacle.

« Je vais l'appeler Judy », répondis-je.

Cet anniversaire demeura le plus beau souvenir de mon enfance.

Ma mère m'inscrivit dans une école privée. Elle m'y accompagnait chaque matin et m'attendait à la sortie de l'école, souriante. J'avais l'impression d'être une grande fille dans mon uniforme, avec mes crayons, ma gomme et mes premiers livres de classe soigneusement rangés dans le cartable en toile que je portais sur l'épaule. À l'école, je n'arrêtais pas de penser à Judy et attendais avec impatience le tintement de cloche libérateur. Arrivée à la maison, je me débarrassais de mon uniforme et avalais précipitamment mon goûter. J'avais ensuite le droit d'aller jouer une heure au ballon avec Judy. Quand ma mère estimait que nous avions dépensé l'une et l'autre assez d'énergie, elle ouvrait la porte de la cuisine et nous demandait de rentrer. Je prenais mon livre de lecture ou de calcul dans mon cartable et m'installais alors à la table de la cuisine pour travailler, tandis que ma mère préparait le dîner. Judy, épuisée, s'allongeait à mes pieds.

À Noël, ce n'était déjà plus un chiot mais une petite chienne. Avec mon argent de poche, j'achetai une laisse rouge munie d'un collier assorti. Désormais, fièrement emmitouflée dans mon manteau d'hiver bleu marine, je partais me promener avec Judy, que sa fourrure protégeait du froid. J'étais folle de joie à chaque fois que quelqu'un s'arrêtait pour l'admirer. Mon bonheur fut complet quand ma grand-mère recommença à venir nous voir régulièrement. On ne m'avait donné aucune explication sur les raisons de son éloignement. Des années plus tard, elle m'avoua qu'elle avait été consternée de nous voir nous installer au-dessus du garage, qu'elle n'avait jamais aimé mon père et qu'elle ne l'avait jamais trouvé digne de ma mère. Même si j'étais plus que d'accord avec elle à ce moment-là, il était trop tard pour s'étendre sur le sujet.

Comme moi, ma grand-mère adorait Judy qui le lui rendait bien. Elle la prenait dans ses bras, lui chatouillait le ventre et Judy lui léchait le visage, balayant au passage sa poudre parfumée.

Ma grand-mère apportait souvent des cadeaux, surtout des livres, qu'elle trouvait le temps de me lire quand ma mère était trop occupée.

Quand mes parents m'annoncèrent, en février, que nous allions déménager en Irlande du Nord, d'où était originaire mon père, l'idée de ne plus voir ma grand-mère aussi souvent me gâcha mon plaisir. Mais mon appréhension se dissipa, car elle m'assura à plusieurs reprises qu'elle viendrait souvent nous voir.

En fait, je ne la reverrais que six ans plus tard.

Nous lui écrivîmes de nombreuses lettres, qui cachaient la réalité de notre vie de famille. Elle n'oublia jamais Noël ni les anniversaires, mais la lettre tant attendue qui devait annoncer sa venue n'arriva jamais. À l'époque, je n'étais pas au courant de tous les prétextes que trouvait ma mère pour qu'elle ne vienne pas. À mes yeux, ma grand-mère devint donc peu à peu une personne qui m'avait aimée jadis.

3

Posées sur le sol, trois petites caisses à thé et une valise résumaient toute l'étendue de nos biens. Au cours des dix années qui suivirent, je les vis souvent faites et défaites, et elles finirent par devenir à mes yeux le symbole de la désillusion. À cinq ans et demi, toutefois, j'y voyais plutôt le début d'une grande aventure. La veille au soir, ma mère avait triomphalement planté les derniers clous sur la troisième caisse. Nous n'attendions plus que la camionnette et notre voyage pourrait commencer.

Mon père était parti depuis plusieurs semaines en Irlande du Nord à la recherche d'un logement convenable, et il nous avait enfin fait signe de le rejoindre. Une semaine plus tôt, sa lettre tant attendue nous était parvenue. Ma mère m'en lut des extraits. D'un air enthousiaste, elle me dit qu'il nous avait trouvé une maison à la campagne. Mais d'abord, nous irions rendre visite à sa famille qui avait très hâte de nous voir. On y resterait une quinzaine de jours, le temps que les meubles et les bagages arrivent, et l'on pourrait alors emménager dans notre nouvelle maison.

Ma mère ne cessait de me répéter que j'allais adorer l'Irlande, que ce serait une vie agréable et que j'allais aimer ma nouvelle famille. Elle était tout excitée quand elle parlait de ses projets ; on allait vivre à la campagne, créer une ferme avicole et cultiver nos propres légumes. Ses discours m'évoquaient les adorables poussins jaunes des cartes de Pâques, et mon enthousiasme fut bientôt aussi grand que le sien. J'écoutais les passages qu'elle me lisait de la lettre de mon père ; il parlait de mes cousins, de la maison à la campagne, il disait combien nous lui manquions. Le bonheur de ma mère était contagieux quand elle me décrivait la vie idyllique qui nous attendait.

La camionnette emporta nos meubles et nos bagages. Je contemplai les pièces vides avec des sentiments mêlés : j'appréhendais de quitter cet univers familier, mais j'étais impatiente de découvrir un nouveau pays.

Ma mère prit quelques bagages à main et je serrai la laisse de Judy. Un voyage de vingt-quatre heures nous attendait. Pour moi, c'était l'aventure, mais pour ma mère, ce fut sans doute une épreuve écrasante. Non seulement il fallait qu'elle me surveille et qu'elle surveille nos sacs, mais il y avait aussi Judy, une petite chienne espiègle désormais.

Un bus nous emmena jusqu'à la gare, avec ses jardinières de fleurs et ses sympathiques porteurs. On prit un train pour les Midlands, puis une correspondance pour Crewe. Depuis notre compartiment, je regardais les nuages de vapeur s'échapper de la motrice et j'écoutais le cliquetis régulier des roues, qui semblait répéter : « Nous allons en Irlande du Nord, nous allons en Irlande du Nord. »

J'avais du mal à rester assise, mais l'excitation ne

m'avait pas coupé l'appétit. Ma mère, qui ne faisait pas de dépenses inutiles, nous avait préparé un pique-nique. Je défis le papier brun sulfurisé qui emballait plusieurs sandwiches au corned-beef et un œuf dur, que j'écalai en regardant par la fenêtre. Mon déjeuner se termina par une pomme tandis que ma mère se servait une tasse de thé. Dans un autre paquet, elle avait mis des restes de nourriture pour Judy, une bouteille d'eau et un petit bol en plastique. La chienne n'en laissa pas une miette, lécha mes doigts en signe de remerciement puis s'endormit, enroulée autour de mes pieds. Quand nous eûmes terminé notre déjeuner, ma mère prit un linge humide dans un autre petit sac et me débarbouilla le visage et les mains. Puis elle se repoudra et remit un peu de son rouge à lèvres foncé favori.

La gare de Crewe avait l'air d'une grande caverne bruyante, sale et mal éclairée, bien loin des petites gares coquettes du Kent. Ma mère m'emmitoufla dans mon manteau de laine, me donna la laisse de Judy et saisit nos sacs.

Le train qui allait de Crewe à Liverpool était rempli de passagers d'humeur guillerette, dont beaucoup de militaires qui rentraient chez eux en permission. Il ne manquait pas de bras pour nous aider à ranger nos bagages sur la clayette au-dessus de nos têtes. Judy eut son lot de caresses et de compliments, ce qui me fit très plaisir. Ma ravissante mère, avec sa chevelure brune aux épaules et sa svelte silhouette, dut expliquer à plus d'un militaire entreprenant que son mari nous attendait toutes les deux à Belfast.

Munie de mon livre de coloriage et de mes crayons de couleur, je ne voulais rien rater du voyage et luttais désespérément pour garder les yeux ouverts. Mais en vain. Au bout d'une heure, je tombai de fatigue.

À mon réveil, nous étions arrivées à Liverpool. C'est à travers les tourbillons de vapeur que je vis le bateau pour la première fois : une énorme masse grise intimidante qui nous surplombait. Son ombre s'abattait sur la foule de voyageurs qui accouraient vers la passerelle pour grossir la file d'attente. Les chétives lueurs de l'éclairage public se reflétaient faiblement dans le bain d'eau poisseuse où tanguait doucement le bateau. Je n'avais encore jamais vu que les petits bateaux de pêche de Ramsgate, et j'étais très intimidée à l'idée de voyager sur un tel mastodonte. Alors que nous nous mêlions à la foule pour rejoindre l'embarcadère, je serrai un peu plus la laisse de Judy et me rapprochai de ma mère.

Une fois à bord, un steward coiffé d'une casquette blanche nous accompagna jusqu'à notre petite cabine de deuxième classe, équipée d'une chaise en bois, d'une couchette simple et d'un petit lavabo.

« Quoi, on va dormir à deux là-dedans ? » m'exclamai-je, incrédule.

Le steward m'ébouriffa les cheveux dans un éclat de rire. « Bien sûr, tu ne prends pas beaucoup de place ! »

Cette nuit-là, je me blottis contre ma mère et me laissai bercer par le roulis pendant presque tout le voyage, qui dura douze heures. Je ne fus pas sujette au mal de mer, dont souffrirent la plupart des voyageurs, comme nous le dit le garçon qui vint nous servir le petit déjeuner le lendemain matin.

Le soleil n'était pas encore levé quand nous arrivâmes à Belfast. Il fallut une nouvelle fois faire la queue pour débarquer. Certains passagers faisaient de grands signes de la main en s'appuyant contre la rambarde. Comme j'étais trop petite pour y accéder, je dus contenir mon impatience. Le bateau fit une dernière manœuvre et l'on abaissa la passerelle. Je vis alors Belfast pour la première fois.

La lueur de l'aube brillait sur les pavés humides, où de petits poneys tiraient des carrioles en bois. Une foule se pressait au pied de la passerelle, un sourire accueillant sur le visage. Les amis et les parents se retrouvaient. L'accent rugueux d'Irlande du Nord me heurtait les tympans.

Tout était si différent. Ma mère et moi cherchions mon père du regard et le vîmes en même temps : il venait vers nous avec un grand sourire. Il serra ma mère très fort contre lui et l'embrassa ; puis il me prit dans ses bras, me berça et m'embrassa bruyamment sur chaque joue. Judy renifla ses pieds d'un air méfiant et, pour une fois, ne remua pas la queue.

Il nous dit combien nous lui avions manqué, à quel point il était heureux que nous soyons là et combien tout le monde était impatient de nous voir. Il prit nos valises et nous accompagna jusqu'à une voiture.

Il l'avait empruntée, nous dit-il en nous lançant un clin d'œil, pour faire la dernière partie du voyage. Ma mère rayonna de plaisir : il avait tenu à ce qu'elle n'ait pas à prendre un train pour Coleraine, il préférait passer ces précieux moments avec nous.

On entama la dernière partie du voyage. Il lui prit la main et je l'entendis lui dire : « Tout sera différent, tu vas voir, on va être heureux ici. Ce sera bien pour

Antoinette aussi, l'air de la campagne. » Ma mère posa la tête contre son épaule et il pencha la sienne un bref moment contre elle. Ce jour-là, leur bonheur était palpable. J'avais beau n'être qu'une petite fille, j'en étais consciente.

Pour la première fois, je me sentis exclue. Mon père n'avait d'yeux que pour ma mère. Elle lui souriait, ils étaient absorbés l'un par l'autre. Tandis que je regardais le paysage, un sentiment d'appréhension germa en moi – comme si j'avais perçu un signe des changements à venir.

Je vis le profil bleu des montagnes irlandaises, dont les sommets étaient encore noyés dans la brume du petit matin. Dans ce décor sauvage, des maisons grises, carrées et trapues, si différentes des cottages noirs et blancs du Kent, venaient rompre les étendues de verdure. Dans des champs séparés par des murets de silex, je remarquai plusieurs troupeaux de moutons blottis les uns contre les autres pour se tenir chaud. Nous traversâmes de petits hameaux où une modeste maison faisait office d'épicerie pour les habitants du coin. Dans les cours boueuses de petites fermes, des cochons reniflaient le sol ; des poulets faméliques picoraient autour d'eux. Sur notre passage, des enfants nous firent des signes de la main. Je hissai Judy à la fenêtre et les saluai en retour.

Je décidai d'aimer ce que je découvrais de l'Irlande et me mis à penser à ma nouvelle famille. J'adorais ma grand-mère maternelle, qui était restée en Angleterre. Pourtant, j'avais hâte de rencontrer ma famille irlandaise. Ma mère avait tenté de me les décrire, mais je n'arrivais pas à me les représenter. Je savais qu'ils m'avaient vue tout bébé, mais je n'en gardais aucun souvenir.

Les champs laissèrent bientôt la place à de larges routes bordées de grandes propriétés avec jardin, qui débouchaient un peu plus loin sur des maisons jumelles à bow-windows, avec leurs jardins rectangulaires séparés par des haies bien entretenues. Puis nous longeâmes des rangées de maisons identiques et contiguës, avec leurs arbustes sans fleurs protégés par des murets.

Mon père nous annonça que nous n'étions plus très loin de chez sa mère, où un déjeuner nous attendait. Je me souvins que j'avais faim : le petit déjeuner remontait déjà à plusieurs heures.

Quelques minutes plus tard, toute verdure avait disparu. Les rues étaient devenues étroites et les maisons sombres. Nous nous engageâmes au milieu de petites maisons de briques rouges qui donnaient directement sur la rue. C'était là que mon père avait grandi, me dit-il, et que vivait toute sa famille. Je dressai la tête et vis une rue qui ne ressemblait à rien de ce que j'avais pu voir auparavant.

Appuyées contre la porte d'entrée de leurs maisons, des bigoudis dans les cheveux maintenus par un fichu, des femmes surveillaient des morveux qui jouaient dans le caniveau, tout en discutant avec leurs voisines d'en face. D'autres, jambes nues, en pantoufles, fumaient des cigarettes, adossées au mur. Des enfants en haillons jouaient au cricket en visant des guichets dessinés sur les murs, tandis que des chiens au pedigree douteux aboyaient rageusement en tentant d'attraper les balles. Des hommes en bras de chemise et bretelles, les mains dans les poches, déambulaient sans but, une casquette sur la tête. Un petit groupe semblait plongé dans une conversation animée.

Plusieurs chiens accoururent quand nous nous garâmes, et nous eûmes du mal à sortir de la voiture. Comme je ne savais pas s'ils étaient bien intentionnés ou pas, je pris Judy dans mes bras pour la protéger. Elle remua la queue en signe de remerciement et se trémoussa pour me faire savoir qu'elle voulait descendre. Une petite femme dodue aux cheveux blancs nous attendait, les mains sur les hanches, un grand sourire aux lèvres.

Elle donna une énergique accolade à mon père et nous ouvrit la porte. Après quelques marches raides, nous pénétrâmes directement dans le minuscule salon de la maison de mes grands-parents.

Un feu de charbon flamboyant diffusait sa chaleur dans la pièce remplie des membres de la plus proche famille de mon père. Mon grand-père ressemblait à mon père, en plus vieux et plus petit. C'était un homme râblé aux cheveux épais et ondulés coiffés en arrière. Mais les reflets auburn des cheveux de mon père étaient devenus chez mon grand-père d'un gris-jaune pâle. Comme mon père, il avait les yeux gris noisette mais quand il souriait, ses lèvres laissaient apparaître des dents jaunes et tachées, et pas le sourire éclatant de son fils aîné.

Ma grand-mère, une petite dame ronde habillée tout en noir, ramassait ses cheveux blancs en chignon. Elle avait les joues rouges comme des pommes et des yeux bleus scintillants. Elle s'affairait joyeusement autour de nous. Je fus tout de suite conquise.

« Antoinette, s'écria-t-elle, la dernière fois que je t'ai

vue, tu étais un bébé et regarde-toi, maintenant, tu es une grande fille ! »

Elle fit avancer une jeune femme qu'elle me présenta : Tante Nellie. Menue, brune aux yeux marron, Nellie était l'unique sœur de mon père.

On nous présenta ensuite ses deux jeunes frères, Oncle Teddy et Oncle Sammy. De toute évidence, ils étaient en admiration devant mon père. Il était impossible de ne pas aimer Teddy, un adolescent maigre comme un clou, aux cheveux roux, affublé d'un sourire communicatif. Avec quelques années de plus et des cheveux bruns, Sammy avait un visage plus sévère. Il semblait content de nous voir, mais son accueil fut moins démonstratif.

Teddy se proposa d'emmener Judy se dégourdir les pattes. Je lui tendis la laisse de bon cœur. Encore un peu timide parmi ces nouvelles têtes, je ne tenais pas à m'aventurer dehors aussi vite.

Ma grand-mère et Nellie s'affairaient autour de nous. On mit de la nourriture sur la table et on versa de l'eau bouillante dans une théière en aluminium.

« Et maintenant, asseyez-vous, dit ma grand-mère. Vous devez sûrement avoir faim. »

On amena des chaises autour de la table bien garnie, et tout le monde regarda ma grand-mère remplir mon assiette. Il y avait un assortiment de sandwiches, certains à la mortadelle ou au corned-beef, d'autres au beurre de poisson. Il y avait du soda-bread[1] complet et des pancakes irlandais, petits et épais, généreusement tartinés de beurre et de confiture de fraise.

---

1. Pain traditionnel irlandais au lait fermenté. (*N.d.T.*)

Puis un cake, qui devait à lui seul représenter la ration de nourriture de toute la famille. Je n'eus pas besoin d'encouragements pour me régaler dans le brouhaha de la conversation des adultes, qui bombardaient mes parents de questions.

Quand je ne pus plus rien avaler, mes yeux commencèrent à se fermer. Entre la chaleur de la pièce, le long voyage et le festin que je venais de faire, la fatigue commençait à se faire sentir. J'entendis des voix d'adultes s'exclamer sur un ton amusé que je m'étais endormie, et je sentis les bras de mon père me soulever et m'emmener jusqu'à une chambre à l'étage.

Il était plus de seize heures quand ma mère me réveilla. Encore tout ensommeillée, je me laissai faire ; elle me lava et m'habilla pour me préparer à une prochaine visite. En fait, toute la famille de mon père voulait nous rencontrer. Comme j'étais habituée à la petite famille de ma mère, composée de ma grand-mère et de quelques cousins que l'on voyait rarement, je me sentais dépassée par tous ces prénoms qu'il fallait retenir. Nous dînâmes chez mon grand-oncle, dans la même rue. Oncle Eddy et Tante Lilly, comme on me les présenta, et leurs deux filles adolescentes, Mattie et Jean, avaient préparé un repas en notre honneur. Un menu typiquement irlandais, me dit-on : de gros morceaux de poulet, du jambon blanc enrobé d'un mélange de miel et de moutarde, des œufs durs, des tomates rouge vif et des pommes de terre en robe des champs. En dessert, un diplomate maison accompagné de nombreuses tasses de thé. À nouveau, je me sentis enveloppée par la chaleur de ma famille paternelle.

Ils posèrent des questions sur notre vie en Angleterre,

sur notre voyage et sur ce que mes parents comptaient faire. Où allions-nous vivre ? Dans quelle école irais-je ? Je remarquai que la réponse de ma mère les étonna : j'irais dans une école privée, comme en Angleterre. Quelques années plus tard, je me rendis compte que seuls les élèves boursiers de Park Street, l'un des quartiers les plus pauvres de Coleraine, pouvaient aller à l'école que ma mère avait choisie pour moi.

À peine avions-nous eu le temps de répondre qu'ils entamèrent le chapitre des potins familiaux. Malgré mon jeune âge, je sentis bien que tout cela n'intéressait pas ma mère. J'avais appris à reconnaître le sourire poli qu'elle affichait lorsqu'elle s'ennuyait en société. À l'inverse, mon père, au centre de l'attention, arborait un sourire radieux ; chaque nouvelle histoire le faisait rire.

Épuisée par toute cette excitation, heureuse d'appartenir à une si grande famille, je m'endormis sereinement dans le canapé-lit de la chambre de mes parents.

Le lendemain matin, je fus réveillée par la lumière qui filtrait à travers les rideaux de la petite fenêtre. Je cherchai ma mère, mais on me dit que mes parents étaient partis pour la journée et que je devrais rester avec ma grand-mère.

Ma mère ne m'avait jamais laissée seule sans me prévenir. Je sentis à nouveau une pointe d'appréhension, comme un léger sentiment d'abandon. Je regardai ma grand-mère. La douceur de son visage suffit à balayer mes doutes.

Je fis ma toilette dans l'évier de la cuisine, pendant qu'elle me préparait une « friture d'Ulster », comme elle disait, à base de pancake, de boudin noir et d'œufs.

Dans les toilettes, qui se trouvaient à l'extérieur, je fus déçue de trouver, à la place d'un rouleau de papier toilette, des feuilles de papier journal soigneusement découpées. Quand j'en fis part à ma grand-mère, elle parut gênée et me dit qu'elle n'avait pas eu le temps d'en racheter. Ce n'est que quelques mois plus tard que je réalisai qu'un journal pouvait avoir de nombreuses fonctions, lorsqu'on vit dans la pauvreté au point de considérer le papier toilette comme un luxe inutile.

Une fois le petit déjeuner débarrassé, ma grand-mère fit bouillir de l'eau et me proposa de l'aider à faire la lessive. Dans la cour minuscule, il y avait une grande bassine en métal remplie d'une eau fumante et savonneuse. Elle y fixa une planche, prit une brosse et se mit à frotter avec force des serviettes et des chemises. Ses mains rouges et gercées étaient si différentes de celles de ma mère, blanches, aux ongles soigneusement vernis.

Je l'aidai à passer le linge dans l'essoreuse, le tenant par un bout tandis qu'elle introduisait l'autre entre les rouleaux – une opération qu'il fallait répéter plusieurs fois. Les doigts engourdis par le froid, nous étalâmes ensuite le linge sur un fil tendu entre la porte de derrière et les toilettes. Nous le hissâmes aussi haut que possible grâce au bâton de bois qui soutenait le fil. Le linge flottait dans l'air frais au-dessus de nos têtes.

Mon grand-père revint à midi, non pas du travail, comme je le pensais, mais de chez les bookmakers ou bien, s'il avait misé sur le bon cheval, du pub. Je mis la table, recouverte de papier journal, et l'on servit le déjeuner : soupe et soda-bread.

Je passai l'essentiel du week-end avec mes grands-parents. Mes parents ne revinrent qu'après mon coucher et le dimanche matin, je dus me résoudre à les laisser partir une nouvelle fois pour toute la journée. Ma mère vit ma mine déconfite et me promit que nous passerions la journée du lundi ensemble.

« D'abord, on ira t'inscrire dans ta nouvelle école, me dit-elle. Ensuite, si tu es gentille et que tu aides ta grand-mère aujourd'hui, tu auras une récompense : je t'emmènerai déjeuner quelque part. »

Ses mots m'apaisèrent et je retrouvai mon sourire. Elle me serra contre elle et s'en alla, laissant son parfum flotter dans la pièce.

Le lendemain, un timide soleil d'hiver parvint à éclairer, mais guère à réchauffer, une froide matinée. Toutefois, la perspective de passer la journée avec ma mère me faisait oublier le temps glacial.

« C'est seulement à une demi-heure de marche », me rassura-t-elle.

Après le petit déjeuner, nous marchâmes main dans la main dans les rues étroites de Park Street, traversâmes un square et prîmes des avenues arborées en retrait desquelles se dressaient de grandes maisons de briques rouges. L'école ressemblait aux autres maisons, si ce n'était la présence de courts de tennis et de bâtiments préfabriqués gris. Nous entrâmes dans le hall et nous présentâmes à l'intendant.

Quelques minutes plus tard, il nous mena jusqu'au bureau de la directrice. C'était une femme imposante, aux cheveux blancs légèrement bleutés, vêtue d'un tailleur gris presque entièrement recouvert d'une étole noire.

« Enchantée, je suis Mrs Johnston, dit-elle, tu dois être Antoinette. »

Elle parla un moment avec ma mère puis me fit passer un test de lecture. Je parvins à lire le texte sans bafouiller, malgré ma nervosité. Elle me fit un grand sourire.

« Antoinette, tu lis très bien, bien que tu n'aies passé que quelques mois à l'école. Ta mère t'a-t-elle appris à lire ?

— Non, c'est ma grand-mère, répondis-je. On lisait les bandes dessinées de Flook dans le *Daily Mail*. » Elle rit et me demanda ce que ma grand-mère m'avait appris d'autre. Je lui répondis que j'avais appris à compter en jouant aux cartes, ce qui sembla l'amuser.

« Eh bien, je crois qu'elle a le niveau, dit-elle à ma mère. Je pense que tout se passera bien. »

Ma mère avait l'air ravie et j'étais heureuse de lui faire plaisir. Après diverses formalités, Mrs Johnston nous fit visiter l'école. Pendant la récréation, je vis de petits groupes d'élèves en uniforme vert jouer dans la cour. Je me dis que j'allais être heureuse dans cette école.

Ma mère et moi marchâmes ensuite jusqu'à la ville toute proche, munies de la liste de ce qu'il fallait acheter. D'abord, mon uniforme : une robe verte, trois chemisiers blancs et une cravate verte et noire. Nous achetâmes aussi un élégant blazer vert avec un écusson blanc sur la poitrine. Ma mère me dit que c'était ma grand-mère anglaise qui me l'offrait. Puis nous allâmes à la librairie.

Encombrées de tous nos paquets, nous parvînmes toutefois à aller jusqu'à un salon de thé pour le déjeuner promis par ma mère.

« Je suis sûre que tu vas aimer ta nouvelle école », me dit-elle alors qu'on venait de nous servir. La bouche pleine d'un savoureux crumpet, je lui répondis d'un hochement de tête joyeux.

Le matin de ma première journée à l'école, je bondis de mon lit et me précipitai dans la cuisine pour me laver et prendre le petit déjeuner que ma grand-mère m'avait préparé. Mon père était déjà parti travailler et ma mère avait étalé mes nouveaux habits sur son lit. Je sentais leur odeur de neuf. Je m'habillai toute seule, mais demandai de l'aide à ma mère pour la cravate. Les cheveux brossés, tenus par une barrette, mon cartable rempli de livres sur l'épaule, je me regardai dans le miroir. Je vis une enfant heureuse, presque débarrassée de ses rondeurs de petite fille, m'adresser un sourire confiant. Je m'admirai un instant puis descendis au rez-de-chaussée. Ma grand-mère me serra dans ses bras, et ma mère et moi partîmes à pied vers l'école.

Mon institutrice me présenta à mes camarades de classe et me fit asseoir près d'une fille blonde et souriante, nommée Jenny. La matinée passa rapidement et je bénis ma grand-mère de m'avoir donné des cours particuliers. La lecture et l'arithmétique ne m'avaient posé aucun problème, et m'avaient même valu un sourire et quelques compliments de la part de mon institutrice.

Quand la cloche sonna, tout le monde se précipita dehors. Jenny me prit sous son aile. Les élèves, qui trouvaient mon nom difficile à prononcer, m'appelaient « Annie-net » dans un éclat de rire. Je savais que leurs rires étaient bienveillants et j'étais heureuse de me sentir intégrée dans le groupe. À la fin de la journée, Jenny et moi étions devenues les meilleures amies du monde. Elle semblait très fière de veiller sur une petite fille avec un drôle d'accent, et me présentait à tous les élèves. Ce coup de foudre amical me faisait vraiment chaud au cœur. Lorsque l'on entre dans l'enfance, on ressent ce besoin d'avoir un « meilleur ami ». Pour ma part, il était comblé.

Nous restâmes encore deux semaines chez mes grands-parents, puis il fut temps de déménager. Cette fois, j'avais des sentiments mitigés. J'adorais faire partie d'une si grande famille, d'autant plus que j'en étais la plus jeune, le centre d'attention. Tout le monde s'occupait de moi. Même mon grand-père, qui n'était pas bavard, discutait avec moi et me chargeait d'aller lui acheter ses cigarettes (et des bonbons pour moi) au petit commerce local. Quand personne ne le voyait, il lui arrivait même de taquiner Judy. Je savais qu'ils allaient me manquer mais d'un autre côté, j'avais hâte de découvrir la vie à la campagne et d'aider ma mère dans son projet de poulailler.

Nous trouvâmes un compromis qui me convenait ainsi qu'à mes grands-parents. À l'époque, les bus de la campagne faisaient en général deux voyages par jour : le matin, ils emmenaient les ouvriers à la ville et le soir, ils les ramenaient chez eux. On décida que le soir en sortant de l'école, je pourrais aller prendre le thé chez mes grands-parents, qui m'accompagneraient ensuite jusqu'au bus, et ma mère m'attendrait à l'autre bout de la ligne. Ma grand-mère, qui n'allait pas me revoir avant la fin des vacances de Pâques, me prépara un panier rempli de pancakes et de soda-bread, que nous rangeâmes dans la voiture avec d'autres provisions, quelques casseroles et des réserves de carburant.

Nous embrassâmes ma grand-mère, la gorge serrée, et

chargeâmes nos valises. Judy et moi serrées à l'arrière, nous partîmes vers notre nouvelle maison. Une camionnette nous suivait avec les quelques meubles que nous avions apportés d'Angleterre, et dont ma mère n'imaginait pas se séparer.

Les grandes routes devinrent des routes de campagne, puis nous prîmes un chemin de gravier bordé de haies plus sauvages, et enfin un chemin de terre qui menait à une barrière en bois.

Mon père sortit triomphalement de la voiture, ouvrit la barrière avec des effets de manches et pour la première fois, nous vîmes la maison au toit de chaume. Ce n'était pas ce que j'avais imaginé.

La fraîcheur de l'hospice me tomba sur les épaules tandis que mes souvenirs se bousculaient dans ma tête. J'étais incapable de bouger. L'inconfort de ma chaise me réveilla ; Antoinette était partie et Toni, mon moi adulte, reprit le contrôle.

Je me servis un verre de vodka, allumai une cigarette et penchai la tête en arrière en pensant au bonheur de ces lointaines années. Pourquoi donc ressentais-je comme une menace imminente ? Je n'avais pourtant rien à craindre, à l'hospice.

« Si, Toni, murmura la voix. Tu as peur de moi.

— C'est faux, répondis-je. Tu es mon passé, et j'ai réglé mon passé. »

Mais ces mots sonnaient creux. Je savais bien qu'Antoinette me poussait avec force à franchir la barrière de la maison au toit de chaume.

4

Une petite maison carrée se dressait au milieu d'une étendue de graviers largement parsemée de pissenlits. La peinture blanche écaillée laissait apparaître des zones grises plus anciennes, et des alignements de taches saumâtres descendaient des gouttières. Il y avait deux réservoirs d'eau maintenus par du fil de fer rouillé, une porte en bois cadenassée et quatre fenêtres crasseuses sans rideaux.

Deux cabanes en ruine, au toit de tôle ondulée, jouxtaient la maison. Un enchevêtrement de ronces et d'orties barrait les deux portes de la plus grande d'entre elles, dont il manquait plusieurs planches aux murs. La porte de l'autre cabane était ouverte, laissant apparaître de vieux journaux jaunis suspendus à une corde, et le siège en bois défraîchi d'un WC chimique. Un chemin de planches y menait, presque entièrement obstrué par les ronces et les mauvaises herbes. Juste devant, un parterre de bois était pourri par l'humidité.

Ma mère, je le savais, voyait mentalement les charmants cottages du Kent. Elle voyait son séduisant mari et était amoureuse d'une image fixée dans son esprit : celle d'une salle de danse où un charmeur aux cheveux auburn l'avait fait virevolter sous les regards jaloux de ses amies, plus jeunes qu'elle pour la plupart.

Ce souvenir en tête et son optimisme encore intact, elle commença à exposer ses projets. La grande cabane allait devenir un poulailler, on aménagerait un potager à l'arrière de la maison et on planterait des fleurs sous les fenêtres. Elle me prit la main et m'emmena à l'intérieur.

L'ouverture de la porte provoqua un courant d'air qui déplaça les moutons accumulés dans les coins de la pièce. Des centaines de mouches s'étaient échouées dans les vastes toiles poussiéreuses que des araignées avaient tissées autour des chevrons et des fenêtres, et de vieux excréments de souris menaient en droite ligne vers un unique placard. Les murs étaient peints en blanc, mais jusqu'à hauteur de ma taille ils étaient sombres, tachetés d'humidité.

Un poêle à tourbe de couleur noire était installé à un bout de la pièce. Le seul autre aménagement se trouvait sous une fenêtre : c'était une étagère en bois, sur laquelle était posé un saladier en métal, qui surplombait une bassine en étain.

Deux portes en vis-à-vis menaient aux chambres. Près de la porte de devant, un escalier, guère plus élaboré qu'une échelle, donnait accès au grenier. Quand nous y montâmes pour explorer l'endroit, nous découvrîmes une grande pièce sombre, où seul le chaume nous protégeait des éléments, et une odeur âcre d'humidité me fit plisser les narines.

Ma mère se mit tout de suite à l'ouvrage pour réaliser ses projets. Pendant que les hommes déchargeaient la camionnette, elle balaya vigoureusement les sols. On apporta de la tourbe pour allumer un feu et on alla chercher de l'eau dans le puits qui se trouvait en contrebas du jardin. Ma première mission fut de faire sortir toutes les grenouilles du seau ; je les posai délicatement sur l'herbe près du puits.

« Ensuite elles pourront choisir de rejoindre leur famille ou de paresser au soleil », expliqua ma mère.

Le poêle commençait à réchauffer la pièce désormais débarrassée de toutes les toiles d'araignées et garnie de meubles familiers ; ma mère fredonnait les airs qui s'échappaient de la radio. Une atmosphère plaisante se répandait maintenant dans l'ancienne pièce déserte.

On prépara du thé et des sandwiches. Je décidai d'aller m'asseoir dehors, sur l'herbe, près de Judy avec qui je partageai mon sandwich. Judy reniflait des odeurs nouvelles : son museau était saisi de petits spasmes. Sa tête penchée sur le côté, elle me lançait un regard plein d'espoir.

Le Kent semblait à des années-lumière et, comme Judy, j'avais envie d'explorer ce nouveau monde. Comme tous les adultes étaient affairés, je lui mis sa laisse rouge et nous nous éclipsâmes par la barrière. Alors que nous nous promenions sur le chemin tout proche, le soleil de ce début de printemps nous enveloppa, chassant la fraîcheur persistante du cottage. Les haies mal taillées étaient éclatantes de fleurs sauvages. Il y avait des gerbes de primevères et déjà du chèvrefeuille sauvage. Les violettes jaillissaient à travers la blanche aubépine. Je cueillis quelques fleurs et préparai un bouquet pour ma mère. De nouveaux paysages et de nouveaux bruits attiraient mon attention, et la vue d'autres fleurs me poussait à m'aventurer toujours un peu plus loin sur le chemin. Le temps s'écoulait nonchalamment.

Je m'arrêtai au bord d'un champ pour observer quelques truies imposantes, à côté desquelles trottaient des porcelets dodus. C'est à ce moment-là que j'entendis mon père crier : « Antoinette, où es-tu ? »

Je me retournai et me mis à courir vers lui en toute confiance, serrant mon bouquet de fleurs sauvages. Mais l'homme que je vis venir à ma rencontre n'avait rien du père souriant qui nous avait accueillies, ma mère et moi, à l'embarcadère. C'était un homme plein de hargne, au visage empourpré, que je reconnus à peine. Un homme qui soudain m'apparaissait immense, les yeux injectés de sang et la bouche tremblante de rage. Mon instinct me disait de m'enfuir, mais la peur me cloua au sol.

Il m'attrapa par la nuque, serra son bras autour de ma tête et la tira contre lui. Il souleva ma robe de coton au-dessus de ma taille et baissa ma culotte jusqu'aux chevilles. Une main calleuse plaqua mon corps à demi-nu contre ses cuisses, et une autre se mit à frapper mes fesses. Quelques secondes plus tard, j'entendis un craquement et ressentis une douleur piquante. Je me débattis et hurlai, en vain. La première main resserra son étreinte autour de mon cou, tandis que la seconde se levait et s'abattait sans cesse. Judy se recroquevilla derrière moi et le bouquet, désormais oublié, gisait sur le sol.

Jusqu'alors, personne n'avait jamais porté la main sur moi. Je hurlais et pleurais de douleur, d'incrédulité et de honte. Les larmes et la morve coulaient de mes yeux et de mon nez tandis qu'il me secouait. Tout mon corps tremblait de terreur.

« Ne repars jamais te promener comme ça, ma petite ! cria-t-il. Et maintenant, va voir ta mère. »

Étouffée de larmes, hoquetante, je remontai ma culotte sur mes fesses endolories. Sa main saisit mon épaule et il me raccompagna jusqu'à la maison. Je savais que ma mère avait entendu mes cris, mais elle ne dit rien.

Ce jour-là, j'appris à le craindre, mais ce n'est que l'année suivante que le cauchemar commença.

Pâques faisait son retour dans la maison au toit de chaume, et le froid du premier hiver n'était plus qu'un mauvais souvenir. Le poulailler avait été aménagé, des incubateurs avaient été installés dans ce qui était auparavant ma chambre, transférée contre mon gré dans le grenier.

Nos poules, que ma mère considérait davantage comme des animaux de compagnie que comme une source de revenus, picoraient et grattaient joyeusement dans la pelouse, dehors. Le jeune coq se pavanait au sein de son harem, exhibant son plumage chamarré, et les incubateurs étaient remplis d'œufs. Malheureusement, des lapins avaient fait un festin, à plusieurs reprises, des fleurs plantées avec espoir sous les fenêtres, et seules les pommes de terre et les carottes avaient survécu dans le potager.

Maintenant que j'avais un an de plus, les vacances rimaient avec de nouvelles tâches ménagères : débarrasser les seaux d'eau des grenouilles à l'aide d'une épuisette, trouver du petit bois pour le poêle, ramasser les œufs... Boudant les pondoirs qu'on leur avait installés, les poules de plein air cachaient leurs œufs un peu partout dans le jardin ou sous les buissons des champs voisins. Mais la plupart des poules se trouvaient dans le poulailler, et chaque jour, on remplissait des paniers d'œufs. Deux fois par semaine, l'épicier venait acheter nos œufs et nous livrer des provisions.

Chaque matin, on m'envoyait chez le fermier du coin chercher du lait dans des bidons de métal. À cette époque, personne ne se souciait de la pasteurisation. La femme du fermier m'accueillait dans sa cuisine où il faisait si bon, et m'offrait un thé au lait et du pain encore tiède.

Pendant la journée, j'étais trop occupée pour m'inquiéter du changement d'atmosphère à la maison. L'appréhension que j'avais ressentie un an auparavant était devenue une réalité. Le bonheur de ma mère était dépendant des humeurs de son mari. Sans transports en commun, sans indépendance financière, sans même une cabine téléphonique à proximité, la femme heureuse qui aimait passer du bon temps dans les salons de thé du Kent n'était plus maintenant qu'un souvenir. Judy et un Jumbo bien mal en point demeuraient les seuls témoins de ce temps passé.

À la nuit tombée, je lisais mes livres à la lueur orangée des lampes à pétrole, tandis que ma mère attendait le retour de mon père. Je me tenais tranquille, dans l'espoir de passer inaperçue.

Certains soirs, avant d'aller me coucher, j'entendais la voiture de mon père arriver. Alors ma mère bondissait, posait la bouilloire sur le poêle, servait une assiette du dîner qu'elle avait préparé et arborait un sourire de bienvenue. J'avais le ventre noué en me demandant quel père allait pousser la porte. Serait-ce le père jovial et charmant qui arrivait avec des chocolats pour ma mère et me chatouillait sous le menton ? Ou serait-ce l'homme effrayant que j'avais vu pour la première fois sur ce chemin et qui était réapparu de plus en plus souvent depuis lors ?

Le premier pouvait devenir le second pour un rien. Ma seule présence, je le savais, l'importunait. Je sentais son regard, même si je gardais les yeux rivés sur mon livre. La tension qui montait était palpable.

« Tu ne peux pas aider ta mère davantage ? » me demandait-il régulièrement.

« Qu'est-ce que tu es en train de lire ? » était une autre de ses questions récurrentes.

Ma mère, encore amoureuse de l'homme qui était venu nous chercher à Belfast, ne voyait pas la situation telle qu'elle était. Quand il m'arrivait de lui demander pourquoi mon père était si souvent en colère contre moi, elle me demandait simplement d'essayer d'être plus agréable avec lui.

Les soirs où je me couchais avant le retour de mon père, je voyais ma mère se faner au fur et à mesure de la soirée, puis j'étais réveillée par des éclats de voix au milieu de la nuit. La dispute durait jusqu'à ce que les cris de mon père, ivre, finissent par faire taire ma mère. Les lendemains matin étaient tendus ; ma mère allait et venait en silence dans la maison ; je profitais de la moindre excuse pour en sortir. Bien souvent, après ces nuits, le père jovial réapparaissait ; il me rapportait des bonbons et me demandait comment allait sa « petite fille ». Il tendait des fleurs ou des chocolats à ma mère, l'embrassait sur la joue, se rattrapait en lui offrant un bonheur fugace.

J'en vins à redouter les week-ends. Tous les vendredis, ma mère attendait son mari, souvent en vain, et leurs disputes me réveillaient. Des mots de colère, indistincts, envahissaient ma chambre. La peur me clouait au lit. Je me terrais sous les couvertures pour échapper à ce vacarme odieux.

Tous les samedis matin, étendu dans son lit avec un mal de tête qu'il s'était lui-même infligé, il ordonnait à ma mère que je lui apporte un thé. Les lèvres serrées, elle lui obéissait. Mes visites à la ferme voisine étaient désormais contrôlées ; finis le thé au lait et le pain tiède en compagnie de la gentille femme du fermier.

J'avais l'impression d'attirer la colère de mon père comme un aimant. Un jour, je revins de la ferme avec une poule naine.

« Tu peux rapporter ça d'où ça vient », me dit-il dès qu'il me vit.

Pour une fois, ma mère prit ma défense.

« Oh, laisse-la la garder, Paddy, dit-elle tendrement, en s'adressant à lui par son petit nom. Elle pourra rester dehors parmi les autres poules, et Antoinette gardera ses œufs. »

Il grommela mais n'en dit pas davantage et « June », la petite poule naine, devint mon animal de compagnie. Elle semblait avoir conscience de son statut privilégié car chaque matin, elle venait pondre un œuf dans la maison pour mon petit déjeuner.

Les fêtes pascales accordaient un peu de temps libre à mon père. Ma mère espérait que ce serait l'occasion de faire une sortie en voiture. Le vendredi de Pâques, nous l'attendîmes – moi, l'estomac serré et ma mère, pleine d'espoir. Le père jovial fit son entrée et l'embrassa sur la joue. Il me tendit un œuf de Pâques et offrit des chocolats à ma mère.

« J'ai préparé un dîner spécial, lui dit-elle. Je n'ai plus qu'à fermer le poulailler et c'est prêt. »

Elle quitta la pièce en fredonnant doucement, nous laissant seuls.

Connaissant ses sautes d'humeur, je jetai un œil prudent dans sa direction. Mais pour une fois, il souriait.

« Viens là, Antoinette », lança-t-il en tapotant le coussin à côté de lui.

Il passa un bras autour de ma taille et m'attira sur le canapé. Il mit ensuite son bras autour de mon épaule et me rapprocha de lui. Comme j'étais en demande d'affection de sa part, je me blottis contre lui. Se pourrait-il qu'il ne soit plus en colère contre moi, me demandai-je dans une lueur d'espoir.

En me lovant contre lui, je me sentis envahie par un sentiment de sécurité et de protection. J'étais si heureuse que sa tendresse se réveille enfin. Il caressa mes cheveux.

« Tu es ma jolie petite fille, Antoinette », murmurat-il tandis que son autre main commençait à me caresser le dos. Comme un petit animal, je me blottis un peu plus contre lui. « Est-ce que tu aimes ton papa ? »

Tous les souvenirs de ses colères s'évanouirent. Pour la première fois, je sentais qu'il m'aimait. J'acquiesçai joyeusement de la tête. La main sur mon dos glissa plus bas, puis continua doucement jusqu'en haut de mes jambes. Elle descendit le long de ma jupe et je sentis glisser sur mon genou la même main calleuse qui m'avait sévèrement frappée un an plus tôt. Mon corps se raidit. D'une main, il serra le haut de mon crâne de sorte que je ne puisse plus bouger, et son autre main glissa sur mon visage et me saisit le menton. Sa bouche se pencha sur la mienne. Sa langue força un chemin entre mes lèvres. Je sentis de la salive me couler sur le menton, et une odeur de vieux whisky et de cigarette m'emplit les narines. Mon sentiment de sécurité me quitta à jamais, pour laisser la place au dégoût et à la peur. Soudain, il me libéra, me prit par les épaules et me fixa du regard.

« Ne le dis pas à Maman, dit-il en me secouant légèrement. C'est notre secret, Antoinette, tu m'entends ? »

« Oui, Papa, murmurai-je. Je ne lui dirai rien. »

Pourtant, je le fis. J'avais confiance en l'amour de ma mère. Je l'aimais et elle m'aimait, je le savais. Elle lui dirait d'arrêter.

Elle n'en fit rien.

5

Je clignai des yeux, forçant mon esprit à réintégrer le présent. Je dévissai une nouvelle fois le bouchon, me servis le reste de vodka et allumai une autre cigarette.

« Tu te souviens, maintenant ? murmura Antoinette. Tu crois vraiment que ta mère t'aimait ?

— Bien sûr, protestai-je.

— Mais elle l'aimait encore plus, lui. » La réponse cingla.

J'avalai une bonne gorgée de vodka et inhalai une bouffée de nicotine pour essayer d'endiguer le flot de souvenirs qui tentait de se déverser en moi.

Dans les brumes de mon esprit, Antoinette brandissait une image que je ne voulais pas voir ; elle était pourtant si nette que je ne parvenais pas à la chasser.

Comme si c'était hier, je voyais la pièce de la maison de chaume, et deux personnes à l'intérieur. Une femme assise sur un canapé de chintz, une enfant debout face à elle. Les poings serrés, le regard implorant, l'enfant faisait un effort immense pour assumer cette confrontation et cherchait les mots pour décrire l'acte d'un adulte.

C'était une semaine après le baiser. Antoinette avait attendu que son père reprenne son travail pour être seule avec sa mère. Je la voyais, croyant encore en l'amour de sa mère mais peinant à trouver les mots pour expliquer un acte qui lui était étranger. Sa manière de se tenir trahissait sa nervosité et l'irritation de sa mère grandissait à chaque fois qu'un nouveau mot franchissait ses lèvres. La fidèle petite Judy, qui sentait que quelque chose allait mal, se tenait à côté de l'enfant à qui elle lançait des regards pleins de compassion canine.

À nouveau, je sentis la colère s'embraser en un éclair dans les yeux de la mère. Cette fois, à travers mes propres yeux d'adulte, je comprenais qu'elle cachait une autre émotion. Mais laquelle ? J'interrogeais cette image du passé, je cherchais des indices. Et je compris. C'était la peur. Elle était effrayée par ce qu'elle était sur le point d'entendre.

À six ans et demi, Antoinette n'y avait vu que la colère. Ses frêles épaules s'étaient affaissées, son visage exprimait des sentiments mêlés de confusion et de douleur car son dernier rempart s'était effondré : sa mère n'avait pas l'intention de la protéger.

J'entendis à nouveau la voix de sa mère lui ordonner de « ne plus jamais, jamais parler de cela, compris ? ».

J'entendis Antoinette répondre : « D'accord, Maman. »

L'engrenage avait commencé. Son silence était acquis et la voie était désormais libre pour ce qui devait suivre.

« Tu vois, tu lui as dit, tu lui as dit », murmura la voix qui me torturait.

Pendant des années, j'avais rejeté l'image de la confidence faite à ma mère. Je l'avais évacuée de force de mon esprit. J'avais obligé Antoinette, cette enfant apeurée, à disparaître et elle avait emporté mes souvenirs avec elle. Je me rendis compte, à mon grand dam, que ma mère avait toujours su quels étaient les sentiments de mon père envers moi. Comment l'enfant aurait-elle pu décrire ce baiser, s'il n'avait pas réellement eu lieu ? Il était impossible qu'elle l'eût inventé. À cette époque, à la campagne, il n'y avait ni télévision ni magazines pour apprendre de telles choses à une enfant. Ma mère avait tout simplement entendu la vérité de la bouche de sa fille.

« Tu te rappelles notre dernière année, Toni, demanda Antoinette, l'année avant que tu ne me quittes ? Regarde cette image. »

Elle insinua un nouveau souvenir dans mon esprit. Cette image montrait le retour de mon père à la maison, onze ans plus tard, à sa sortie de prison. Ma mère l'attendait, assise à la fenêtre. En le voyant arriver au loin, son visage avait repris vie et elle avait couru à sa rencontre.

« Tu étais aux oubliettes, à ce moment-là. Elle ne t'a jamais pardonné, mais elle lui a pardonné, à lui. »

Je ne voulais toujours pas accepter les souvenirs qui brisaient leurs chaînes dans mon esprit. Je m'étais rendu compte depuis longtemps que la mémoire de ma mère avait fixé à jamais l'image de l'homme séduisant et charmant de sa jeunesse. Et elle restait, à ses propres yeux, une femme ordinaire ayant eu de la chance de rencontrer un tel homme.

« Et rien ni personne n'aurait pu le lui enlever, rétorqua Antoinette. Pense aux derniers mois dans la maison de chaume, et pense à ce qu'elle a fini par faire. »

Cette nuit-là, je me posai la question : est-il possible

qu'elle l'ait aimé au point de commettre la trahison suprême pour le garder ?

En allumant une autre cigarette, je me demandai si j'aurais jamais la réponse à toutes mes questions ; si j'aurais le droit à une explication. Peut-être avait-elle vécu dans le déni pendant trop longtemps, peut-être la vérité était-elle irrémédiablement enterrée pour elle.

Inondée de fatigue, je fermai les yeux un court instant et, à moitié endormie, repartis pour la maison de chaume.

En deux ans, un enchaînement de changements presque imperceptibles avait peu à peu défait le canevas de ma vie. Pour me rassurer, j'essayais d'invoquer l'image de ma grand-mère anglaise et les souvenirs d'amour et de bien-être qui baignaient les moments passés avec elle. Je me rappelais le temps où ma mère et moi vivions ensemble, les jours où elle jouait avec moi, les jours où elle me lisait mes histoires préférées au moment de m'endormir, et les jours où, tout simplement, je me sentais heureuse.

Le soir, dans mon lit, quand la détresse me nouait le ventre, j'essayais de me raccrocher à ces souvenirs fugaces, de m'imprégner de la douceur qui en émanait mais, soir après soir, ils s'éloignaient un peu plus.

Un fossé s'était creusé entre ma mère et moi, un espace froid que je ne pouvais franchir. Plus jamais elle ne s'arrangeait avec un voisin pour me faire la surprise de venir me chercher à la sortie de l'école. Plus jamais elle n'écoutait mes bavardages en souriant, et plus jamais elle ne passait des heures à me confectionner de jolis vêtements. Ma mère aimante et gaie avait cédé la place à une étrangère qui avait progressivement envahi son corps, jusqu'à ce que la mère que je connaissais ait tout à fait disparu – et cette étrangère avait peu de temps pour moi. Comme je ne comprenais pas ce que j'avais fait de mal, j'étais de plus en plus déconcertée, malheureuse et seule.

Au début des vacances d'été, ma mère m'annonça que je ne retournerais pas dans mon école, en ville. Elle m'avait inscrite à l'école du village, distante de six kilomètres. Je compris que je n'irais plus rendre visite à mes grands-parents.

Je ne pus empêcher les larmes de monter mais je ne voulais pas pleurer devant elle – j'avais déjà appris à ne pas montrer mes faiblesses. Je partis faire une balade avec Judy et, une fois à l'abri des regards, laissai couler mes larmes. Je ne verrais plus ma meilleure amie, je ne ferais plus partie de cette école dans laquelle je pensais rester des années, je ne verrais plus jamais mes grands-parents seule ; je n'aurais plus avec eux et ma famille ces conversations que j'aimais tant. C'était une perspective trop sombre pour être supportable.

Cet été-là, j'appris ce que signifie être seul, et un sentiment que j'étais encore trop jeune pour nommer s'insinua en moi : la trahison.

Septembre arriva. Ma mère m'avait souvent accompagnée à l'école, le jour de la rentrée, mais pas cette fois. Quelques jours avant mon septième anniversaire, je revêtis mon vieil uniforme sans la moindre excitation. Non seulement il y avait peu de transports en commun à cette époque, mais il n'y avait pas de transports scolaires. Les six kilomètres qui séparaient l'école de notre maison, je devrais les parcourir à pied, matin et soir.

La première fois, le chemin semblait s'allonger toujours plus à mesure que j'avançais. Seuls quelques cottages isolés ponctuaient le paysage, que je n'appréciai guère ce jour-là. Au bout d'une bonne heure, je fus presque surprise d'arriver à l'école. D'autres élèves arrivaient à vélo et à pied et je me rendis soudain compte que l'école était mixte. Jusqu'à présent, je n'avais connu que des établissements de filles. Je redressai les épaules pour être à la hauteur du défi qui m'attendait, franchis la barrière et me mis en quête d'un instituteur.

Le bâtiment n'avait rien à voir avec la jolie construction en briques rouges à laquelle j'étais habituée. C'était un bâtiment bas, gris, fonctionnel, divisé en deux salles de classe : une pour les moins de huit ans, l'autre pour les huit-onze ans. Ici, pendant la récréation, il n'y avait pas de pelouse sur laquelle jouer ; on se contentait d'une cour bétonnée, jugée suffisante pour les besoins de la centaine d'élèves qu'accueillait l'école.

À la récréation, il n'y eut aucune Jenny pour me présenter aux autres, aucun rire amical qui me donne le sentiment d'être intégrée au groupe ; dans la cour, des grappes d'enfants vêtus de différents uniformes me regardaient d'un air ouvertement suspicieux.

Les élèves, en majorité les enfants des fermiers des environs, se moquaient de mon accent anglais et de mon uniforme d'école privée. Les enseignants, quant à eux, m'ignoraient.

À l'heure du déjeuner, par groupes ou par deux, les élèves coururent bruyamment à la petite cantine ; chacun tentait de garder des places pour ses amis.

Désorientée, je cherchai un endroit où m'asseoir. Je repérai une place au bout de la table et y posai mon cartable, avant d'aller faire la queue pour être servie. Au menu : purée, bœuf et chou bouilli. Je me forçai à avaler mon déjeuner en silence. Je savais que j'étais désormais dans un autre monde, un monde où je n'étais plus « Annie-net », mais une étrangère aux yeux des autres. Mon orgueil me permit de garder mon calme devant les railleries un peu agressives des enfants. Au fil des années, j'allais m'y habituer ; mais pour l'heure, elles n'étaient pas encore très familières.

À mesure que l'été se jetait dans l'automne et que les jours raccourcissaient, ma marche de six kilomètres pour rentrer à la maison semblait plus longue chaque soir.

Peu à peu, ma peur du noir s'accentua et le crépuscule, avec toutes ses ombres, devint un ennemi. J'essayais de marcher plus vite, mais mon cartable rempli de livres pesait davantage à chacun de mes pas. Mi-octobre, la nuit s'invita très tôt et le vent débarrassa les arbres de leurs dernières feuilles. En novembre, je dus faire face à un nouvel ennemi : la pluie. Tête baissée, j'affrontais les averses en sachant que le lendemain matin, mon manteau serait encore humide quand je repartirais. Au fil des semaines, la petite fille vive et assurée que j'étais encore quelques mois plus tôt avait disparu. Quand je me regardais dans une glace, je voyais une petite fille négligée et amaigrie. Une petite fille aux vêtements froissés, aux cheveux raides et ternes, une enfant dont on ne s'occupait pas, dont le visage montrait l'acceptation impassible des changements de sa vie.

À mi-chemin entre l'école et la maison, il y avait un magasin. Comme beaucoup de bâtiments éparpillés dans les environs, il était conçu pour résister au climat irlandais et non pas pour valoriser le paysage. C'était une construction trapue, avec un sol en béton et un comptoir en bois tout simple, derrière lequel étaient installées de nombreuses étagères. On y vendait tout ce dont les paysans des environs pouvaient avoir besoin : de l'huile pour les lampes, du soda-bread, du jambon fumé...

Les femmes n'y venaient pas seulement pour acheter des provisions, mais pour échapper quelques minutes à leurs maris et profiter d'un peu de compagnie féminine. Sans transports en commun, avec une électricité limitée et, dans beaucoup de cas comme chez nous, même pas d'eau courante, les journées étaient longues et pénibles pour les femmes. Elles ne sortaient de chez elles que rarement, sauf le dimanche où la communauté de fervents protestants ne manquait presque jamais l'office.

La propriétaire du magasin, une femme aimable, m'accueillait toujours avec un sourire. Dès que je voyais le magasin, j'accélérais le pas, car là-bas je pouvais m'abriter du froid et apprécier une présence amicale. Elle m'offrait une orangeade et parfois même un scone à peine sorti du four, dégoulinant de beurre fondant. Après la morosité de ma journée d'école, la gentillesse de cette femme me réchauffait le cœur et me donnait du courage pour affronter la seconde moitié de mon trajet.

Un de ces rares jours où le soleil hivernal parvient à chasser les ombres du crépuscule, une petite chienne noire et blanche, qui ressemblait à un petit colley, était attachée derrière le comptoir. Avec sa pelure mate et un bout de corde autour du cou, elle avait l'air aussi négligée et en manque d'affection que moi. Je me penchai pour la caresser ; elle se recroquevilla en gémissant.

« Mon fils l'a sauvée de chez son ancien propriétaire, commenta la commerçante. Elle a été frappée, battue et même plongée dans les toilettes, pauvre petite. Une telle cruauté envers un petit chien... Je leur botterais les fesses ! Qui peut bien faire des choses pareilles ? Il faut que je lui trouve un endroit où elle sera bien. Je suis sûre qu'elle a juste besoin d'amour. »

La petite chienne me lança un regard plein d'espoir.

Je m'agenouillai et posai ma tête contre son poil soyeux. Je savais ce que c'était, d'avoir besoin d'amour... Une féroce volonté de la protéger m'envahit. Cinq minutes plus tard, après un scone et une orangeade, je repris mon chemin en compagnie du petit animal, tout juste baptisé Sally. Ce jour-là, la seconde moitié du trajet me parut bien plus gaie. Je m'arrêtai souvent pour répéter à Sally que plus personne ne lui ferait de mal, que je l'aimerais et que Judy allait devenir sa nouvelle amie. Son instinct lui dicta d'avoir confiance ; elle semblait savoir qu'elle avait trouvé sa protectrice, car elle reprit de l'énergie et son pas s'accéléra.

Au moment où je m'engageai dans l'allée qui menait à notre maison, la lueur orangée de la lampe à pétrole brillait déjà. Je poussai la barrière et me dirigeai vers la porte d'entrée.

« Qu'est-ce que nous avons là ? » s'exclama ma mère en se penchant pour donner une caresse à ma nouvelle amie. Je lui expliquai ce que la commerçante m'avait dit.

« Je peux la garder, n'est-ce pas ? » implorai-je.

« Eh bien, difficile de la renvoyer maintenant, tu ne crois pas ? » répondit-elle.

Elle n'avait pas besoin d'en dire plus : elle était déjà en train de cajoler Sally.

« La pauvre petite », gazouilla ma mère.

À ma grande surprise, je vis qu'elle avait les yeux humides. « Comment peut-on être aussi cruel ? »

J'étais trop jeune pour percevoir l'ironie de cette scène. Je compris simplement que Sally avait trouvé une nouvelle maison.

Judy vint nous rejoindre en remuant la queue et se mit à renifler la nouvelle venue, avec ce qui me parut être une sorte de salutation amicale. C'était comme si, malgré son sens du territoire, elle avait senti que Sally ne représentait pour elle aucune menace. Elle décida immédiatement de l'accepter en tant que nouvelle compagne de jeux et nouveau membre de la famille.

Le lendemain matin, à mon grand soulagement, le père jovial fit son apparition. Sa réaction me surprit : il parut interloqué car la petite chienne, en mal d'affection contrairement à Judy, le contemplait d'un air adorable.

Désormais, lorsque je m'arrêtais à la boutique, je racontais les pitreries de Sally à la commerçante, je lui expliquais comment Judy et elle étaient devenues proches, et lui parlais même de June la poule. Quelques semaines plus tard, apprenant que les poules cachaient leurs œufs dans l'herbe haute sous les haies, elle m'offrit une jeune chèvre.

« Antoinette, me dit-elle, apporte cela à ta mère. Il n'y a rien de mieux pour garder l'herbe rase. »

J'attachai fièrement l'animal au bout d'une corde : nous aurions désormais du lait de chèvre et une herbe rase ! Je rentrai à la maison et l'offris fièrement à ma mère.

« Maintenant, on aura du lait ! » lui dis-je, tandis que les deux chiennes regardaient l'animal d'un air dédaigneux, aboyèrent à plusieurs reprises et finirent par tourner les talons.

« C'est un bouc, ma chérie, répondit-elle dans un éclat de rire. Ils ne donnent pas de lait. Cette fois, il faut que tu le rendes. »

Le lendemain matin, le petit bouc trottait une fois de plus derrière moi et me tint compagnie pendant les trois premiers kilomètres de mon trajet. Je me sentais plutôt soulagée de le rendre à la commerçante, car ma mère m'avait expliqué que ses cornes allaient devenir très grandes et qu'il pourrait être dangereux.

Pendant ces mois d'hiver, il y eut des moments vraiment chaleureux entre ma mère et moi, que je chérissais comme des trésors car je voyais bien que son attitude générale envers moi avait changé de façon inexplicable. Auparavant, elle était fière de prendre soin de sa petite fille : elle me faisait porter de jolis vêtements, elle me lavait les cheveux régulièrement et les attachait de temps à autre avec des rubans. Mais tout cela n'arrivait presque plus. Mon uniforme devenait vraiment trop petit pour moi ; la jupe s'arrêtait plusieurs centimètres au-dessus des genoux et mon pull-over, qui me couvrait à peine la taille, était usé au niveau des coudes. Les fronces de mon uniforme avaient quasiment disparu et ressemblaient à des faux plis, et sa couleur vert foncé était lustrée, ce qui accentuait mon allure négligée. Mes cheveux, que ma mère peignait autrefois avec amour chaque matin, étaient devenus raides et ternes. Les boucles de la petite fille avaient depuis longtemps laissé la place à une chevelure plate, à hauteur d'épaules, encadrant un visage qui ne souriait presque jamais.

De nos jours, les enseignants en auraient parlé à ma mère ; mais dans les années cinquante, c'était plutôt aux élèves qu'on faisait des remarques.

Une jeune institutrice qui avait pitié de moi essaya d'être gentille. Un jour, pendant la récréation, elle me coiffa les cheveux et les attacha avec un joli ruban jaune. Elle me tendit ensuite un petit miroir pour que je puisse admirer le résultat.

« Antoinette, me dit-elle, dis à ta mère de te coiffer comme ça tous les jours. Tu es tellement plus mignonne ! »

Pour la première fois en plusieurs mois, je me sentis jolie et j'étais toute fière de montrer ma nouvelle coiffure à ma mère. Pourtant, elle arracha le ruban et laissa éclater une colère venue de nulle part.

« Dis à ton institutrice que je peux m'occuper de ma fille ! » lança-t-elle, manifestement furieuse.

J'étais abasourdie. Qu'avais-je donc fait de mal ? Je n'eus aucune réponse à ma question.

Le lendemain, l'institutrice remarqua mes cheveux aussi mal coiffés que d'habitude.

« Antoinette, où est le ruban que je t'ai donné ? »

Je sentais vaguement que je trahirais ma mère si je

répétais ses mots. Je regardai mes pieds. Le silence s'installa, ma réponse se faisait attendre.

« Je l'ai perdu », m'entendis-je bredouiller en piquant un fard. Mon institutrice dut me prendre pour une petite ingrate ; je sentis son mécontentement.

« Très bien, arrange au moins tes cheveux », dit-elle d'un ton sec. C'est ainsi que je perdis ma seule alliée dans l'école. Elle ne me manifesta plus jamais la moindre gentillesse.

Je savais que mes petits camarades ne m'aimaient guère, pas plus que les enseignants. J'avais beau être une enfant, je savais aussi que ce rejet ne tenait pas seulement à ma façon de parler, mais à mon apparence. Avec leurs cheveux bien nets et brillants, les autres filles ne me ressemblaient pas du tout. Certaines mettaient des barrettes pour tenir leurs cheveux, d'autres les coiffaient en arrière et les attachaient par un ruban. J'étais la seule à avoir une tignasse désordonnée. Leurs uniformes étaient bien repassés, leurs chemisiers blancs impeccables et leurs pull-overs n'étaient pas reprisés. Les élèves qui habitaient à plusieurs kilomètres venaient à vélo, aussi leurs chaussures n'étaient-elles pas abîmées ni ternies par des heures de marche quotidienne dans la boue.

Je me décidai à faire quelque chose pour améliorer mon apparence. Ainsi, pensais-je, on m'apprécierait peut-être davantage.

Rassemblant tout mon courage, j'attendis d'être seule avec ma mère pour aborder le sujet. Je le fis un soir, en revenant de l'école.

« Maman, est-ce que je peux repasser mon uniforme ? Il faudrait reformer les fronces. Est-ce que je peux emprunter le cirage de Papa ? Est-ce que je peux me laver les cheveux, ce soir ? J'aimerais être plus jolie pour aller à l'école. »

L'une après l'autre, mes requêtes s'échappaient de ma bouche et, à chaque nouvelle syllabe prononcée, le silence devenait de plus en plus pesant.

« Tu as bientôt fini, Antoinette ? » demanda ma mère d'une voix froide que j'avais si bien appris à connaître.

Je levai la tête dans sa direction et reconnus, effrayée, une expression de colère sur son visage – la colère que j'avais vue dans ses yeux quand j'avais essayé de lui parler du baiser de mon père.

« Pourquoi faut-il toujours que tu fasses tant d'histoires ? demanda-t-elle d'une voix presque sifflante. Pourquoi faut-il toujours que tu cherches des problèmes ? Il n'y a rien à redire sur ton apparence. Tu as toujours été une petite fille prétentieuse. »

Je venais de perdre toute chance éventuelle de me faire mieux accepter à l'école. Je connaissais suffisamment ma mère pour ne pas argumenter. Si je m'opposais à elle, j'aurais droit à la seule punition qui m'était vraiment insupportable : qu'elle m'ignore complètement.

Chaque matin, sur le chemin de l'école, j'appréhendais le jour à venir – l'hostilité des autres enfants, le mépris à peine voilé des enseignants – et je me creusais la tête pour trouver un moyen de me faire aimer.

Je faisais toujours mes devoirs avec une grande application, j'avais de bonnes notes, mais je savais que, d'une certaine manière, cela ne faisait qu'accroître mon impopularité. J'avais remarqué que, pendant les récréations, les autres enfants avaient des bonbons, des pâtes de fruits ou des caramels mous. Parfois, ils les échangeaient contre des billes. C'était en tout cas des arguments de négociation très prisés. Je savais bien que les enfants aimaient les bonbons, mais comment pouvais-je en acheter, sans argent de poche ? J'entrevis bientôt une occasion à saisir. Une fois par semaine, dans chaque classe, l'institutrice collectait l'argent de la cantine, qu'elle laissait sur son bureau dans une boîte en fer-blanc. J'imaginai un plan.

J'attendis que les autres élèves s'en aillent pour me précipiter vers le bureau, ouvrir la boîte et prendre autant d'argent que je pouvais en cacher dans ma culotte. Le reste de la journée, je marchai avec précaution ; à chaque pas, la sensation des pièces contre ma peau me rappelait mon forfait. J'avais peur que leur tintement ne me trahisse, mais tout se déroula à merveille. Je jubilais.

Naturellement, une fois le vol découvert, toute la classe fut interrogée et l'on fouilla nos cartables. Personne, cependant, ne pensa à faire une fouille au corps.

J'étais une enfant très calme, parce que très déprimée. J'avais l'air d'une petite fille bien élevée, mais personne ne se souciait de ce que je ressentais au plus profond de moi-même. En tout cas, on était à mille lieues de me soupçonner de vol. En rentrant à la maison ce soir-là, j'enterrai mon butin dans le jardin. Quelques jours plus tard, je déterrai quelques pièces et achetai un sachet de bonbons en allant à l'école.

Dans la cour de récréation, je me faufilai parmi les autres élèves, affichant un sourire timide. Je tendis le bras, offrant les sucreries à qui les voulait. Un cercle se forma autour de moi. Des mains plongeaient dans le sachet, les enfants se bousculaient pour s'emparer avidement de mes offrandes. J'entendais leurs rires et, pour la première fois, je me sentis l'une d'entre eux. L'idée d'être enfin acceptée m'emplit de bonheur. Le sachet fut bientôt vide. Il ne restait plus un seul bonbon. Les enfants repartirent aussi vite qu'ils étaient arrivés, poussant des cris de joie. C'est alors que je me rendis compte que c'était moi, l'objet de leurs rires. Je compris que, même s'ils appréciaient les bonbons, ils ne m'aimeraient jamais. Après ce jour, ils m'aimèrent d'autant moins qu'ils avaient senti à quel point je quémandais leur affection, et ils me méprisaient pour cela.

Je repensai à Mrs Trivett et à la question que je lui posais toujours : « De quoi sont faites les petites filles ? » Je me souvenais de sa réponse, « de sucre et d'épices », et me dis que, pour ma part, je devais être faite d'une tout autre substance.

6

J'étais toujours fatiguée en arrivant à la maison, mais il fallait faire mes devoirs. Je m'installais à la table de la cuisine, qui servait aussi de salon, et me forçais à ne pas m'endormir. L'unique source de chaleur était la cuisinière, à l'autre bout de la pièce, et quelques lampes à pétrole diffusaient une faible lueur orangée.

Quand j'avais terminé, je m'asseyais près de la cuisinière et prenais un livre ou regardais ma mère préparer le dîner. Dans une poêle en fonte, elle versait une étrange mixture qui se transformait comme par magie, sous l'effet de la chaleur, en scones ou en soda-bread. À cette époque, nous devions faire très attention à nos dépenses. Le pain et les gâteaux du boulanger étaient un luxe, au même titre que la viande rouge ou les fruits frais. Nous n'achetions presque rien et faisions tout nous-mêmes.

Grâce aux poules nous avions des œufs, mais aussi de quoi payer une partie de ce que nous vendait l'épicier qui faisait sa tournée deux fois par semaine. Notre potager nous fournissait des carottes et des pommes de terre, et lorsque j'allais chercher du lait à la ferme voisine, je rapportais aussi du petit-lait, que ma mère utilisait pour faire des gâteaux.

À sept ans et demi, je lisais désormais couramment ; mon amour des livres grandissait. Tous les week-ends, un bibliobus passait près de chez nous et j'avais le droit de choisir tous les livres que je voulais. En dehors de mes animaux, c'était par les livres que je m'évadais. Je m'enfuyais dans d'autres mondes où je vivais des aventures fantastiques. Je jouais au détective avec le « Club des Cinq » d'Enid Blyton, je frissonnais avec les *Contes* de Grimm. *Les Quatre Filles du docteur March* me prouvaient que les femmes pouvaient être indépendantes. Je rêvais d'être Jo quand je serais plus grande. À la lueur des lampes à pétrole, je rejoignais en secret des amis imaginaires et disparaissais avec eux dans une vie où je portais de magnifiques vêtements et où tout le monde m'aimait. À mesure que mon goût de la lecture se développait, l'aversion de mon père pour les livres allait croissant.

« À quoi ça peut bien te servir ? grommelait-il. Tu n'as rien de mieux à faire ? Ta mère n'a pas besoin d'aide ? Va voir s'il n'y a pas de la vaisselle à faire. »

Parfois, il me demandait : « Et tes devoirs ?

— Je les ai terminés. » Il répondait alors par un grognement dédaigneux. Son hostilité me submergeait ; je priais pour qu'il soit l'heure d'aller me coucher et que je puisse à nouveau m'échapper.

Plein de ressentiment envers quiconque pouvait être heureux ou instruit, mon père se laissait aller à des colères imprévisibles. Certaines fois pourtant, il rentrait tôt et nous rapportait des bonbons et des chocolats. Le père jovial, ces soirs-là, embrassait ma mère et me manifestait de l'affection. Dans mon esprit, j'avais deux pères : le méchant et le gentil. Le premier me faisait très peur, le second était l'homme rieur et gai qu'aimait ma mère. Ce père-là, je ne le voyais que rarement mais je gardais toujours espoir.

Au printemps, mon père décida de louer une grange en bois pour y ranger ses outils. À cause de l'élevage, nous dit-il, il n'y avait plus aucune cabane libre autour de la maison. Dans la grange, il pourrait faire des réparations sur la voiture. Ça nous permettrait de faire des économies, puisqu'il était mécanicien. Ce serait stupide de payer grassement quelqu'un pour un travail qu'il pouvait faire lui-même, non ?

Ma mère était d'accord avec lui, ce qui le mit de bonne humeur et, du jour au lendemain, son attitude envers moi changea radicalement. Il arrêta de me reprocher le moindre de mes faits et gestes. Au lieu de m'ignorer, de m'envoyer paître ou de me crier dessus, il devint subitement sympathique. Ce comportement m'inspira une certaine méfiance, car je n'avais pas oublié ce qui s'était passé lorsque ma mère nous avait laissés seuls dans la cuisine. Mais j'avais un tel besoin d'amour que je décidai d'ignorer mes doutes. J'aurais dû me fier à mon instinct.

Un soir, mon père dit à ma mère : « Elle a beaucoup travaillé à la maison cette semaine. Et toutes ces longues marches pour aller à l'école ! Je vais l'emmener faire un tour en voiture. »

Ma mère fit un grand sourire. « Oui, Antoinette, va voir Papa. Il va t'emmener faire une promenade. »

Je sautai dans la voiture, tout excitée, un peu déçue toutefois que Judy n'ait pas le droit de nous accompagner. En regardant à travers la vitre, je me demandais où nous mènerait cette petite balade. Je n'allais pas tarder à le savoir. Au bout du chemin qui menait chez nous, mon père s'engagea dans le champ où se trouvait la petite grange qu'il avait louée. C'était là qu'allaient finir toutes mes balades du week-end.

La voiture entra dans le bâtiment sombre. Une petite fenêtre barrée d'un sac de toile laissait entrer un peu de lumière. Je fus prise d'un haut-le-cœur et d'un sentiment de peur que je n'avais encore jamais éprouvé. Je n'avais aucune envie de sortir de la voiture.

« Papa, s'il te plaît, ramène-moi à la maison, je n'aime pas cet endroit. »

Il me regarda avec un sourire que ses yeux ne relayaient pas.

« Reste là, Antoinette. Ton papa a un cadeau pour toi. Tu vas bien l'aimer, tu verras. »

La peur qu'il m'inspirait se mua en terreur et un poids monstrueux me cloua sur mon siège. Il sortit de la voiture, alla fermer la porte de la grange et ouvrit la portière de mon côté. Au moment où il m'obligea à me tourner vers lui, je vis sa braguette ouverte. Son visage était rouge ; ses yeux brillaient. Je le regardais mais il ne semblait pas me voir. Un tremblement parcourut tout mon corps et mourut dans un petit cri plaintif.

« Sois une gentille fille », dit-il en mettant ma main d'enfant dans la sienne. Il la tint fermement et me força à replier les doigts autour de son pénis, puis il les fit glisser de haut en bas. Pendant tout le temps que ce mouvement se répéta, j'entendis des gémissements de petit animal s'échapper de ma gorge et se mêler aux soupirs de mon père. Je fermai les yeux et serrai les paupières dans l'espoir que ça s'arrêterait, puisque je ne voyais plus rien, mais ça ne s'arrêta pas.

Soudain, il lâcha ma main et me repoussa en travers du siège. Une main ferme m'appuya sur le ventre tandis que l'autre relevait ma jupe et baissait ma culotte d'un geste sec. J'avais honte que mon petit corps soit ainsi exposé à ses yeux. Il me fit basculer plus bas sur le cuir froid du siège et me tourna sur le côté, les jambes ballantes. Je tentai de les serrer, mais en vain ; je le sentis les écarter et regarder cette partie de moi que je pensais être intime. Je sentis un coussin glisser sous mes fesses et puis la douleur quand il s'introduisit en moi, pas assez fort à cette époque pour me déchirer, mais suffisamment pour me faire mal.

Je restai muette, avachie comme une poupée de chiffon. J'essayais de me concentrer sur autre chose, mais l'odeur d'huile et d'humidité de la grange, mêlée aux relents de tabac et de sueur du corps de mon père, semblaient s'immiscer dans chaque pore de ma peau.

Après ce qui me parut être une éternité, il poussa un gémissement et se retira. Une substance tiède, humide et collante dégoulina sur mon ventre. Il me lança un bout de sac de toile.

« Essuie-toi avec ça. »

Sans un mot, je m'exécutai.

Les mots qu'il prononça ensuite allaient devenir un refrain lancinant : « Ne dis rien à ta mère, ma petite. C'est notre secret. Si tu lui en parles, elle ne te croira pas. Elle ne t'aimera plus. »

Je savais déjà qu'il disait la vérité.

Le secret que j'ai caché à mon père est celui que je me suis caché à moi-même. Ma mère savait. Notre petit jeu a commencé ce jour-là ; il s'appelait « notre secret » et mon père et moi allions y jouer pendant sept ans.

7

Mon huitième anniversaire annonça l'arrivée d'un automne précoce, bientôt suivi par les premiers froids hivernaux. On ne cessait d'alimenter le poêle, mais on avait beau y mettre plus de tourbe, la zone de chaleur qui s'en dégageait ne dépassait pas quelques dizaines de centimètres. Je m'installais le plus près possible du séchoir en bois sur lequel je posais chaque soir mon manteau, mes chaussures et mes collants de laine humides. Comme je n'en avais pas de rechange, il fallait qu'ils sèchent pour le lendemain.

Au petit matin, c'est la voix de ma mère, depuis la cuisine, qui me réveillait. Le froid me piquait le bout du nez quand je sortais la tête de mon cocon. Je tendais le bras vers la chaise pour attraper mes habits et les enfouir sous les couvertures. J'enfilais d'abord ma culotte et mes collants, avant de déboutonner mon haut de pyjama en claquant des dents pour passer un tricot de laine. À ce moment-là seulement, je m'aventurais hors de mon nid douillet pour affronter le froid qui régnait dans la maison. Je me dépêchais de mettre la bouilloire sur le poêle, que le tisonnier et quelques morceaux de tourbe ramenaient lentement à la vie.

Pendant que mon œuf cuisait, je faisais une rapide toilette devant l'évier de la cuisine et finissais de m'habiller. Le petit déjeuner ne durait jamais longtemps. J'enfilais ensuite mon manteau encore humide, attrapais mon sac et partais pour l'école.

Le week-end, vêtue d'un vieux pull-over, de moufles et de bottes en caoutchouc, j'aidais ma mère à ramasser les œufs des pondoirs et ceux éparpillés à l'extérieur. Ma mère donnait du lait au chocolat à ses poules tous les matins à onze heures, car elle espérait ainsi qu'elles pondent des œufs bruns. Nous n'avons jamais su si ce régime avait un impact sur la proportion d'œufs bruns, mais les poules accouraient quand elle les appelait. Elles plongeaient avidement leur bec dans le liquide tiède, encore et encore, avant de relever et secouer la tête en faisant des yeux ronds.

On enlevait les grenouilles qui avaient sauté dans les seaux d'eau du puits, et on ramassait du petit bois pour le feu. Mes moments préférés, c'était quand ma mère cuisinait. Quand les scones et le soda-bread qui venaient de cuire avaient tiédi, elle les plaçait dans des boîtes en métal pour les protéger des assauts des nombreuses souris qui se réfugiaient chez nous pendant les mois d'hiver.

Ma mère rangeait les gâteaux et les biscuits sur l'étagère et, si elle était de bonne humeur, j'avais le droit de lécher le saladier – je ne laissais pas la moindre goutte de pâte.

À cette période de ma vie, la relation chaleureuse qui avait existé entre ma mère et moi s'exprimait à nouveau, et mon amour pour elle s'en nourrissait. Car, si sa mémoire avait fixé l'image du bel Irlandais qui l'avait fait virevolter dans une salle de danse, de l'homme qui l'attendait sur un quai, un homme peu avare de baisers et de promesses non tenues, la mienne avait fixé à jamais l'image de la mère aimante et souriante de ma petite enfance.

Avec l'argent que j'avais volé, je m'étais acheté une lampe torche et des piles, que j'avais cachées dans ma chambre. Le soir, je lisais des livres en cachette. Recroquevillée sous les couvertures, je me fatiguais les yeux à tourner les pages. Perdue dans ma lecture, je n'entendais plus le bruissement des insectes et des petits animaux qui couraient dans le toit de chaume. Et pour un court moment, j'oubliais les « tours en voiture » avec mon père.

À chaque fois qu'il prenait ses clés en annonçant qu'il était l'heure de ma petite sortie, j'implorais ma mère en silence pour qu'elle refuse, qu'elle lui dise qu'elle avait besoin de moi pour faire une course, ramasser les œufs, enlever les grenouilles du seau ou même chercher de l'eau pour faire une lessive ; mais elle ne dit jamais rien.

« Va te promener avec Papa, ma chérie, je vais préparer du thé. » Chaque semaine, c'était la même chose ; et il m'emmenait dans la grange. J'appris à dresser une barrière entre mes sentiments et la réalité.

Quand nous revenions, ma mère avait préparé des sandwiches et disposé sur un napperon, dans un plat argenté, un gâteau maison découpé en parts généreuses.

« Lave-toi les mains, Antoinette », me priait-elle, et nous nous installions autour de la table pour le thé du dimanche.

Elle ne m'a jamais posé de questions sur ces promenades ; elle n'a jamais demandé où nous étions allés ni ce que nous avions vu.

Nos visites à Coleraine, qui auparavant allaient de soi, se faisaient de plus en plus attendre. Ma grande famille là-bas me manquait : la chaleur que j'avais toujours ressentie dans la maison de mes grands-parents, la compagnie de mes cousins...

Les rares fois où mon père décidait qu'il fallait aller les voir, on remplissait la baignoire en étain cachée derrière un rideau dans la cuisine. La veille au soir, je prenais un bain et me lavais les cheveux. Ma mère m'essuyait avec une serviette, enveloppait mon corps fluet dans un de ses vieux peignoirs et m'installait près du poêle. Elle me brossait les cheveux jusqu'à ce qu'ils brillent. Le lendemain matin, on sortait mes plus beaux vêtements et mon père cirait mes chaussures, tandis que ma mère supervisait ma séance d'habillage. Un bandeau de velours noir maintenait mes cheveux, coiffés en arrière. Dans le miroir, je voyais une image différente de celle que connaissaient mes camarades d'école. La petite fille négligée avait disparu ; à sa place, il y avait une enfant joliment apprêtée, une enfant dont s'occupaient des parents attentionnés.

Ce fut le début de notre second petit jeu, auquel nous prenions part tous les trois : le jeu de la « famille heureuse ». La meneuse de jeu était ma mère : il s'agissait de donner corps à son rêve, celui d'un mariage épanoui, avec un beau mari, une maison au toit de chaume et une ravissante petite fille.

Lors de nos visites « familiales », ma mère avait une

expression particulière que j'avais appris à reconnaître. Elle était là par bienséance. Elle affichait un sourire poli, légèrement condescendant, qui montrait qu'elle acceptait d'être là mais qu'elle n'en retirait aucune joie. Ce sourire disparaissait à peine la voiture avait-elle quitté la rue où habitaient mes grands-parents.

Dès lors, dans la voiture, un nuage de mépris se condensait jusqu'à tomber, goutte à goutte, dans mes oreilles. Ma mère passait en revue chaque membre de la famille ; aucun n'échappait à son jugement, accompagné d'un rire dénué du moindre humour. Kilomètre après kilomètre, je voyais rougir la nuque de mon père à mesure que ma mère lui rappelait ses origines et, par contraste, leur différence.

Si ma mère gardait en mémoire le beau « Paddy » qui l'avait fait danser, dans ses yeux à lui elle resterait à jamais une élégante Anglaise qui était trop bien pour lui.

Pour ma part, tout le plaisir de ces moments familiaux s'évaporait et n'était plus qu'un lointain souvenir lorsque l'heure du coucher arrivait. Le jeu de la famille heureuse s'arrêtait là et on n'y rejouerait plus avant la prochaine visite à Coleraine.

Nous retournâmes chez mes grands-parents juste avant notre dernier Noël dans la maison au toit de chaume. Dans une petite pièce où mon grand-père avait autrefois réparé des chaussures, je découvris un étrange volatile. Il était plus grand qu'une poule, avec des plumes grises et une gorge rouge. Une chaîne fixée à un anneau dans le mur était attachée à l'une de ses pattes. Je lus dans son regard qu'il voulait un peu de compagnie. Et de liberté. Je demandai à mes grands-parents comment s'appelait cet animal. Ils me répondirent simplement : une dinde.

Il ne m'en fallut pas davantage pour baptiser l'animal « Mme Dinde ». Au début, un peu impressionnée par son bec beaucoup plus gros que celui des poules, je me contentais de m'asseoir auprès d'elle pour lui parler. Mais ensuite, voyant qu'elle était docile, je pris de l'assurance et tendis une main pour la caresser. L'oiseau n'opposa aucune résistance et je me dis que je m'étais fait une nouvelle amie à plumes. Personne ne m'informa du destin qui l'attendait.

Comme mes grands-parents nous avaient invités pour fêter Noël, j'avais consciencieusement revêtu mon uniforme de petite fille heureuse dans une famille unie. Près de la fenêtre du salon bondé, on avait installé un petit sapin surchargé de décorations rouge et or. Il n'y avait plus un espace libre dans la pièce ; quelqu'un servait à boire et l'on se passait les verres de main en main. Mon père, à qui l'alcool avait donné des couleurs, était au centre de l'attention. Il plaisantait, riait, c'était le fils et le frère adoré de la famille, et on m'aimait parce que j'étais sa fille.

Mes grands-parents avaient déplacé la table du salon, habituellement près de la fenêtre, jusqu'au centre de la pièce. Les rallonges étaient si rarement utilisées qu'elles semblaient faites d'un bois différent, plus clair. On avait dû emprunter des chaises pour l'occasion. Les couverts avaient été astiqués et des Christmas crackers[1]

---

1. Sorte de pochettes-surprises en forme de bonbons, typiques du Noël britannique. Quand on les ouvre, ils éclatent et libèrent de petits cadeaux. (*N.d.T.*)

disposés à côté des assiettes de chaque convive. J'étais assise en face de mon père.

De délicieuses odeurs émanaient de la petite cuisine où régnait une intense activité. Ma grand-mère et ma tante apportèrent plusieurs plats de viande, de légumes bouillis et de pommes sautées baignant dans la sauce. Ma mère n'avait pas proposé son aide ; on ne la lui avait d'ailleurs pas demandée.

À la vue de mon assiette bien garnie, l'eau me vint à la bouche. Le petit déjeuner avait en effet été frugal : une tasse de thé et un biscuit. J'étais impatiente qu'un adulte commence à manger pour me régaler à mon tour. Mon père pointa alors la viande dans mon assiette et m'informa de ce qui était arrivé à mon amie.

Mon appétit se mua en nausée ; incrédule, je scrutai l'assemblée pendant quelques secondes silencieuses. Mon père me regardait d'un air à la fois moqueur et de défi. Les autres semblaient amusés par la situation. Je me forçai à ne montrer aucun sentiment. Je sus d'instinct que si je refusais de manger, non seulement mon père serait satisfait, mais la moindre larme versée sur Mme Dinde serait tournée en ridicule par ce monde d'adultes pour qui les sentiments d'un enfant n'ont pas vraiment de réalité.

Je mangeai donc mon plat ; chaque bouchée me nouait la gorge. À chaque fois, une rage désespérée montait en moi. Ce Noël-là, je découvris la haine. Les rires que j'entendais devinrent le symbole de la conspiration des adultes et mon enfance, dès lors, ne tint plus qu'à un fil.

On fit ensuite éclater les crackers et chacun mit le traditionnel chapeau sur sa tête. Les visages étaient de plus en plus rouges, à cause de la chaleur et de l'alcool que tout le monde avait bu en quantité, à part ma mère et moi. Elle avait sa bouteille de sherry sec et moi mon orangeade.

Je n'arrêtais pas de penser au gros oiseau qui avait l'air si malheureux dans cette petite pièce où il avait passé les derniers jours de sa vie. J'avais honte que Noël ait impliqué son sacrifice, et honte de l'avoir mangé pour ne pas me couvrir de ridicule.

On servit ensuite le Christmas pudding[1] et c'est moi qui eus la pièce en argent. Puis vint l'heure des cadeaux. Mes grands-parents m'offrirent un pull-over, ma tante et mes oncles, des rubans pour mes cheveux, des barrettes, des bibelots et une poupée. Mes parents me tendirent un gros paquet en provenance d'Angleterre. Il contenait plusieurs livres d'Enid Blyton sur lesquels était écrit mon nom. C'était le cadeau de ma grand-mère anglaise. Il fit remonter en moi le souvenir des jours heureux ; elle me manquait tellement. Je revoyais sa petite silhouette apprêtée, je l'entendais m'appeler « Antoinette, où es-tu ? », j'entendais mes rires quand je faisais semblant de me cacher, je sentais son parfum de poudre et de muguet quand elle se penchait pour m'embrasser. Si elle avait été là, pensai-je, nous aurions pu être à nouveau heureux.

Mes parents m'offrirent un plumier et deux livres d'occasion. Après cela, nous partîmes sans tarder.

De retour à la maison, je me couchai trop fatiguée

---

1. Gâteau traditionnel de Noël, dans lequel on cache parfois une pièce en argent. (*N.d.T.*)

pour lire ou prêter attention à la cavalcade des animaux dans le toit de chaume.

Le lendemain, j'allai me promener toute seule, laissant pour une fois les chiennes derrière moi car j'espérais voir des lapins et des lièvres. Il y avait un champ en haut d'une petite colline, dans lequel j'avais l'habitude de m'allonger pour les observer. Mais ce matin-là, déception : il faisait trop froid pour eux comme pour moi.

Ma patience ne fut récompensée qu'à Pâques. Je tombai alors nez à nez avec un bébé lapin que ses parents semblaient avoir abandonné. Il ne bougea pas quand je me penchai pour le prendre dans mes bras. Je l'enfouis sous mon pull-over pour lui tenir chaud et courus jusqu'à la maison. Je sentais son petit cœur qui battait la chamade.

« Qu'est-ce que tu as là ? » s'exclama ma mère en voyant un relief inhabituel sous mon pull-over.

Je le soulevai pour lui montrer le petit animal qu'elle prit délicatement entre ses mains.

« On va lui aménager un abri jusqu'à ce qu'il soit assez grand pour retrouver sa famille », dit-elle.

Elle rassembla de vieux journaux et me montra comment les froisser pour préparer sa couche. Elle trouva ensuite une caisse en bois, et la première cage improvisée fut bientôt prête. Quand les fermiers apprirent que nous avions recueilli un lapin, ils nous en apportèrent plusieurs autres. Selon eux, les renards et les chiens tuaient souvent les lapins adultes, laissant leur progéniture incapable de se débrouiller toute seule. Ma mère et moi nous occupions ensemble des lapins orphelins. Nous mettions de la paille, de l'eau et de la nourriture dans leurs cages, et nous les nourrissions à la main.

« Quand ils seront grands, me prévint-elle, tu ne pourras pas les garder. Ce sont des lapins sauvages. Ils vivent dans les champs. Mais ils vont rester ici jusqu'à ce qu'ils aient repris des forces. »

Mon père nous regardait faire sans rien dire. Toujours attentive à son humeur, je sentais bien son regard et sa désapprobation. Mais pour une fois, il ne fit aucune remarque, car ma mère partageait mon intérêt pour ces animaux.

Quelques semaines après l'arrivée du premier lapin, alors que nous nous apprêtions à le relâcher, je trouvai un matin ma mère dans la cuisine. Elle m'attendait, le visage livide, folle de colère.

Elle me gifla avant que je ne puisse tenter la moindre esquive. Avec une force étonnante pour quelqu'un de son gabarit, elle me prit par les épaules et me secoua. Mon père nous regarda furtivement ; un sourire en coin, il se réchauffait près du poêle.

« Qu'est-ce que j'ai fait ? » parvins-je seulement à bégayer, les cheveux dans les yeux, la tête bringuebalante.

« Tu es allée voir les lapins. Tu as laissé la porte de la cage ouverte. Les chiens sont entrés. Ils ont fait un massacre.

— J'ai fermé la porte hier soir, protestai-je, je n'y suis pas retournée ! »

Elle me gifla à nouveau. Cette fois pour mon mensonge, me dit-elle. Puis elle m'entraîna sur le lieu du carnage. Des bouts de queue jonchaient le sol maculé de sang, des touffes de fourrure étaient éparpillées un peu partout ; seules les pattes n'avaient pas été déchiquetées. J'avais envie de hurler, mais ma gorge était nouée par les sanglots et tout mon corps tremblait.

Elle m'ordonna d'aller chercher un seau d'eau et de nettoyer le sol. Une seule pensée m'obsédait : j'étais certaine d'avoir fermé la cage.

8

Dans la maison au toit de chaume, la vie suivait son cours : les marches pour aller à l'école, le travail à faire le week-end et les « tours en voiture ». De temps à autre, une visite chez mes grands-parents bousculait la routine, mais depuis Noël le cœur n'y était plus.

Un samedi, alors que j'étais allée chercher du lait à la ferme voisine, la femme du fermier se proposa de nous inviter à prendre le thé le lendemain. Elle me donna un petit mot que je remis à ma mère et, à ma grande joie, mes parents acceptèrent l'invitation.

À la campagne, ce thé qui faisait office de dîner était servi à six heures, car les fermiers se levaient à l'aube et se couchaient tôt. Le jeu de la famille heureuse débuta dès que je sortis de mon bain et que, joliment coiffée, j'eus mis ma plus belle tenue. Comme j'espérais qu'on me permettrait de visiter la ferme, j'étais un peu réticente à m'habiller, car ma mère n'aimait pas que je joue dans mes beaux vêtements, de peur que je les salisse.

Dès notre arrivée, comme si elle avait lu dans mes pensées, la femme du fermier dit à ses fils : « Allez faire visiter la ferme à Antoinette, elle aime bien les animaux. »

Je me précipitai dehors avec les deux garçons avant que ma mère ait le temps de me faire ses recommandations. Un peu plus âgés que moi, les fils du fermier m'avaient toujours paru timides mais une fois dehors, loin du regard des adultes, ils se révélèrent très sympathiques. Ils commencèrent par me montrer la porcherie, où une énorme truie gisait sur le côté, une ribambelle de porcelets pendus à ses mamelles. Elle semblait avoir à peine conscience de leur présence. En entendant nos voix, elle ouvrit un œil bordé de cils blancs ; elle jugea sans doute que nous ne représentions aucune menace pour sa progéniture, car elle referma l'œil et replongea dans les bras de Morphée. Je suivis ensuite les garçons jusqu'au bâtiment des trayeuses électriques, où des vaches monumentales attendaient patiemment que les machines, reliées à leurs pis, terminent leur travail. Le beurre était tourné à la main dans une petite cabane toute proche. Pour finir, ils m'emmenèrent dans une grange où étaient entreposées des balles de foin empilées jusqu'au toit. C'était l'endroit idéal pour improviser une partie de cache-cache, qui dura jusqu'à ce que la femme du fermier nous dise de rentrer.

Elle demanda aux garçons d'aller se laver, car ils avaient aidé leur père aux travaux de la ferme plus tôt dans la journée. Le fermier rentra lui aussi pour se préparer à prendre le thé, et ma mère offrit son aide à sa femme qui s'apprêtait à dresser la table.

« Antoinette, est-ce que tu as vu les chatons ? me demanda la femme du fermier.

— Non », répondis-je.

Mon père, qui était dans la peau du gentil père ce jour-là, me prit la main. « Viens, dit-il, pendant qu'elles préparent le thé, on va aller les chercher tous les deux. »

Après ce jour-là, je ne crus plus jamais au gentil père.

Il m'emmena dans la grange où les garçons et moi avions joué quelques minutes plus tôt. Au fond du bâtiment, nous trouvâmes un panier rempli de chatons de toutes les couleurs, du noir corbeau au blond vénitien. Ils étaient si jeunes que leurs yeux étaient encore bleus. L'un d'eux se mit à bâiller, laissant apparaître de délicates dents blanches et une petite langue très rose. Un peu étourdie par les odeurs de la ferme et enchantée d'avoir découvert ces petites touffes de poils qui gigotaient, je m'accroupis pour caresser leur douce fourrure. Je tournai la tête pour lancer un regard suppliant à mon père, dans l'espoir qu'il accepterait que je prenne un des chatons. Quand mon regard croisa le sien, mon sang se glaça : le gentil père avait disparu. Je vis la lueur dans ses yeux, je vis son regard narquois et à nouveau, une boule d'angoisse enfla dans ma gorge. Je ne pouvais plus émettre le moindre son.

Comme dans une scène au ralenti, je sentis ses mains relever brusquement ma robe et baisser ma culotte jusqu'à mes chevilles d'un coup sec. La paille était rugueuse sur mon corps dénudé. Je sentis qu'il me pénétrait et, quelques secondes plus tard, ses tremblements. La substance visqueuse dégoulina sur ma jambe. Il prit un mouchoir dans sa poche en se reboutonnant et le jeta dans ma direction. J'entendis sa voix me dire, comme à l'autre bout d'un tunnel : « Essuie-toi avec ça. »

La gaieté que j'avais ressentie ce jour-là s'évanouit,

92

le soleil disparut et le monde devint un endroit gris et hostile. Sous ses yeux, je fis ce qu'il m'avait demandé de faire.

« Tu es prête, Antoinette ? » me demanda-t-il en me recoiffant. Puis il reprit son visage de « gentil père » et nous rentrâmes pour le thé, main dans la main.

La femme du fermier était tout sourire. Elle pensa que mon air défait était dû au refus de mon père de me laisser choisir un chaton et me dit : « Tu sais, ils ne font pas de bons animaux de compagnie, Antoinette. Tout ce qui intéresse les chats de ferme, c'est d'attraper des souris. »

Je la regardai sans dire un mot. J'avais perdu la parole. Je m'assis à ma place, l'air hébété. Elle avait préparé une collation généreuse : jambon fumé, poulet rôti, œufs durs, salade, gâteau de pommes de terre, soda-bread et confiture maison. Elle n'arrêtait pas de me dire : « Allez Antoinette, mange ! » Puis s'adressant à ma mère : « Elle est bien calme, aujourd'hui. »

Ma mère me lança un regard de mépris qui me pétrifia, puis se tourna vers son interlocutrice en souriant : « Ma fille est un vrai rat de bibliothèque. Elle n'est pas très bavarde. »

À part les visites chez mes grands-parents, je ne me souviens d'aucune autre sortie en famille à cette époque de ma vie.

Assise dans la salle d'attente de l'hospice, je pensai à cette petite fille qui, autrefois, avait été moi. Je pensai qu'elle avait été une enfant pleine de confiance ; confiante en l'amour de sa mère et n'ayant aucune raison de douter des autres adultes. Je la vis à nouveau sourire, à trois ans, devant l'appareil photo. Je pensai à son excitation quand elle était partie pour l'Irlande du Nord, à sa joie quand elle avait intégré une nouvelle école, à son amour pour sa petite chienne. Et je me demandai ce que serait devenue Antoinette si on l'avait laissée grandir normalement.

Une autre image s'imposa à moi. Une pièce sombre ; à l'intérieur, une enfant transie de peur, recroquevillée dans son lit. Ses boucles brunes plaquées sur sa nuque. Elle suce son pouce, les yeux grands ouverts. Elle est incapable de les fermer, parce qu'elle a trop peur que son cauchemar reprenne : un cauchemar dans lequel on la pourchasse, dans lequel elle perd tout contrôle ; le cauchemar qui hantait encore mes nuits était né du sommeil de cette petite fille.

Elle savait qu'il était trop tard pour appeler sa mère à l'aide, alors elle restait là à grelotter dans son lit jusqu'à ce que la fatigue ait raison d'elle.

Je me souvins alors, pour la première fois depuis bien des années, de la trahison suprême qui scella le destin de cette petite fille. Je n'avais pu survivre qu'en la refoulant dans le tréfonds de ma mémoire et en créant Toni.

Si j'avais pu me projeter dans le temps, je l'aurais prise dans mes bras et je l'aurais emmenée en lieu sûr, mais Antoinette n'était plus là pour être sauvée.

Je revenais sans cesse à la même question : « Pourquoi ma mère a-t-elle à ce point fermé les yeux ? »

J'avais toujours considéré que l'égoïsme de mon père avait gâché la vie de ma mère. Qu'elle venait d'un bon milieu, qu'elle ne s'était jamais plu en Irlande du Nord et qu'elle n'avait tout simplement pas choisi le bon mari. Mais pour la première fois, je comprenais tout à coup exactement ce que ma mère avait fait. Quand je lui avais parlé de ce baiser, elle savait ce qui allait fatalement se passer par la suite. Elle avait trente-six ans à ce moment-là et elle avait connu la guerre. Elle avait décidé de me retirer de l'école où j'étais heureuse. Une école où officiaient des enseignants parmi les plus qualifiés d'Irlande du Nord et où la directrice, une femme intelligente et attentive, aurait vu que je changeais et aurait cherché à savoir pourquoi. Je m'en rendis compte alors : c'était à ce moment-là que ma mère était devenue la complice de mon père.

« Maintenant tu comprends, Toni ? murmura la voix. Tu comprends ce qu'elle a fait ?

— Non, répondis-je. Non, je ne comprends pas. Je veux qu'elle me le dise. Je veux qu'elle me donne une raison.

— Souviens-toi des petits jeux, Toni. »

Il y avait d'abord eu le jeu de « notre secret ». Puis le jeu de « la famille heureuse » et le dernier jeu de ma mère : Ruth, « la victime ».

Je repensai à toutes ces fois où elle s'était servie de ses bonnes manières et de son accent anglais pour se sortir de situations délicates ; elle parvenait ainsi à convaincre les gens que j'étais une enfant difficile et elle, une mère endurante.

Avec mes douze kilomètres de marche par jour, elle savait que je n'aurais pas le temps de me faire des amis. Tous les élèves de l'école du village habitaient à proximité, je n'aurais donc pas l'occasion de les voir le week-end ni pendant les vacances. Je n'aurais personne à qui me confier.

Je me dis avec tristesse que je l'avais sans doute toujours su. Je n'avais pourtant jamais cessé d'aimer ma mère, parce que les enfants sont ainsi. Mais je me demandais, maintenant qu'il lui restait si peu de temps à vivre, si elle allait m'offrir une explication. Allait-elle enfin admettre qu'elle n'avait pas été une victime, que ce n'était pas à moi de me sentir coupable ? Est-ce qu'une demande de pardon allait sortir de sa bouche ?

C'était ce que je voulais, ce que j'espérais en retournant dans sa chambre. Je m'assis près de son lit et m'endormis.

9

Un nuage noir planait sur la maison au toit de chaume. Il tournoyait au-dessus de nos têtes et s'insinuait en nous. Il contaminait l'atmosphère et se traduisait en mots ; des paroles d'amertume, de reproches et de colère. Les récriminations de ma mère étaient toujours les mêmes : mon père jouait, buvait et avait dilapidé ses indemnités de licenciement. Ces reproches constants le poussaient à sortir mais une fois qu'il avait franchi la barrière, sa colère planait encore dans chaque recoin de la maison.

Une fois de plus, les caisses à thé trônaient dans le salon. Les chiennes se cachaient sous la table, comme si elles percevaient l'imminence d'un danger.

Ma mère m'avait déjà prévenue qu'il faudrait qu'on déménage. Dans mon lit, je m'enfouissais sous les couvertures pour me protéger de l'angoisse que ses colères permanentes faisaient naître en moi.

L'isolement de notre maison, le froid et le manque d'argent malgré tous les efforts de ma mère, alimentaient sa rage. Pourtant, un sourire de mon père suffisait toujours à la calmer.

Ma mère avait toujours rêvé d'acheter une maison, comme sa famille l'avait fait avant elle. Ici, elle avait perdu tout espoir : il fallait déjà faire des efforts pour payer le loyer ; pas question de mettre de l'argent de côté.

« Antoinette, me dit-elle un matin, demain je t'emmènerai voir une vieille dame. Si tu lui plais, on ira peut-être vivre chez elle. Je veux que tu sois très polie avec elle. Si on va s'installer là-bas, tu retourneras dans ton ancienne école. Ça te plairait, n'est-ce pas ? »

Une vague d'émotion me submergea, mais je ne voulus rien montrer et me contentai de répondre : « Oui, Maman, ça me plairait beaucoup. »

Le soir venu, dans mon lit, je m'accrochai à cette lueur d'espoir. Allais-je vraiment quitter l'école du village où on ne m'aimait pas et retourner dans celle où je m'étais fait des amis ? Puis d'autres pensées me traversèrent l'esprit : qui était cette vieille dame et pourquoi mon père ne nous accompagnait-il pas ? Ces questions auxquelles je ne pouvais pas répondre me trottèrent dans la tête jusqu'à ce que je sombre dans un sommeil agité.

Je me réveillai aux petites heures de la matinée et ma première pensée fut la discussion de la veille avec ma mère. Un frisson d'excitation me parcourut, mais je tentai de le réprimer de peur d'être déçue.

Allais-je réellement passer la journée avec ma mère et peut-être retourner dans mon ancienne école ? Je me sentis pleine d'espoir en descendant les escaliers.

Plusieurs casseroles d'eau chauffaient sur le poêle. Ma mère m'annonça que j'allais prendre un bain, ce qui fut de nature à conforter mes espoirs. Le temps que je prenne mon petit déjeuner, la baignoire était prête. Je me déshabillai rapidement et me glissai dans l'eau chaude et savonneuse. Ma mère prit une serviette et me frictionna de pied en cap. Puis elle brossa lentement mes cheveux. Bercée par ce rythme hypnotique et la chaleur du poêle, je me blottis contre ses genoux pour mieux profiter de l'attention qu'elle m'accordait. Un merveilleux sentiment de sécurité m'enveloppait. J'aurais aimé qu'elle s'occupe ainsi de moi tous les jours, comme cela avait été le cas autrefois.

Quand elle eut terminé de me coiffer, elle apporta mes vêtements, une paire de chaussettes blanches et mes chaussures cirées. Mon père nous conduisit ensuite à Coleraine, où ma mère et moi prîmes un bus qui nous emmena dans la campagne, à plusieurs kilomètres de là.

Quelques centaines de mètres après l'arrêt de bus, nous arrivâmes devant l'entrée d'une allée partiellement ombragée par de hautes haies. Sur un arbre, une pancarte indiquait : Cooldaragh.

Il n'y avait pas de barrière. Ma mère prit ma main et nous nous engageâmes dans l'allée. De chaque côté, les longues branches des arbustes se mêlaient en une sorte de treillis qui formait comme une voûte de verdure au-dessus de nous. Des herbes folles et des orties empiétaient sur le gravier. Tandis que je me demandais où nous allions, Cooldaragh m'apparut pour la première fois au détour du chemin. Je retins mon souffle. Je n'avais jamais vu de si grande et belle maison.

Deux chiens vinrent à notre rencontre, suivis d'une vieille dame majestueuse. Grande et mince, elle avait des cheveux blancs relevés en chignon. Sa belle stature faisait douter de l'utilité de la canne qu'elle tenait de la main gauche. Elle me rappelait des personnages d'une autre époque que j'avais vus sur d'anciennes photographies sépia. Ma mère lui serra la main et nous présenta.

« Voici ma fille Antoinette, dit-elle dans un sourire, en posant la main sur mon épaule. Et voici Mrs Giveen, Antoinette. »

La timidité m'empêchait de dire quoi que ce soit. La vieille dame dut le comprendre et m'adressa un sourire.

Mrs Giveen nous accompagna jusqu'à une pièce où le thé était déjà servi sur un plateau. Je n'étais pas bien âgée, mais je me rendais compte que j'allais être jugée pendant cette entrevue, tout comme ma mère. La vieille dame me posa plusieurs questions, notamment sur ce que j'aimais faire pendant mon temps libre. Puis elle me demanda si j'aimais l'école.

Ma mère ne me laissa pas le loisir de répondre. « Elle se débrouillait très bien quand elle allait à l'école de la ville. Malheureusement, nous avons dû déménager et cette école est devenue trop éloignée de chez nous. Mais elle s'y plaisait beaucoup, n'est-ce pas Antoinette ? »

Je confirmai ses dires.

Ma mère continua. « Si nous venions habiter ici, un bus pourrait l'emmener à l'école tous les jours. C'est une des raisons pour lesquelles j'aimerais déménager, ma fille pourrait retourner dans cette école où elle était si bien. »

La vieille dame me regarda. « Antoinette, c'est ce que tu voudrais ? »

Mon cœur se mit à battre à tout rompre. « Oh oui ! J'aimerais beaucoup retourner dans mon ancienne école. »

Après le thé, elle me tendit tout à coup la main. « Viens, ma petite, je vais te montrer le jardin. »

Elle ne me faisait penser à aucune de mes deux grands-mères, qui étaient des femmes chaleureuses et affectueuses, mais elle me plut immédiatement. Tout en m'emmenant dehors, elle me parlait. Elle me présenta ses chiens, qu'elle aimait de toute évidence. Elle posa la main sur le fox-terrier, dont la couleur du pelage me rappelait Judy.

« Celui-ci est mon compagnon depuis qu'il est tout petit. Il a treize ans aujourd'hui et il s'appelle Scamp. »

Elle tapota l'autre chien, plus grand, qui lui lançait un regard d'adoration.

« Et voici Bruno. C'est un croisement de chien-loup et de colley. Il a deux ans. »

Elle me posa des questions sur mes chiennes. Je lui parlai de Judy, que j'avais eue pour mon cinquième anniversaire, de Sally, que nous avions recueillie à la maison, et même de June.

« Si tu viens habiter ici, tu pourras amener tes chiennes. Il y a assez de place pour elles. »

Je poussai un soupir de soulagement. Je n'avais pas osé poser cette question qui me trottait pourtant dans la tête. En regardant ses chiens jouer sur la pelouse, je remarquai des buissons en fleurs assez grands pour qu'un enfant puisse y jouer ; des rhododendrons, m'informa-t-elle. Derrière eux s'étirait un bosquet de grands arbres.

« J'ai ma propre plantation de sapins de Noël ! commenta Mrs Giveen. Comme ça, pour les fêtes, je suis en mesure de choisir celui que je préfère. »

Je commençais à me sentir bien en sa compagnie. Nous continuâmes de discuter tout en nous dirigeant vers un grand champ, à côté de la maison, où de petits poneys râblés broutaient dans l'herbe. Ils vinrent jusqu'à la barrière et nous regardèrent de leurs grands yeux vitreux. Mrs Giveen se pencha pour les caresser et m'expliqua qu'ils avaient passé leur jeunesse à charrier de la tourbe. À présent, ils pouvaient se reposer et finir leur vie en paix. Elle se redressa et prit quelques morceaux de sucre dans sa poche, qu'elle leur tendit. J'observai, émerveillée, la façon dont ils s'en saisirent avec délicatesse, en retroussant les babines au creux de sa main.

« Alors, Antoinette, me demanda-t-elle de but en blanc, est-ce que tu aimerais venir vivre ici ? »

À mes yeux, c'était un décor magique, tout droit sorti des contes de fées que je lisais. Je n'avais jamais imaginé pouvoir vivre un jour dans un tel lieu. J'avais du mal à croire à la réalité de sa proposition. Je la regardai et lui dis simplement : « Oui, j'aimerais beaucoup ! »

Elle me sourit à nouveau et nous rejoignîmes ma mère pour visiter la maison. Nous passâmes d'abord par un hall de chasse dont un mur, au-dessus d'une grande cheminée en marbre, était décoré de mousquets et de couteaux grossièrement façonnés. On me dit par la suite qu'ils avaient appartenu à son grand-père, qui s'était battu contre les Indiens d'Amérique. Une épaisse porte en chêne donnait dans le salon personnel de Mrs Giveen, garni de meubles très élégants auxquels je n'étais guère habituée : des chaises et des canapés aux pieds délicatement sculptés. J'appris dans les mois qui suivirent qu'il s'agissait de mobilier Louis XV de grande valeur.

En écoutant les deux femmes discuter, je compris que ma mère sollicitait une place de gouvernante et dame de compagnie. Mrs Giveen, semblait-il, n'avait plus assez d'argent pour payer suffisamment de personnel pour entretenir une propriété de cette taille. Depuis l'ouverture des usines en Irlande du Nord, le prix de la main-d'œuvre avait augmenté.

Mon père garderait son travail de mécanicien en ville. Avec un salaire supplémentaire et plus de loyer à payer, ma mère espérait économiser un peu d'argent en vue d'acheter une maison.

Quand j'appris que l'affaire était conclue et que nous allions vivre chez Mrs Giveen, j'eus le sentiment d'avoir passé un examen avec succès et que ma mère était fière de moi. Je ne me souviens pas de l'avoir vue faire nos bagages, mais nous possédions très peu de choses et je crois que nous avons laissé la plupart de nos vieux meubles dans la maison au toit de chaume. Les poules furent vendues aux fermiers des environs – y compris June. Une fois de plus, nous partions avec quelques valises et les caisses à thé désormais défraîchies. Comme lors de nos précédents déménagements, ma mère y rangea les vêtements, la literie et les livres.

À notre arrivée à Cooldaragh, Mrs Giveen nous attendait sur le pas de la porte.

« Antoinette, ma chérie, viens avec moi, je vais te montrer ta chambre », me dit-elle.

Nous traversâmes le hall de chasse et l'escalier principal nous mena jusqu'à un grand couloir qui donnait sur plusieurs pièces. Elle me montra ma grande chambre, avec un lit en laiton couvert d'un épais duvet. Une lampe à pétrole était posée sur la table de nuit, protégée par un napperon. Près de la fenêtre se trouvaient un petit bureau et une bibliothèque. Elle m'annonça qu'elle occupait la chambre voisine, ce qui m'enchanta. Je me sentais ainsi en sécurité.

Deux autres escaliers menaient aux anciens appartements des domestiques – un pour les hommes, l'autre pour les femmes. Mes parents occupaient la chambre de la gouvernante, près de l'unique salle de bains de Cooldaragh. À l'époque où le personnel de maison était nombreux, l'eau du bain était chauffée sur le poêle de la cuisine et montée jusqu'à cette salle de bains par une armada de servantes. Mais à présent, nos bains hebdomadaires réclamaient un effort considérable.

Il y avait deux autres pièces au bas de ces escaliers, qui avaient été autrefois les offices du majordome et de la gouvernante. Une porte donnait sur une petite cour, où une pompe nous approvisionnait en eau potable. Pour tous nos autres besoins, nous utilisions les collecteurs d'eau de pluie. Chaque matin, nous remplissions des seaux que nous entreposions près du poêle.

Depuis la cuisine et les offices, on pouvait emprunter un long couloir pavé de tomettes rouges pour regagner le cœur de la maison, où se trouvait le salon de mes parents.

Plus tard, quand j'explorai les lieux par moi-même, je comptai vingt-quatre pièces. Seules quatre chambres étaient meublées, dont les deux que mes parents et moi occupions. Les plus petites et les plus poussiéreuses étaient les anciens appartements des domestiques.

Non seulement Cooldaragh n'avait pas l'électricité ni l'eau courante, mais le bus ne passait qu'une fois le matin pour aller en ville, et ne revenait le soir qu'après dix-huit heures. Il fut donc décidé que je serais demi-pensionnaire à l'école. Cela signifiait que je pourrais faire mes devoirs au chaud à la bibliothèque et prendre un goûter avec les pensionnaires avant de reprendre le bus.

Une fois installés dans notre nouvelle demeure, ma mère m'emmena acheter un nouvel uniforme pour l'école de Coleraine. J'étais heureuse d'y retourner, mais je n'étais plus la petite fille enjouée que mes camarades avaient connue. Je m'étais repliée sur moi-même. Comme les institutrices n'avaient pas suivi mon évolution au jour le jour, elles durent penser que j'avais changé avec le temps, tout simplement.

Mon père était très souvent absent le week-end ; ma mère expliquait qu'il « faisait des heures supplémentaires », ce qui était pour ma part un soulagement. Ma mère et moi déjeunions alors avec Mrs Giveen dans sa salle à manger. Comme son salon, celle-ci était décorée de meubles anciens ; toute la surface du buffet en acajou était couverte d'argenterie. Nous nous asseyions à une grande table cirée qui pouvait accueillir dix personnes. Ma mère n'a jamais été une grande cuisinière, mais elle arrivait à préparer un rôti le week-end. Rétrospectivement, je pense que mon père s'arrangeait pour ne pas être là, parce que Mrs Giveen appartenait à une espèce en voie de disparition : l'aristocratie d'Irlande du Nord. Mon père ne s'est jamais senti à l'aise dans ce milieu, contrairement à ma mère. Je crois que, dans son esprit, elle était l'amie de Mrs Giveen et non pas son employée de maison.

À quatre-vingts ans passés, la vieille dame était fière et digne. Je sentais instinctivement qu'elle était seule, et il se créa entre nous le lien qui naît si souvent entre les enfants et les personnes âgées. Après le déjeuner, j'aidais ma mère à débarrasser et à faire la vaisselle dans le grand évier blanc de l'office de la gouvernante. Puis je sortais m'amuser avec les chiens. Nous allions jouer dans les rhododendrons et voir les poneys. Quand je leur donnais des sucreries, ils me laissaient leur caresser les naseaux et la gorge.

Je me sentais en sécurité à Cooldaragh, en raison de la situation de ma chambre : mon père n'osait pas m'approcher, avec Mrs Giveen de l'autre côté du mur.

Les jours de pluie, j'explorais la maison. Les armoires de Mrs Giveen regorgeaient d'objets datant des guerres américaines. Elle aimait beaucoup me parler de son grand-père et me montrer ce qui lui avait appartenu.

Parfois, je m'installais avec un livre dans l'immense cuisine toujours emplie de délicieuses odeurs de pains et de gâteaux que ma mère préparait. Avant qu'on ne me laisse partir à l'aventure avec le Club des Cinq, j'avais toutefois quelques tâches à accomplir. Je devais aller chercher de l'eau à la pompe, de la tourbe pour le poêle ou des bûches pour les cheminées de nos chambres. Les jours de beau temps, qui étaient plutôt rares en hiver, j'allais chercher des branches mortes et du petit bois pour le feu. On les faisait sécher près du poêle. Ma mère avait lu quelque part que les infusions d'orties avaient des vertus médicinales. Armée de gants de jardinage, j'allais en récolter de pleins paniers qu'elle faisait bouillir sur le poêle et qui laissaient dans la cuisine une odeur âpre.

Les matins d'hiver, quand je traversais les couloirs pour aller chercher de l'eau pour faire ma toilette, j'entendais galoper les souris. Elles ne me faisaient pas peur, mais leur présence signifiait qu'il fallait ranger dans des boîtes ou mettre sous cloche la moindre parcelle de nourriture. Un matin, je vis que mon père avait laissé un paquet de sucre ouvert la veille au soir. Une souris grassouillette n'avait pas manqué de s'y installer pendant la nuit. Je la fis déguerpir et jetai le reste de sucre. Il y avait une ribambelle de chats à Cooldaragh, mais je devais pourtant nettoyer de nouvelles crottes de souris tous les matins.

Pâques fit son retour, apportant un temps plus clément. Je passai dès lors la plupart de mon temps libre à explorer les bois en compagnie des chiens. Les rayons du soleil réchauffaient les sous-bois et faisaient briller les jeunes feuilles qui poussaient sur les arbres. De joyeux chants d'oiseaux s'échappaient des nids où de futurs parents couvaient leur descendance. Scamp, devenu aveugle, était trop vieux pour nous suivre mais mes trois autres compagnons couraient autour de moi et creusaient la terre çà et là. Judy faisait souvent des escapades pour courser un lapin. À mon signal, « Va chercher ! », Bruno partait et la ramenait.

Entre le bosquet de sapins et le bois coulait un ruisseau, sur les bords duquel je m'installais pour surveiller les œufs de grenouille. Je m'amusais à troubler l'eau avec un bâton pour voir si la vie ne se cachait pas sous la vase. Souvent, ma patience était récompensée : je voyais de minuscules grenouilles, presque encore des têtards, ou des crapauds tapis dans l'herbe près du cours d'eau.

En début de soirée, j'allais avec Mrs Giveen donner des friandises aux poneys. Habitués à nos rendez-vous, ils nous attendaient fidèlement à la barrière. De retour à la maison, j'aidais ma mère à préparer le dîner qui devait être prêt avant le retour de mon père. J'apportais le plateau de Mrs Giveen dans son salon puis retournais manger avec mes parents dans la cuisine.

Mon père me parla très peu pendant toute cette période. Je sentais bien qu'il me suivait du regard. Mais au final il m'ignorait et c'était réciproque.

Ce fut un paisible interlude dans ma vie. Les mois passaient et je me pris à croire que cette trêve durerait toujours. Mais comment aurait-il pu en être ainsi ?

Un matin, au début des vacances d'été, un étrange silence régnait dans la maison. En descendant dans la cuisine, je sentis que quelque chose n'allait pas. Ma mère, qui préparait mon petit déjeuner, m'annonça que Mrs Giveen s'était éteinte dans son sommeil, sereinement. Elle me parla d'un ton très doux ; elle savait que j'aimais beaucoup la vieille dame. Cette nouvelle me dévasta, car Mrs Giveen avait été mon amie mais aussi, sans le savoir, ma protectrice. Je voulus lui dire au revoir. Je montai dans sa chambre, où elle reposait sur son lit, les yeux clos. Un bandeau lui maintenait les mâchoires fermées. Je n'eus pas peur de la mort, que je voyais pourtant pour la première fois. La vieille dame n'était plus là, c'est tout.

Les chiens furent calmes, ce jour-là. On aurait dit qu'ils avaient perdu une amie, comme moi. En fin d'après-midi, j'allai donner du sucre aux poneys et puisai un peu de réconfort dans leur regard solennel.

Je ne me souviens pas de son enterrement ni des visites de sa famille. En revanche, je me rappelle que sa belle-fille vint passer quelques semaines à Cooldaragh pour faire l'inventaire de ce que contenait la maison, les vieux meubles surtout. C'était une belle femme, charmante, toujours parfumée. Elle me faisait venir dans sa chambre, voisine de la mienne, et m'offrait des barrettes et des rubans pour mes cheveux. Elle me rapporta même une robe écossaise de Londres, où elle vivait. Ma mère, couturière chevronnée, me confectionna ma première veste de flanelle grise. J'étais très fière de l'image de grande fille que je voyais soudain dans le miroir, et j'avais hâte d'aller à l'église avec Mrs Giveen fille dans cette tenue.

Pendant le séjour de Mrs Giveen, un dimanche, l'apparition soudaine d'une chauve-souris dans l'église vint perturber l'office. Pour moi, c'était juste une souris volante, mais elle fit souffler un vent de panique dans l'assemblée. Les adultes, me dis-je, ont peur de bien peu de chose.

C'était la première fois que je voyais ma mère avec une femme de son âge qu'elle semblait apprécier. J'avais toujours senti qu'elle s'ennuyait en compagnie de la mère et de la sœur de mon père. Le week-end, nous prenions souvent le thé toutes les trois dans le jardin, à la mode anglaise. Ma mère disposait sur un plateau la théière en argent et les tasses en porcelaine. Elle avait préparé des scones, du cake et des petits sandwiches aux œufs, au cresson ou garnis de fines tranches de jambon cuit maison. C'était un moment gratifiant pour moi car les deux femmes me faisaient participer à leurs discussions.

Le jour que je redoutais finit par arriver. Mrs Giveen m'annonça qu'elle devait repartir pour Londres. Elle m'offrit un cadeau avant de nous quitter.

« Antoinette, dit-elle, c'est bientôt ton anniversaire. Je suis désolée de ne pas pouvoir rester, mais j'ai un petit cadeau pour toi. »

Elle me donna une chaîne avec un petit médaillon en or, qu'elle me passa autour du cou.

Maintenant que la maison était vide, pensai-je, ma mère devait se sentir maître des lieux. Ce qu'elle fut en effet pendant une année.

10

Je fus tirée du sommeil par la lueur du matin et regardai autour de moi en clignant des yeux. Les rayons du soleil donnaient un éclat inhabituel aux teintes rouges et bleues de ma robe écossaise, suspendue à la porte de ma chambre.

Un frisson d'excitation me parcourut : c'était le jour de mon dixième anniversaire. Pour la première fois de ma vie, j'avais organisé une fête à laquelle étaient invitées les quatorze filles de ma classe. Ma mère m'avait donné son accord. Mon père, quant à lui, nous avait annoncé qu'il irait jouer au golf, m'offrant ainsi un cadeau très appréciable : son absence. C'était ma journée, et j'allais en passer la moitié seule avec ma mère. L'ombre de mon père ne menacerait pas ce moment privilégié.

Mon regard se posa sur le médaillon que la jeune Mrs Giveen m'avait offert. Avec un pincement au cœur, je me dis que j'aurais aimé que sa belle-mère et elle puissent être là. Pendant les vacances d'été, ma mère m'avait dit que j'aurais le droit d'organiser une fête d'anniversaire cette année. Toutes les filles de ma classe avaient accepté l'invitation ; j'avais hâte de leur montrer ma maison. Car dans mon esprit comme dans celui de ma mère, Cooldaragh était ma maison.

Lorsque je me promenais dehors avec les chiens, nous passions toujours dans le bosquet et j'imaginais alors les jeunes enfants Giveen, année après année, choisir leur sapin de Noël puis l'installer dans le vaste hall. Je me les représentais, aussi bien habillés que sur les photographies sépia qui décoraient le salon, grimper sur un escabeau pour disposer les décorations sur le sapin. Le matin de Noël, ils ouvraient leurs cadeaux devant un grand feu de cheminée. Dans le fond de la pièce, les domestiques attendaient le moment de prendre part aux festivités.

Je paressai dans mon lit encore quelques instants. Ce Cooldaragh-là était celui dont je voulais faire partager la magie à mes amies.

La voix de ma mère, qui m'appelait du bas des escaliers, me sortit de mes rêveries. Je m'habillai et la rejoignis dans la cuisine. Dans le couloir, de délicieuses odeurs m'annoncèrent que ma mère était déjà à l'œuvre.

La veille, elle avait déjà préparé mon gâteau d'anniversaire, orné d'un glaçage rose, de dix bougies et des mots « Bon anniversaire ». En entrant dans la cuisine, je découvris des rangées de petits gâteaux qui tiédissaient sur les étagères. J'aperçus aussi le précieux saladier, dont je pourrais me régaler après le petit déjeuner, dès que ma mère aurait versé le glaçage multicolore sur les gâteaux.

La table était mise pour deux : la théière dans son joli fourreau, des œufs dans leur coquetier et, derrière les assiettes, plusieurs paquets.

« Bon anniversaire, ma chérie », me dit ma mère en m'embrassant. Une journée parfaite commençait. Je déballai mes cadeaux : mes parents m'avaient offert une paire de chaussures noires vernies, avec une fine lanière sur le devant, mes grands-parents un pull-over jacquard et ma grand-mère anglaise trois livres de Louisa M. Alcott, *Les Quatre Filles du docteur March*, *Le Rêve de Jo March* et *La Grande Famille de Jo March*.

Je dévorai mon petit déjeuner, donnant discrètement quelques miettes aux chiens. Il faisait beau, j'avais ma mère pour moi toute seule, j'étais ravie de mes cadeaux.

J'avais attendu cette fête toute la semaine. Je me voyais déjà présenter le jardin aux filles de ma classe, qui ne manqueraient pas d'être impressionnées par la chance que j'avais de vivre dans un tel lieu. À la fin de l'été, la perspective de pouvoir les inviter avait ajouté une dose d'excitation à la rentrée. Les grandes vacances s'étaient bien passées, mais dans la solitude. Le départ de Mrs Giveen avait créé un grand vide. Mes seuls compagnons étaient les chiens. Je passais mes journées à explorer la propriété avec eux. Parfois, ayant fait provision de sandwiches et d'orangeade, je disparaissais presque la journée entière et revenais en fin d'après-midi avec du petit bois pour alimenter le poêle de la cuisine. J'aimais bien m'acquitter de mes tâches quotidiennes. Maintenant que j'étais un peu plus âgée, je devais aussi couper les branches mortes en rondins. Mais je ne voyais quasiment personne et ne quittais jamais Cooldaragh. Le contact avec d'autres enfants me manquait. Il n'y avait aucune ferme près de la maison, les magasins les plus proches étaient à Coleraine et le bus ne passait que deux fois par jour.

Nous ne nous aventurions que rarement hors de chez nous. Le laitier passait chaque jour et l'épicier deux fois par semaine.

Toutefois, ces vacances d'été me rapprochèrent de ma mère : nous étions aussi seules l'une que l'autre. Les jours de pluie, passant de longues heures dans la cuisine, nous nous régalions des gâteaux qu'elle aimait préparer. Je me plongeais dans un livre et ma mère se concentrait sur son tricot, la tête penchée sur son ouvrage. Le cliquetis des aiguilles me rassurait.

Pour la rentrée, elle m'avait tricoté un pull-over vert foncé, avec un col en V noir et blanc. Il lui arrivait aussi de repriser mes chaussettes en laine ou de soupirer sur une jupe trop courte qu'il fallait se résoudre à abandonner, puisqu'il n'y avait plus d'ourlet.

Après le petit déjeuner, j'aidai ma mère à terminer le glaçage des gâteaux puis sortis jouer avec les chiens. Ma mère me demanda de ne pas trop m'éloigner, car je devais me préparer pour la fête. Je renonçai donc à ma promenade habituelle dans les bois et, après être allée saluer les poneys et leur avoir donné quelques sucreries, je rentrai à la maison par la petite cour à l'arrière de la cuisine. Le soleil donnait une teinte plus douce aux murs de briques rouges de la maison. Près du poêle, l'eau de mon bain était déjà prête. Il me fallut trois voyages pour la monter jusqu'à la salle de bains.

Je mis la robe écossaise que Mrs Giveen m'avait offerte et mes nouvelles chaussures noires. Ma mère me passa mon médaillon autour du cou et me coiffa. Je me regardai quelques instants dans le miroir, satisfaite.

Une demi-heure avant l'heure à laquelle les filles devaient arriver, je m'assis sur les marches de la maison pour attendre la première voiture, les yeux rivés sur l'allée. Les chiens me tenaient compagnie, attentifs eux aussi, manifestement conscients de vivre une journée très spéciale.

Plusieurs voitures noires firent bientôt leur apparition et s'arrêtèrent devant le perron, faisant crisser le gravier poussiéreux de la cour. De petites filles apprêtées en sortirent, tenant chacune un cadeau joliment emballé. Leurs parents repartirent après avoir promis à ma mère de revenir les chercher à dix-huit heures trente.

Ma mère nous apporta de l'orangeade dans le jardin. Je commençai à déballer mes cadeaux, sous les regards curieux de l'assemblée. Plusieurs paquets contenaient des boîtes de bonbons, qui passèrent joyeusement de main en main jusqu'à ce que ma mère décide de les ranger dans la maison, craignant que nous n'ayons plus d'appétit pour la suite. D'autres paquets contenaient des barrettes et des rubans. Je fus aux anges en découvrant également un stylo noir avec une bague en argent et un journal à la couverture rose – dont je ne noircirais jamais une seule page car après cette journée, rien ne me parut digne d'être relaté. Mais en ce merveilleux début d'après-midi, je ne savais pas ce qui allait se passer.

Ma mère m'aida à rassembler tous mes cadeaux et me suggéra de faire visiter la propriété à mes amies – elle n'eut pas besoin d'insister. Je les conduisis dans le hall et leur montrai tous les objets qui venaient d'Amérique. C'est alors que je me rendis compte que le vent était en train de tourner. Un étrange murmure, quelques chuchotements, un éclat de rire étouffé... Tout à coup, je vis Cooldaragh à travers leurs yeux.

Au lieu de l'endroit majestueux dont je leur avais souvent parlé, je vis les cheminées condamnées, bouchées par du papier journal pour éviter les courants d'air ; les toiles d'araignées dans les coins ; les tapis poussiéreux dans l'escalier qui menait aux chambres vides. Dans la salle à manger, je sentis leur regard s'arrêter sur l'argenterie que personne n'avait nettoyée depuis la mort de Mrs Giveen. Je vis les rideaux fanés qui pendaient aux fenêtres depuis tant d'années et les lampes à pétrole, sur le buffet, qui rappelaient que cette vieille maison n'avait même pas l'électricité.

« Je suis sûre qu'il n'y a pas l'eau chaude... » entendis-je l'une des filles murmurer.

Les filles de ma classe habitaient dans de belles maisons avec jardin, meubles modernes et argenterie étincelante. Chez elles, les « bonnes » ne laissaient pas traîner la moindre poussière et l'on prenait un bain tous les jours. À leurs yeux, Cooldaragh n'avait rien de magique. C'était un bâtiment en ruine. Avec l'instinct infaillible de l'enfance, elles faisaient le lien avec ce qu'elles avaient déjà dû entendre de leurs parents. Elles savaient que ma mère était la gardienne de cette maison. Elles savaient que je ne venais pas d'une famille aisée. Je n'étais pas l'une des leurs.

Je sentis encore une fois la distance qui nous séparait. C'était la curiosité, pas l'amitié, qui les avait poussées à accepter mon invitation. Cette amitié à laquelle je voulais croire m'échappait soudain. J'avais l'impression qu'une paroi de verre s'était dressée entre nous. Je les regardais rire et parler à travers ce mur invisible, et je ne pouvais au mieux que les imiter. J'étais à l'extérieur, je regardais la fête de quelqu'un d'autre se dérouler sous mes yeux.

Nous fîmes plusieurs jeux dans l'après-midi, surtout des parties de cache-cache, les nombreuses pièces vides s'y prêtant à merveille. Quand c'était mon tour de me cacher, je remarquai qu'elles ne me cherchaient pas avec autant d'application que les autres. Je compris qu'elles attendaient toutes que leurs parents viennent les libérer et les ramener dans leurs maisons aseptisées.

Tout ce que ma mère avait préparé – pâtes de fruits, sandwiches, gâteaux – fut apprécié avec enthousiasme. Au moment de souffler les bougies de mon gâteau d'anniversaire, quelqu'un me dit que si je parvenais à les éteindre toutes en même temps, je pourrais faire un vœu. Je gonflai les poumons et soufflai sans oser regarder. Tout le monde applaudit : les flammes étaient éteintes ; je me concentrai pour faire un vœu.

« Faites qu'elles m'aiment, faites qu'elles soient mes amies », implorai-je, les yeux clos. En les rouvrant, je pensai un instant que mon vœu avait été exaucé. C'était le bon moment, me semblait-il, pour distribuer les bonbons qu'on m'avait offerts. Je me dirigeai vers l'endroit où ma mère avait rangé mes cadeaux, mais à mon grand désarroi, tous les bonbons avaient disparu. Les filles devaient les avoir mangés pendant nos parties de cache-cache, quand j'avais attendu si longtemps qu'on vienne me dénicher dans ma cachette. Je lançai un regard vers ma mère, désemparée.

Elle se mit à rire. « Ma chérie, tu dois apprendre à partager ! »

Elle échangea des sourires complices avec mes invitées. J'avais l'impression que tout le monde se moquait de moi et je me sentis à nouveau seule au monde.

La fête arriva à son terme. Sur le perron de la maison, je regardai le convoi de voitures raccompagner mes « amies », qui m'avaient poliment remerciée tout en faisant la vague promesse de me rendre l'invitation. Je décidai d'y croire et leur fis de grands signes de la main jusqu'à ce que les voitures aient disparu au bout du chemin.

Mon père rentra à sept heures. Je compris à sa mine écarlate qu'il avait bu. Il me fixait des yeux. J'avais envie de m'enfuir mais comme toujours, son regard me clouait sur place.

Ma mère me demanda de lui montrer mes cadeaux, d'une voix haut perchée qui trahissait sa nervosité.

« Regarde ce qu'on lui a offert, Paddy. »

Je les lui montrai un par un.

« Et il n'y a pas de bonbons ? » Il lut la réponse sur mon visage. « Tu n'as pas gardé quelques bonbons pour ton vieux père ? »

Je scrutai son visage, cherchant à savoir si j'avais en face de moi le père jovial, avec qui l'on pouvait plaisanter, ou bien l'autre. Mon estomac commençait à se nouer.

Le dernier cadeau que je lui montrai était le stylo. Ma main trembla quand il le prit pour le regarder. Il s'en rendit compte, car il sourit.

« Où est ton autre stylo, celui que ta mère et moi t'avons offert ? » demanda-t-il. Je compris, terrorisée, que ce n'était pas le père jovial qui me posait cette question.

« Dans mon sac », répondis-je d'une voix timide.

Il partit d'un rire détestable. « Alors va le chercher, tu n'as pas besoin de deux stylos.

— Si, protestai-je. Il m'en faut un de rechange, c'est pour ça que Marie me l'a offert. »

J'eus l'impression qu'il enflait comme les crapauds que j'observais dans les bois. Son torse se gonfla, ses yeux étaient injectés de sang. Je vis ce rictus révélateur sur ses lèvres et regrettai, un peu tard, de lui avoir répondu.

« Ne discute pas avec moi ! » cria-t-il en agrippant le col de ma robe pour me déloger de ma chaise. Le sol se déroba sous mes pieds, je n'arrivais plus à respirer, il serrait les mains autour de mon cou et j'entendis ma mère crier.

« Paddy, arrête, tu vas la tuer ! »

J'essayai de desserrer l'étreinte de ses doigts et battai désespérément des jambes au-dessus du sol.

Il hurla : « Tu fais ce que je te dis de faire ! » Ma mère continuait de le supplier d'arrêter. Il finit par me relâcher.

Je me relevai, totalement hébétée.

« Je ne veux plus la voir, cria-t-il à ma mère, emmène-la dans sa chambre. »

Elle me prit par le bras sans dire un mot et me conduisit à travers le couloir et l'escalier, puis me relâcha brusquement et m'ordonna de rester là.

« Pourquoi est-ce qu'il faut toujours que tu l'énerves ? Tu sais bien qu'il a mauvais caractère. » Elle avait l'air désabusée. « Tu ne peux pas faire un effort pour moi ? » Sa détresse était perceptible. Je savais qu'elle avait eu aussi peur que moi.

Un peu plus tard, elle revint dans ma chambre. Encore sous le choc, j'essayais de me calmer en m'échappant avec *Les Quatre Filles du docteur March*. À son regard, je sus que le sentiment de sécurité que j'avais éprouvé du temps de Mrs Giveen n'était plus qu'un souvenir. Ma mère avait choisi le camp de mon père. Pour elle, j'étais désormais une enfant qui posait problème.

« Essaie de ne pas mettre ton père en colère, Antoinette. » C'est tout ce qu'elle me dit en repartant de ma chambre avec ma lampe à pétrole. Je fermai les yeux. Puisque je ne pouvais plus lire, je me mis à inventer une histoire. Une histoire dans laquelle j'avais des amies qui m'aimaient et qui m'invitaient à leurs fêtes.

Retour à l'hospice. Je me préparai un café et allumai une cigarette pour tenter d'arrêter le flot des souvenirs, mais Antoinette, le fantôme de mon enfance, était toujours là. Je l'entendis à nouveau.

« Toni, fais l'effort de te souvenir, rappelle-toi la vérité. »

Je pensais que mon passé était réglé, mais le visage d'Antoinette revenait me hanter. Bien des années plus tôt, j'avais détruit toutes les photos de cette enfant qui avait été moi, mais à présent, elles ressurgissaient l'une après l'autre.

Sur l'une d'elles, une petite fille joufflue aux boucles brunes souriait à l'objectif, les jambes croisées, ses petites mains grassouillettes posées sur un genou. Elle portait sa robe préférée, une robe confectionnée par sa mère.

Sur une autre, quelques années plus tard et amaigrie,

elle portait une robe à carreaux trop petite pour elle, et avait les pieds nus dans des sandales d'occasion. Son regard était vide, ses yeux cernés. Elle posait debout sur les pelouses de Cooldaragh, Judy dans les bras, ses autres amis, les chiens, à ses pieds.

Sur une autre encore, elle était dans les rhododendrons de Cooldaragh avec la mère qu'elle aimait tant. Mais il n'y avait aucune photo d'elle en compagnie d'autres enfants de son âge.

Je repoussai ces images mentales et retournai dans la chambre de ma mère. En fermant les yeux, la petite fille seule et triste de Cooldaragh me revint à l'esprit. L'anniversaire de ses dix ans, marqué par la brutalité de son père, l'indifférence de sa mère et son incapacité à se sentir en phase avec les filles de sa classe.

Mais il était déjà trop tard. À dix ans, elle savait que les moments de bonheur qu'elle pouvait vivre n'étaient qu'une illusion furtive.

Assise au chevet de ma mère, je me rappelai soudain une tentative de rébellion dérisoire qui m'arracha avec le recul un sourire attendri. Ça s'était passé juste après mon anniversaire. Comme quoi, la petite fille était encore capable de colère à ce moment-là.

À Cooldaragh, toutes les cheminées inutilisées étaient obstruées par du papier journal, non seulement pour éviter les pertes de chaleur, mais aussi pour empêcher les oiseaux et les chauves-souris d'entrer dans la maison. Quand j'allais chercher de l'eau dans la cour à la tombée de la nuit, je voyais souvent le vol erratique des chauves-souris. Elles me rappelaient le vent de panique que l'une d'entre elles avait fait souffler à l'église, un dimanche matin. Ce jour-là, j'avais vu à quel point ce petit animal avait terrorisé les femmes de l'assemblée.

Je choisis méthodiquement le soir de ma vengeance. Le vendredi matin, mon père partait à Coleraine et ne revenait que tard dans la soirée, ivre. Ma mère suivait alors toujours le même rituel. Quand elle était fatiguée de l'attendre, elle quittait le salon, une bougie à la main, et traversait le couloir qui menait à la cuisine. Elle se préparait un thé puis montait se coucher par l'un des escaliers de service.

Ce vendredi soir, alors que ma mère me croyait endormie, je sortis de mon lit à pas de loup, bien décidée à laisser entrer quelques chauves-souris dans la maison. Je fis des trous dans le papier journal qui bouchait les conduits des cheminées puis ouvris la porte qui donnait sur la petite cour, près des anciennes étables où nichaient les petites bêtes.

J'attendis patiemment l'arrivée des visiteurs nocturnes, assise en haut de l'escalier de service. Une chauve-souris fit bientôt son entrée par la porte de la cour. Je dévalai les marches et la refermai en silence derrière elle, puis regagnai mon poste d'observation. La suite des événements ne se fit pas attendre très longtemps.

La porte du salon s'ouvrit et j'aperçus la lueur orangée d'une bougie, puis le vacillement d'une flamme qui précédait ma mère. La chauve-souris ne tarda pas à venir tournoyer au-dessus de sa tête. Ma mère poussa un cri.

Je la devinais morte de peur dans cette pénombre. Je courus vers elle et la pris dans mes bras. Elle était toute tremblotante. Je la raccompagnai dans le salon et la fis s'asseoir, en lui expliquant que j'étais dans la salle de bains au moment où je l'avais entendue crier.

Je la laissai pour aller lui préparer un thé dans la cuisine. Toute cette agitation n'avait manifestement pas perturbé le sommeil des chiens. Avec une tasse de thé, un pot de lait et du sucre sur un plateau, je raccompagnai ma mère jusqu'à sa chambre par l'escalier principal, pour éviter une nouvelle rencontre avec l'intruse. Je posai le plateau près du lit de ma mère et la pris une nouvelle fois dans mes bras.

À travers mes yeux d'adulte, j'essayais maintenant de comprendre ce qu'avait été la vie de ma mère pendant toutes ces années. Je concevais qu'elle ait eu envie de se réfugier dans ses rêves de « famille heureuse », où tout allait pour le mieux. Après tout, qu'avait-elle d'autre ? Après le décès de Mrs Giveen, elle ne voyait quasiment plus personne. Elle n'avait ni famille ni amis en Irlande du Nord, et aucune indépendance financière. Sans moyen de transport, elle était de plus en plus seule et déprimée.

Cinquante ans plus tard, ma mère aurait certainement eu la possibilité de faire d'autres choix. Mais aurait-elle saisi cette occasion ? Au vu de ce qui s'était passé par la suite, j'en doutais.

Toujours assise à côté d'elle, je regardais sa frêle silhouette dans la lueur terne de la veilleuse. Le sommeil semblait avoir calmé sa douleur, ses traits étaient apaisés. J'étais tiraillée par des sentiments contradictoires, comme la petite Antoinette la nuit de sa pauvre vengeance : la confusion, la colère et un énorme désir de réconforter ma mère et de la protéger.

11

Après le départ de Mrs Giveen, mon père commença à venir dans ma chambre. Les jours où il savait qu'il rentrerait tard, il prenait sa voiture pour aller en ville. À son retour, ma mère et moi étions dans nos chambres, situées à deux extrémités de la maison. Ma chambre était plongée dans l'obscurité ; seule la lune y jetait une lueur blafarde quand le ciel était dégagé. Je m'endormais souvent en regardant par la fenêtre le visage rassurant de « l'homme de la lune ». J'avais perdu ma lampe torche depuis belle lurette et, comme ma mère avait emporté la lampe à pétrole de ma chambre, ma seule source de lumière était la bougie avec laquelle je regagnais ma chambre chaque soir. Étendue dans le noir, les poings serrés, je fermais les yeux très fort dans l'espoir que, si je ne les rouvrais pas, je ferais disparaître mon père. Mais il était toujours là. J'essayais de me recroqueviller sous les couvertures mais déjà il les avait renversées et avait relevé ma chemise de nuit.

Il me murmurait à l'oreille : « Tu aimes ça, hein, Antoinette ? »

Je ne disais rien.

« Tu aimerais avoir de l'argent de poche, n'est-ce pas ? »

Il sortait une demi-couronne de sa poche et la glissait dans mon poing serré. Puis il enlevait son pantalon. Je me souviendrai toujours de son odeur – l'haleine de whisky, le tabac froid et son corps. Il se mettait sur moi. Maintenant que j'étais un peu plus âgée, il s'autorisait un peu plus de bestialité, même s'il faisait encore attention. Et il me pénétrait. Je sentais son regard à travers mes paupières closes. Il me disait d'ouvrir les yeux. Je ne voulais pas. À cet âge, il me faisait mal. Je l'entendais pousser un dernier soupir avant de se retirer ; il se relevait, se rhabillait rapidement et allait se coucher dans le lit de ma mère.

Je restais là, ma pièce au creux d'une main.

Sa violence physique augmenta au même rythme que ses visites. Un soir, je jouais dans l'ancien salon de Mrs Giveen. J'y étais allée pour être seule, loin de mes parents, mais mon père vint s'y installer pour lire son journal. Je m'amusais avec un de ces petits gadgets en métal qui ressemblent à des grenouilles et qu'on trouve dans les pochettes-surprises. Assise par terre, j'écoutais négligemment le cliquetis répétitif du métal sous la pression de mes doigts. Je sentis soudain le regard de mon père.

« Antoinette, dit-il, arrête ça tout de suite. »

Je sursautai de peur. La petite grenouille me glissa des mains dans un dernier « clic ». Il n'en fallut pas plus. Mon père m'empoigna et me repoussa contre le sol.

« Quand je te dis d'arrêter, tu arrêtes ! » hurla-t-il.

Souvent, la nuit, le même cauchemar me réveillait : je rêvais d'une chute interminable dans un trou noir. Le scénario intégra ensuite la présence de mon père, quand il commença à me réveiller la nuit. J'avais du mal à me rendormir quand il repartait. Le matin, j'étais fatiguée en allant chercher de l'eau dans la cuisine pour ma toilette. Je prenais soin de bien me laver entre les jambes, ces matins-là. J'ai beaucoup de mal à me souvenir précisément de ce que je ressentais ; je crois que je ne ressentais pas grand-chose.

Avec ses fréquentes visites, j'avais régulièrement de « l'argent de poche » et je pus à nouveau acheter des bonbons pour m'attirer les bonnes grâces de mes camarades d'école. Mais les enfants sont comme les animaux : ils savent très bien quand quelqu'un est faible, différent ou vulnérable. Les enfants de mon école étaient bien élevés, la cruauté ne faisait pas partie de leur panoplie d'enfants polis ; mais leur aversion à mon égard était instinctive. Alors j'évitais autant que possible les élèves de mon âge quand je prenais mon goûter avec les internes. Je m'asseyais avec des filles plus jeunes, avec qui je pouvais jouer, ou avec les élèves plus âgées, qui étaient gentilles avec moi. Le reste du temps, j'allais faire mes devoirs à la bibliothèque. Je savais bien qu'on ne m'appréciait pas, et les institutrices aussi d'ailleurs. Le personnel de l'école affichait une gentillesse de surface, mais je sentais une distance. À l'âge de dix ans, j'avais renoncé à ce qu'on m'aime.

Le trajet en bus durait une demi-heure, pendant laquelle je faisais mes devoirs et lisais les passages des manuels sur lesquels on allait nous interroger le lendemain. Un soir, mon père monta dans le bus au premier arrêt. Il ne s'assit pas à côté de moi, mais presque en face, pour pouvoir me regarder. Il afficha le sourire du gentil père. Mais cela faisait longtemps que je n'y croyais plus. Ce soir-là, je ne réussis pas à mettre la main sur mon ticket. Je sentis monter la panique en fouillant dans mes poches et dans mon sac, sous le regard de mon père. J'essayai de murmurer au chauffeur : « Je ne trouve pas mon ticket. S'il vous plaît, ne le dites pas à mon père. »

Mais le chauffeur éclata de rire. Il savait que j'avais un ticket hebdomadaire, puisqu'il conduisait le bus tous les jours.

« Ça ne fait rien, dit-il. Ton père ne va pas se mettre en colère. Regarde-le, il te sourit. Ne sois pas bête. »

Certes, il me souriait ; avec cette terrible lueur dans les yeux. Puis il me fit un clin d'œil que je reconnus. Le trajet me parut interminable. Nous descendîmes du bus dans la nuit noire et froide. Dès que le bus disparut au loin, il m'empoigna comme je m'y attendais et se mit à me frapper sur les fesses et les épaules, tandis que son autre main me serrait la nuque. Il me secoua dans tous les sens, mais je ne pleurai pas. Pas encore. Je ne criai pas non plus. J'avais arrêté de crier depuis longtemps déjà. Pourtant, en marchant vers la maison, je sentis les larmes couler. Ma mère vit certainement que j'avais pleuré, mais elle ne dit rien. J'avalai mon dîner, trop bouleversée pour avoir faim, trop apeurée pour refuser de manger. Je terminai mes devoirs et montai me coucher. Je savais que je n'étais pas une enfant qui s'évertuait à mettre ses parents en colère ; c'était au contraire l'un de mes parents qui cherchait la moindre excuse pour me frapper.

Ce soir-là, il vint dans ma chambre avant que je ne m'endorme. Il renversa les couvertures avec une violence inhabituelle. Il me fit vraiment peur et je fondis en larmes.

« Je ne veux pas d'argent de poche. Je ne veux pas que tu me fasses ça. » Je n'arrêtais pas de le supplier, je devenais hystérique. « S'il te plaît, s'il te plaît, arrête, tu me fais mal ! »

Ce fut la première et la dernière fois que je pleurai quand il venait dans ma chambre. Ma mère, qui était dans le hall, entendit mes cris.

Elle nous appela : « Qu'est-ce qui se passe ? »

Mon père lui répondit : « Rien. Elle a fait un cauchemar. Je suis venu voir ce que c'était. Tout va bien, elle s'est calmée. »

En repartant, il me glissa à l'oreille : « Ne t'avise pas d'en parler à ta mère. »

Quelques minutes plus tard, elle entra dans ma chambre ; j'étais enfouie sous les couvertures.

« Antoinette, qu'est-ce qui s'est passé ? demanda-t-elle.

— Rien, répondis-je, j'ai fait un cauchemar. »

Elle repartit sur ces mots et ne me reposa plus jamais la moindre question.

Certains soirs, tapie dans mon lit, le crissement du gravier me signalait l'arrivée de mon père, puis j'entendais le plancher craquer sous ses pas qu'il voulait discrets, à mesure qu'il approchait de ma chambre. Je faisais semblant de dormir, accrochée à l'espoir qu'il ne tienne pas à me réveiller. Mais c'était peine perdue.

Il ne me donnait pas systématiquement une pièce, mais au moins deux fois par semaine. De temps en temps, au lieu de la glisser entre mes doigts serrés, il la jetait dans un vase en porcelaine, sur la coiffeuse où je rangeais mon médaillon. « Tiens, ton argent de poche. »

Les soirs où il rentrait tôt, je m'installais en général dans le canapé, les chiens étendus à mes pieds, et j'ouvrais un livre. Les histoires de parents aimants me faisaient souvent pleurer. C'était le prétexte idéal qu'attendait mon père.

« Pourquoi est-ce que tu pleures ? demandait-il.

— Pour rien », marmonnais-je en essayant d'éviter de le regarder dans les yeux.

Alors il se levait de sa chaise, m'agrippait par la nuque et se mettait à me secouer et à me frapper, les épaules en général.

« Eh bien, disait-il ensuite d'un ton calme, maintenant tu sais pourquoi tu pleures, hein ? »

Ma mère ne disait rien.

Au bout d'un moment, j'abandonnai les histoires de familles heureuses pour lire les livres de ma mère. Je ne lui donnai aucune explication, mais elle n'en demanda pas. Les premiers livres pour adultes que je lus furent la série des Whiteoak[1]. Ce n'était pas des histoires tristes, mais les enfants en étaient absents.

Un jour, un homme m'attendait à la sortie de l'école. Il se présenta comme étant un ami de mon père. L'institutrice responsable des internes l'avait autorisé à m'inviter à prendre un thé. Il m'emmena donc dans un salon de thé et m'offrit des scones, du gâteau et une glace. Tout ce que les petites filles adorent ! Il me parla de mon école. Peu à peu, il sut me mettre en confiance.

_____

1. Patronyme des héros d'une série de romans de la Canadienne Mazo de la Roche (1879-1961). (*N.d.T.*)

Comme il me demandait quel genre de livres j'aimais lire, je lui parlai de *Jalna*, de la saga des Whiteoak.

« Tu es très en avance pour ton âge, dis-moi », commenta-t-il.

Son compliment me fit rougir. Je le trouvais gentil, j'étais heureuse qu'on s'intéresse à moi. Il me raccompagna ensuite à l'école en me disant qu'il avait beaucoup apprécié ma compagnie. Il me proposa de renouveler cette sympathique sortie, ce que j'acceptai avec plaisir.

Par la suite, il revint plusieurs fois me chercher à la sortie des classes. Les institutrices, à qui j'avais dit que c'était un ami de mon père, n'y voyaient aucun problème. J'attendais ses visites avec impatience : comme il s'intéressait à ce que je lui racontais, je me sentais plus grande, plus importante. Il me laissait toujours commander ce que je voulais et avait l'air absorbé par ma conversation. Je pensais m'être fait un ami parmi les adultes, qui s'intéressaient d'habitude si peu à moi. Jusqu'à sa dernière visite.

Ce jour-là, il m'emmena dans un parc et me répéta à quel point nos promenades lui plaisaient. Il me dit qu'il aimait bien les petites filles, surtout celles qui étaient mûres comme moi. Puis il me regarda. Ses yeux m'évoquèrent soudain ceux de mon père. Il arracha quelques brins d'herbe qu'il passa entre ses doigts de haut en bas et de bas en haut, dans un geste évocateur.

« Antoinette, dit-il, tu sais ce que j'aimerais que tu fasses, maintenant ? »

Je savais.

« Je suis sûr que ça te plairait, hein Antoinette ? »

Je tressaillis, comme un lapin pris au piège dans la lumière des phares.

« Je sais que tu le fais avec ton père, poursuivit-il. La prochaine fois que je viendrai te chercher, je t'emmènerai à la maison. On pourra passer l'après-midi ensemble et je te raccompagnerai jusqu'au bus. Ça te plairait, n'est-ce pas ? »

Je hochai la tête, comme on m'avait appris à le faire.

Le soir venu, je parlai à mon père de son ami. Il se mit dans une colère noire.

« Ne fais ça avec personne d'autre que moi ! » sifflat-il en levant le poing sur moi.

Mais pour une fois, il sortit de ma chambre sans me frapper. Je ne revis jamais cet homme et ne sus pas davantage comment il avait appris ce qui se passait entre mon père et moi. Mais c'est forcément mon père qui lui en avait parlé. Il semble que même les monstres aient du mal à supporter le poids de leurs mensonges. Même eux ont besoin que quelqu'un sache qui ils sont vraiment, et l'acceptent.

Nous restâmes encore quelques mois à Cooldaragh. Puis ma mère m'annonça que la maison était vendue et que nous devions déménager une nouvelle fois. Cette fois, on allait retourner dans le Kent. Elle m'expliqua que mon père et elle devaient trouver un travail, car un seul salaire ne suffirait plus, maintenant qu'on allait devoir payer un loyer. Et elle trouverait sans doute plus facilement du travail en Angleterre.

Ma mère me dit aussi que ces deux années passées à Cooldaragh lui avaient permis de mettre un peu d'argent de côté pour acheter une maison. Depuis quelques années, son visage et en particulier sa bouche s'étaient endurcis mais, tandis qu'elle me parlait, ses traits s'adoucissaient : son rêve, semblait-il, devenait envisageable.

Je ne partageais pas son enthousiasme car je m'étais beaucoup attachée à Cooldaragh.

12

Pour ne rien arranger à mon moral, ma mère m'annonça que je ne m'installerais pas avec eux mais chez ma marraine, à Tenterdon. Tout était déjà arrangé, on m'avait même déjà inscrite à l'école. Je me sentis abandonnée, même si elle m'assura que ce serait provisoire, le temps de trouver une maison. Ma vie de famille avait beau être affreuse, c'était encore pire de me voir confiée à une étrangère.

Ma mère avait l'air plus soucieuse du sort de Bruno, son chien préféré, que du mien. Elle trouva une solution : il irait vivre chez l'une des filles de Mrs Giveen, en Irlande du Sud.

Je fus encore plus triste quand j'appris que Sally allait être piquée. Ma mère m'expliqua patiemment que la petite chienne ne s'était jamais vraiment remise de ses mauvais traitements ; elle commençait à avoir des attaques et ne supporterait sûrement pas un nouveau long voyage.

En larmes, je m'inquiétai de ce qu'il allait advenir de Judy et des chats. Elle répondit que les chats resteraient à Cooldaragh ; quant à Judy, un fermier du voisinage allait s'en occuper jusqu'à ce que nous ayons posé nos bagages en Angleterre pour de bon.

J'étais dévastée. J'allais quitter Cooldaragh et la seule école dans laquelle j'avais jamais été heureuse. J'avais l'impression que toute ma vie partait en fumée. Je fis mes adieux aux animaux en commençant par Bruno, qui bondit joyeusement de la voiture de sa nouvelle maîtresse. Je les regardai partir du bout de l'allée, en espérant qu'elle l'aimerait autant que je l'avais aimé.

Le plus difficile fut de me séparer de Sally. Ma peine était déjà insupportable, mais quand je la vis monter, toute confiante, dans la voiture de mon père pour ce qu'elle pensait être une promenade, je fus anéantie. Je tendis le bras par la vitre pour la caresser une dernière fois, en essayant de lui cacher mes sanglots. Mon père m'avait appris le matin même qu'il l'emmenait chez le vétérinaire... pour un aller simple.

Je me souviens de la tristesse qui m'avait envahie, et je me demande encore pourquoi un homme qui savait si bien mentir avait tenu à me dire la vérité ce jour-là. Ma mère non plus, d'ailleurs, ne me l'avait pas cachée. Est-ce qu'il leur en aurait tellement coûté de m'épargner cela, alors que toute notre vie de famille était bâtie sur des mensonges autrement plus graves ? Ma mère essaya bien de me réconforter, mais en vain. J'avais l'impression d'avoir envoyé un ami à l'échafaud.

Dans les semaines qui suivirent, j'aidai ma mère à rassembler nos affaires dans les caisses à thé et préparai ma valise. Je ne gardais aucun souvenir de ma marraine. Comme je n'avais droit qu'à une petite valise, je dus me résoudre à renoncer à certains de mes trésors, dont ce pauvre Jumbo.

Quelques jours avant la date de notre départ, toutes nos affaires furent entreposées dans un garde-meubles.

Le lendemain, mon père emmena Judy chez le fermier. J'aurais bien aimé accompagner ma chienne, mais la peur de me retrouver seule avec mon père l'emporta. Je l'embrassai une dernière fois dans la voiture. Elle me lécha la main, sensible à ma tristesse.

En regardant la voiture s'éloigner, je me sentis affreusement seule. Tous mes amis étaient partis. Ma mère était triste, elle aussi, mais pour une fois je ne ressentais aucune compassion pour elle, juste une colère sourde.

Le jour du départ arriva. Nous entassâmes quelques bagages dans la voiture et partîmes pour Belfast. Là-bas, on prendrait un bateau pour Liverpool et, après douze heures de traversée, il faudrait encore rouler jusqu'au Kent. Cette fois, je ne ressentis aucune excitation en arrivant à Liverpool, mais une profonde déprime.

J'essayai de lire pendant la dernière partie de notre périple, mais j'étais assaillie de flashs. Je revoyais les yeux bruns et confiants de Sally au seuil de son dernier voyage ; les poneys qui m'attendaient à la barrière quand j'étais allée leur dire au revoir et leur donner un dernier morceau de sucre ; Bruno me regardant par la vitre de la voiture qui l'emmenait loin de Cooldaragh ; et Judy, qui me manquait terriblement.

Dans la voiture, ma mère regardait souvent mon père tout en discutant avec lui. De temps à autre, elle se retournait vers moi mais je me gardais bien de baisser mon livre, pour ne pas lui montrer mes sentiments : ma rancœur face à leur abandon et ma colère d'avoir été séparée de mes amis.

Nous nous arrêtâmes plusieurs fois pour manger un sandwich et boire une tasse de thé, que j'avalai sans le moindre appétit.

À la tombée de la nuit, nous nous arrêtâmes enfin près d'une grande maison aux murs gris, devancée par un jardinet orné d'une pancarte « Bed and Breakfast ». Mes parents m'annoncèrent que nous allions y passer la nuit ; ma mère m'emmènerait chez ma marraine le lendemain. La propriétaire nous servit un dîner dans une petite salle à manger sombre, puis j'allai me coucher, apathique. Je me glissai dans un canapé-lit qui se trouvait dans la chambre de mes parents et m'endormis immédiatement.

Le lendemain matin, après le petit déjeuner, ma mère prit ma valise et je la suivis d'un pas nonchalant jusqu'à l'arrêt de bus.

Pendant tout le trajet, qui dura une heure, elle fit la conversation toute seule. Au ton de sa voix, je savais qu'elle essayait de cacher sa nervosité. Elle me dit que ma marraine avait hâte de me voir. Elle me demanda d'être gentille et m'assura qu'elle reviendrait me chercher bientôt et que j'allais me plaire là-bas.

Je l'écoutais, incrédule. Comme je lui répondais à peine, elle finit par se taire. J'avais l'impression de subir le même sort que les chiens : on me plaçait. Je n'arrivais pas à comprendre pourquoi je ne pouvais pas rester avec mes parents ; ils étaient tout près ! Je m'attendais à ne pas aimer ma marraine. En arrivant devant chez elle, je sus que mon intuition était la bonne.

Après les chaleureuses briques rouges de Cooldaragh, la grisaille de cette maison jumelle était déprimante. J'avisai avec dégoût le petit jardin, avec son hortensia planté dans un lopin de terre noire. Pendant que ma mère frappait à la porte, je regardai les fenêtres, dont les voilages empêchaient d'apercevoir l'intérieur de la maison. À l'étage, un rideau bougea mais je ne vis personne. J'entendis des pas dans l'escalier, puis la porte s'ouvrit. Avec un petit sourire, ma marraine nous invita à entrer.

Avec le temps, j'ai appris à mieux comprendre les gens. Si j'avais rencontré cette femme aujourd'hui, j'aurais vu une dame d'un certain âge, plutôt rustre et mal à l'aise avec les enfants. Mais à travers mes yeux de petite fille, elle ressemblait à une sorcière, avec son grand corps efflanqué. Mon opinion était toute faite.

Ma mère et moi prîmes place dans son austère salon, sur deux chaises droites aux accoudoirs immaculés. Quelques minutes plus tard, elle apporta sur un plateau l'indispensable thé sans lequel aucune conversation entre adultes ne pouvait se nouer.

Pendant que, d'une main, je tentais de maintenir en équilibre sur mes genoux une petite assiette garnie d'un scone sec, tenant maladroitement ma tasse en porcelaine de l'autre main, ma marraine et moi nous jaugions. Si je voyais une sorcière, de son côté, à n'en pas douter, elle voyait une enfant renfrognée, plutôt grande pour son âge et trop maigre. Je devinais dans ses yeux la même antipathie que celle qu'elle m'inspirait.

Les deux femmes parlaient de moi comme d'un objet. Pour la première fois, silencieuse, je ressentis vraiment de l'hostilité à l'égard de ma mère. Comment pouvait-elle me laisser là ?

Elles cessèrent de discuter et un silence gêné s'installa ; ma marraine y coupa court en se levant soudain pour débarrasser le plateau : « Bien, je vous laisse vous dire au revoir toutes les deux. »

Ma mère et moi nous regardâmes en chiens de faïence.

J'attendais qu'elle fasse le premier pas. Elle finit par ouvrir son sac à main, dont elle sortit une enveloppe qu'elle me tendit.

« Antoinette, dit-elle d'une voix calme, il faut que je parte, maintenant. Je t'ai mis de l'argent de poche dans cette enveloppe. Tu devras en faire bon usage jusqu'à ce que je revienne te chercher. »

Elle me serra dans ses bras et, quelques secondes plus tard, elle était partie, me laissant seule, hébétée. En entendant la porte d'entrée se refermer, je me dirigeai vers la fenêtre et poussai le rideau pour la suivre du regard, désespérée, jusqu'à ce qu'elle disparaisse. Elle ne se retourna pas une seule fois.

Ma colère et ma rancœur augmentèrent. Judy me manquait de façon intolérable. Le soir, je fondis en larmes en pensant aux animaux. J'étais punie mais je ne savais pas pourquoi. Je cachai ma profonde détresse derrière un masque acariâtre et ma marraine, qui n'avait aucune expérience des enfants, ne comprit pas qu'elle avait en face d'elle une enfant perturbée. Elle ne vit qu'une enfant rebelle.

Tant que j'étais avec mes parents, mon malaise croissant n'avait pas eu l'occasion de s'exprimer, parce qu'ils parvenaient à contenir la pression. J'étais sous contrôle, mes émotions étaient niées et mon comportement programmé. Maintenant, ce garde-fou n'existait plus. Si vous élevez un animal dans la peur et que cette peur disparaît, il devient mauvais. Je n'avais pas été élevée dans l'affection et les compliments qui vous donnent confiance en l'avenir. Mes nuits étaient habitées de cauchemars et mes journées me dévastaient. Non seulement tout mon univers familier me manquait, mais j'avais peur d'être abandonnée pour toujours. Comme on ne m'avait jamais permis d'apprivoiser mes propres émotions, je me sentais maintenant encore plus en danger et je refusais toute autorité de la part de ma marraine.

Mes maîtres, c'étaient mes parents ; mon père me contrôlait par la menace et ma mère par la manipulation affective. La colère devint le principal sentiment qui coulait dans mes veines. Elle était un bouclier contre le désespoir et ma marraine en devint la cible privilégiée. Déterminée à ne rien lâcher, je me rebellais contre la moindre remarque.

« Ne cours pas, Antoinette », me disait-elle en sortant de l'église, et je me mettais à courir. « Rentre tout de suite après l'école », et je traînais en chemin. « Mange tes légumes », et je repoussai la nourriture sur le bord de mon assiette jusqu'à ce que, désemparée, elle me permette de sortir de table et de monter lire dans ma chambre. Elle écrivit à ma mère que je n'étais pas heureuse chez elle et qu'il serait sans doute préférable qu'elle vienne me chercher. Je pense que ma mère avait espéré que ma marraine apprendrait à m'aimer et voudrait me garder auprès d'elle ; mais elle vint me récupérer.

Plus tard, j'appris que ma marraine s'était sentie coupable de ne pas avoir su s'occuper de moi. Elle ne m'en voulait pas et ne dit rien de mon comportement à ma mère, qui ne me punit donc pas.

J'étais heureuse de m'en aller de cette maison déprimante et pressée de quitter cette vieille femme qui n'avait jamais souhaité m'accueillir et ne m'avait jamais aimée. Si j'avais su ce que les années à venir me réservaient, j'aurais peut-être reconsidéré la chose. Mais à onze ans, je ne savais pas.

13

Nous prîmes un bus puis un train pour aller de Tenterdon à Old Woking. Pendant le trajet, ma mère me parla de la maison que mon père et elle venaient d'acheter et de la façon dont elle l'avait décorée.

Dans les années cinquante, avant la mode des patios, les maisons avaient des arrière-cours avec des toilettes, un fil à linge et, la plupart du temps, le vélo du mari posé contre un mur de briques. Mais ma mère avait adoré les fleurs de Cooldaragh et, après avoir vu la photo d'une villa française, elle avait essayé d'en copier l'allure extérieure autant que possible.

Elle avait peint les murs en blanc, les portes et les boiseries des fenêtres en bleu. Elle avait aussi installé des jardinières aux fenêtres et sur les murets qui délimitaient l'arrière-cour. Le camaïeu orange des capucines formait un contraste saisissant avec les murs blancs fraîchement repeints.

Il restait encore à décorer l'intérieur de la maison, me dit-elle. Elle avait l'intention d'enlever les papiers peints, puis de peindre les murs de la cuisine en jaune et ceux des autres pièces couleur crème. Elle prévoyait aussi un faux parquet en lino pour les pièces du rez-de-chaussée.

Devant une telle profusion de détails, je compris que ma mère prenait un réel plaisir à aménager notre nouvelle maison, la première que mon père et elle aient réussi à acheter en près de vingt ans de mariage.

En sortant de la gare, nous fîmes un court trajet à pied pour rejoindre une rue directement bordée de fades petites maisons jumelles et mitoyennes. Il n'y avait pas un arbuste ni une haie pour rompre la monotonie de cet alignement. Notre maison ressortait fièrement du lot, avec ses murs blancs, ses fleurs colorées et sa porte bleue ornée d'un heurtoir en cuivre qui brillait comme un sou neuf.

Quand mon père rentra du travail, nous dînâmes tous les trois. Mes parents semblaient tellement heureux de me revoir que je trouvai un semblant de courage pour leur annoncer la nouvelle : « Maintenant, je m'appelle Toni. »

Ma marraine m'avait dit que c'était le diminutif d'Antoinette. Ce prénom me plaisait. Une fille qui s'appelle Toni, me dis-je, était susceptible de se faire des amis. Antoinette était désormais quelqu'un d'autre.

Ma mère me sourit. « Eh bien, ce sera plus facile à écrire sur les étiquettes quand tu iras dans ta nouvelle école. »

C'était sa manière de me donner son aval.

Mon père ne fit aucun commentaire et refusa toute sa vie de m'appeler Toni.

Le week-end suivant, comme il travaillait, j'aidai ma mère à décoller les papiers peints. Tous les murs en furent débarrassés dès le samedi. Je me sentais à nouveau proche de ma mère. Elle n'arrêtait pas de me dire que je lui rendais bien service. Nous prîmes le thé ensemble dans l'arrière-cour fleurie, où elle répondit aux questions que je ne lui avais pas encore posées.

« Dans deux semaines, ton père ira voir tes grands-parents en Irlande et reviendra avec Judy. Je t'emmènerai dans ta nouvelle école lundi, tu rencontreras le directeur. »

Je me rendis compte que c'était une école mixte, alors que je m'étais réhabituée à une école de filles.

« Comment je vais m'habiller ? demandai-je.

— Oh, répondit-elle, le directeur t'autorise à porter l'uniforme de ton ancienne école jusqu'à ce qu'il ne t'aille plus. »

Mon estomac se noua. Une fois de plus, j'allais être différente des autres.

Le dimanche passa trop vite à mon goût. Le lendemain, comme prévu, ma mère m'emmena à l'école. J'avais consciencieusement revêtu mon uniforme : robe verte, chemisier blanc, cravate verte et noire, chaussettes jusqu'aux genoux, vieilles chaussures à lacets et veste verte.

En arrivant à l'école, j'eus envie de disparaître sous terre. Des petites filles jouaient dans la cour en jupe grise, chemisier blanc, socquettes et mocassins. Il y avait des groupes d'enfants de mon âge et des adolescents qui discutaient. Mon peu de confiance s'effondra. Avec pour toute arme mon nouveau prénom, je suivis ma mère jusqu'au bureau du directeur.

Il regarda mes bulletins scolaires et me posa des questions sur mes deux dernières années de scolarité. Il me demanda aussi ce que j'aimais faire en dehors de l'école, mais comment aurais-je pu expliquer à ce citadin anglais à quoi avait ressemblé ma vie dans la

142

campagne d'Irlande du Nord ? Il m'emmena dans ma salle de classe et me présenta à l'enseignante, une grande femme blonde au visage aimable. Elle me dit qu'elle assurait le cours d'anglais ce jour-là et me tendit un livre que j'avais déjà étudié en Irlande du Nord. Les cours de ma matière préférée risquaient d'être ennuyeux...

Au fil de la journée, j'étais de plus en plus déprimée par le programme anglais, très différent de celui d'Irlande du Nord. Pendant les récréations, les élèves m'ignorèrent. Je devais leur paraître très bizarre, dans cet uniforme incongru. Serrant mes livres contre moi, j'espérais qu'au moins une fille viendrait me parler.

Mais aucune ne vint vers moi.

Je rentrai chez moi seule, en fin d'après-midi, tandis que les autres élèves discutaient en petits groupes. À leurs yeux, c'était évident, je ne faisais pas partie du même monde.

À la maison, ma mère m'annonça, ravie, qu'elle avait trouvé du travail. Deux semaines plus tard, mon père partit comme prévu en Irlande du Nord. Pendant son absence, j'appris que je devrais bientôt passer un examen à l'école, le « 11+ ». Les professeurs me donnèrent des devoirs supplémentaires pour que je puisse rattraper mon retard sur le programme anglais, ce qui me valut de longues soirées de labeur.

Mon père se désintéressait entièrement de mon éducation, mais ma mère tenait à ce que je réussisse. Les professeurs, eux, avaient confiance en moi – ce qui n'était pas vraiment mon cas. Pendant deux semaines, j'oscillai entre l'excitation du retour de Judy et la peur de l'examen qui approchait.

Les deux arrivèrent. D'abord Judy, qui trépigna de joie en me voyant. Ici, elle ne pouvait plus courir dans les bois après les lapins, mais elle s'adapta très vite à sa nouvelle vie et aux promenades en ville au bout d'une laisse. Je la sortais trois fois par jour.

Mon ancienne école et Cooldaragh me manquaient. Judy avait l'air de s'adapter mieux que moi.

Le jour de l'examen redouté arriva lui aussi ; les sujets furent distribués en silence aux élèves, tous conscients de l'importance de ces épreuves. Les deux premiers sujets ne me posèrent pas de problème, mais pour l'arithmétique, ce fut une autre paire de manches. Je lançais des regards implorants à mon professeur, qui observait mes réponses par-dessus mon épaule sans rien dire.

Quand la cloche sonna, on ramassa toutes les copies. J'étais désespérée ; je savais que sans cet examen, je ne pourrais jamais aller au lycée.

Les semaines suivantes, alors que j'attendais les résultats, je vis très peu mon père, qui passait manifestement son temps à travailler – c'est du moins ce que prétendait ma mère. Après l'école, j'aidais aux tâches ménagères avant de faire mes devoirs.

Puis les horaires de mon père changèrent : il fut affecté aux équipes de nuit. Au même moment, ma mère commença à travailler, ce qui impliquait qu'elle quittait désormais la maison avant moi, car mon école n'était qu'à quelques minutes de marche, tandis qu'elle devait prendre un bus pour aller à son travail. Le premier matin de cette nouvelle organisation, je pris un petit déjeuner rapide tout en faisant chauffer de l'eau pour ma toilette.

Ma chambre n'était séparée de celle de mes parents que par un minuscule palier. Je m'efforçai donc de monter discrètement les escaliers pour ne pas réveiller mon père, qui s'était couché au petit matin en rentrant du travail.

Je versai un peu d'eau chaude dans un vieux saladier, me déshabillai et commençai à me savonner. En me regardant dans le miroir, je remarquai pour la première fois que mon corps se transformait : mon torse n'était plus tout à fait plat. Je passai une main sur ma poitrine naissante, sans trop savoir si ces changements me plaisaient ou non. C'est alors que je vis un autre reflet dans le miroir.

Mon père était accroupi sur le palier à l'entrée de ma chambre, en caleçon et tricot de corps taché de sueur. Il avait dû pousser la porte très doucement et me regardait en souriant. Un frisson de terreur parcourut mon corps ; je tendis le bras pour attraper la serviette et me couvrir.

« Non, Antoinette, ordonna-t-il, je veux te regarder. Tourne-toi. »

Je lui obéis.

« Maintenant, lave-toi. »

Je m'exécutai, le visage bouffi de honte. Puis il se leva, vint jusqu'à moi et me fit pivoter face au miroir.

« Regarde dans la glace, Antoinette », murmura-t-il.

Son souffle crissait dans mon oreille. D'une main, il caressa mes seins bourgeonnants tandis que l'autre commençait à descendre le long de mon corps. Mais soudain il s'arrêta.

« Tu rentreras tout de suite après l'école. Tu m'apporteras une tasse de thé en arrivant. » Je regardai le sol sans rien dire. « Antoinette, tu m'entends ? »

— Oui, Papa », murmurai-je.

Il sortit brusquement de ma chambre en me faisant un clin d'œil. Encore toute flageolante, je m'habillai, me coiffai et descendis chercher Judy pour sa promenade matinale, avant d'aller à l'école.

Ce jour-là, je fus plus effacée que d'habitude en classe, obsédée par ce qui m'attendait à mon retour. À quatre heures, quand la cloche sonna, je rangeai mes affaires sans me presser. Mon sac sur l'épaule, je regardai les autres élèves s'éloigner en petits groupes ; chez eux, leurs mères les attendaient sûrement. À cette époque, il n'était pas encore très fréquent de voir des enfants, la clé autour du cou, rentrer dans une maison vide.

À la maison, Judy m'accueillit comme chaque soir, tout excitée à l'idée de faire sa promenade. Je sentis la présence de mon père avant même qu'il ne se manifeste.

« C'est toi, Antoinette ? » demanda-t-il du haut des escaliers.

Je répondis.

« Bon, prépare-moi une tasse de thé et viens là. Laisse ta chienne dans la cour. »

Le temps de préparer le thé, je m'imaginais son impatience ; mon angoisse s'accentuait. Au bout d'un moment, il fallut bien y aller. Je posai la tasse et deux biscuits sur un plateau et montai le lui porter. Les rideaux de la chambre étaient tirés. Mon père était allongé sur le lit qu'il partageait avec ma mère. Je sentis une fois de plus l'odeur de son corps. Son excitation était palpable. Je posai le plateau sur le lit.

« Va enlever ta robe et reviens ici », me dit-il en prenant sa tasse.

Je revins en tricot de corps, culotte, chaussures et chaussettes.

« Maintenant enlève-les », me demanda-t-il en désignant mon tricot et ma culotte. Puis il alluma une cigarette et arbora ce sourire que je connaissais si bien. Près du lit, il y avait un pot de vaseline qui se trouvait normalement sur la coiffeuse. Il y trempa les doigts d'une main tout en tirant sur sa cigarette de l'autre. J'étais pétrifiée ; je savais que ma mère ne serait pas de retour avant deux heures et j'avais le sentiment que ce qui m'attendait était pire encore que ce que j'avais connu en Irlande du Nord. Mon corps de jeune adolescente l'excitait davantage que mon corps d'enfant.

Il m'attira vers le lit et me fit asseoir sur ses genoux. Il retira les doigts du pot de vaseline et les introduisit violemment en moi. Puis il se leva et me positionna comme il l'avait toujours fait dans la voiture : les jambes pendantes au bord du lit. Il me pénétra plus brutalement que jamais. Je pouvais refuser de regarder, mais pas d'entendre.

« Tu aimes ça, Antoinette, hein ? » murmura-t-il.

Si je ne répondais pas, il me pénétrait plus fort et tout mon corps se raidissait de douleur.

« Maintenant dis à ton papa que tu aimes ça », dit-il en tirant une dernière bouffée sur sa cigarette. « Dis "Oui, Papa, j'aime ça". »

Je murmurai ce qu'il voulait entendre. Puis je sentis cette substance collante ruisseler sur mes cuisses quand il éjacula au-dessus de moi, sa cigarette toujours à la main.

Il me dégagea brusquement du lit en me disant : « Va te laver et fais le ménage en bas avant que ta mère ne rentre. »

J'enfilai une vieille jupe et un pull-over et descendis dans les toilettes de la cour où je frottai et frottai encore ma peau avec du papier-toilette humide, pour essayer de faire disparaître cette moiteur et l'odeur de son corps. Je vidai ensuite les cendres de la cheminée et rassemblai du papier journal et du petit bois pour préparer un nouveau feu. J'allai chercher du charbon dehors, puis me lavai les mains. Quelques minutes avant le retour de ma mère, je fis chauffer de l'eau pour son thé.

14

Une douleur sourde me comprimait la tête, depuis le haut du crâne jusqu'à la nuque. J'entendis confusément la voix de ma mère m'appeler du bas des escaliers.

Il était l'heure de descendre chercher de l'eau pour ma toilette. J'ouvris la bouche pour lui répondre, mais seul un râle parvint à s'échapper d'entre mes lèvres. Je n'arrivais pas à ouvrir les yeux, comme s'ils refusaient d'être agressés par la lumière du soleil qui les brûlait même à travers mes paupières closes. Je portai la main à mon front : il était brûlant. Je sentis aussi que j'avais les doigts gonflés et engourdis.

Je me forçai à me redresser mais tout tournait autour de moi, je voyais clignoter une myriade de taches noires devant mes yeux, des gouttes de sueur coulaient sur mes tempes. J'étais morte de froid, tout mon corps tremblait ; prise de panique, mon cœur s'emballa au point que je sentis mon sang battre dans mes veines.

Je parvins tout de même à sortir du lit et à me diriger vers le miroir. C'était une étrangère qui me regardait, une fille au teint jaune et au visage bouffi. J'avais les yeux cernés, les cheveux humides plaqués sur le front. Je levai la main pour me dégager le visage et vis que mes doigts, aussi jaunes que mon teint, avaient doublé de volume. Toute tremblante, je descendis les escaliers ; j'avais l'impression que mes jambes allaient se dérober sous mon poids. Je m'affalai sur une chaise dans la cuisine. Le regard froid de ma mère me fit fondre en larmes.

« Qu'est-ce qui se passe, Antoinette ? » entendis-je puis, avec un début d'inquiétude dans la voix : « Antoinette, regarde-moi. » Elle posa une main sur mon front. « Mon Dieu, mais tu es brûlante ! »

Elle me dit de ne pas bouger – ce qui n'avait sans doute aucune chance de se produire – et se rendit dans le vestibule où se trouvait le téléphone. Je l'entendis composer un numéro et parler d'une voix empressée.

Quelques minutes plus tard, elle revint avec une couverture qu'elle étala doucement autour de mes épaules en me disant que le médecin arrivait. Je ne saurais pas dire combien de temps s'écoula, car la température m'avait plongée dans un état second. D'une seconde à l'autre, je tremblais de froid puis j'étouffais. On frappa bientôt à la porte et j'entendis la voix du médecin ; je me sentis un peu rassurée, il pourrait sûrement m'aider.

Il me mit un thermomètre dans la bouche, tout en prenant mon pouls. Ma vue commençait à se brouiller. Le médecin diagnostiqua une inflammation rénale. Il parla de « néphrite » et insista pour qu'on appelle immédiatement une ambulance. J'avais une température de 39,5 °C.

J'entendis la voiture arriver, j'eus conscience que ma mère me tenait la main pendant tout le trajet, mais je me rendis à peine compte qu'on me transporta sur un brancard jusqu'au service de pédiatrie où j'attendis, couchée, qu'on m'examine. Je n'avais qu'une envie : dormir.

J'ai un souvenir confus des jours suivants. C'est une sensation de malaise permanent, de piqûres dans les fesses (de la pénicilline, appris-je par la suite), de mains s'affairant autour de moi et d'un linge humide qu'on passait régulièrement sur mon corps fébrile. Parfois, on me réveillait pour me mettre un tube dans la bouche qui délivrait un liquide frais dans ma gorge en feu, ou pour glisser un récipient de métal sous mes fesses ; des voix me demandaient de ne pas m'asseoir, de rester allongée jusqu'à ce que j'aie repris des forces.

Ces premiers jours ont glissé sur moi : en dehors des soins prodigués par les infirmières, je passais mon temps à dormir, sauf aux heures de visite, où je me forçais à garder les yeux ouverts.

Autour de moi, d'autres enfants fixaient la porte battante à l'entrée du service de pédiatrie, impatients de la voir s'ouvrir pour laisser entrer les visiteurs, des adultes souriants, les bras chargés de jouets, de livres et de fruits.

Moi aussi, la tête sur l'oreiller, j'essayais de guetter l'arrivée de ma mère. Je sentais son parfum quand elle se précipitait à mon chevet et s'asseyait sur mon lit. Elle prenait ma main dans la sienne, me caressait les cheveux et m'embrassait, n'hésitant pas à manifester publiquement son affection. Le sourire de mon père me prouvait qu'il se faisait du souci pour moi ; il souriait aussi aux infirmières qui lui rendaient la pareille.

Je leur avais fait tellement peur, me dit ma mère. Mais j'étais maintenant entre de bonnes mains, il fallait que je sois une grande fille et que je guérisse. J'allais rester à l'hôpital – au lit, en fait – pendant plusieurs semaines, m'expliqua-t-elle. J'avais une très sérieuse infection rénale et il faudrait que je suive un régime spécial, à base de glucose et d'orgeat. Elle me dit que la maison était bien calme sans moi, que je manquais à Judy et qu'elle était sûre que j'irais mieux très bientôt. Allongée dans mon lit, je restais plongée dans les yeux de ma mère pendant qu'elle me parlait ; jusqu'à ce que la force du regard de mon père finisse par capter mon attention.

Son sourire était toujours celui du gentil père, mais dans ses yeux, je voyais l'autre, celui que personne à part moi ne connaissait, celui qui vivait dans sa tête.

Les jours passèrent et mon état s'améliora. Je repris suffisamment de forces pour m'intéresser à mon entourage. Je devais toujours garder le lit, mais je pouvais désormais m'asseoir contre une pile d'oreillers – j'en avais maintenant trois, un de plus chaque semaine. Mes yeux s'étant reposés, lire était à nouveau un plaisir. Deux fois par semaine, j'attendais impatiemment le bibliothécaire qui poussait son chariot de livres. Lors de son premier passage, je lui avais dit que mes livres préférés étaient les histoires policières. Il s'était étonné d'un tel goût chez une fille de mon âge et avait froncé les sourcils ; on avait cependant trouvé un terrain d'entente avec un certain nombre de livres d'Agatha Christie : les aventures de Tommy et Tuppence, Miss Marple et Hercule Poirot. Heureusement pour moi, avec un auteur prolifique comme Agatha Christie, la réserve de livres semblait inépuisable.

Le train-train du service de pédiatrie était plutôt

rassurant. Cela commençait au petit matin par le rituel des pots de chambre, destiné à tous les enfants qui devaient garder le lit. Alignés comme des poules en batterie, nichés sur nos pots en métal, nous savions que leur contenu allait être minutieusement scruté avant d'être jeté. Ensuite, on nous apportait un petit peu d'eau pour notre toilette de chat, pendant laquelle on tirait un rideau autour de nous, aimable concession à notre pudeur enfantine.

Puis venait l'heure du petit déjeuner. Les œufs et le pain complet que l'on servait à mes voisins m'excitaient les papilles, mais je n'avais droit qu'à ma tasse de glucose gris et visqueux.

Quand on avait débarrassé les plateaux, je pouvais me plonger dans un livre et tenter de résoudre les énigmes policières avant que le détective n'ait révélé le nom du coupable.

Je ne me rendais presque pas compte du bourdonnement constant du service autour de moi. Le chuintement des blouses des infirmières, le piétinement de leurs chaussures sur le sol, les papotages des enfants convalescents et le cliquetis des rideaux que l'on tirait autour du lit des enfants les plus malades, tout cela se mêlait dans un lointain bruit de fond quand je tournais les pages, absorbée par ma lecture.

À l'heure du déjeuner, les odeurs de nourriture me titillaient les narines. Privée de protéines, tous les plats me faisaient envie et je regardais avec appétit les plateaux de mes voisins tandis qu'on me servait ma préparation gélatineuse.

« Bois, Antoinette, ça va te faire du bien ! »
Je voulais manger.

« Grâce à ça, tu vas aller mieux et tu pourras rentrer chez toi. »

Je voulais du gâteau, de la glace, des bonbons et une assiette remplie de toasts dégoulinant de beurre. Rien que d'y penser, j'avais l'eau à la bouche ! Il fallait pourtant m'armer de courage et me forcer à avaler à la cuillère une pleine tasse du liquide visqueux.

Après le déjeuner, les infirmières refaisaient nos lits en réajustant nos draps avec une telle application qu'on ne pouvait presque plus bouger. Puis nous attendions la visite quotidienne de la surveillante générale, les bras serrés sous les couvertures et les cheveux bien peignés.

Elle faisait une majestueuse entrée par la porte battante, suivie d'une cohorte de médecins, de l'infirmière en chef et d'une infirmière du service. Elle était très impressionnante, portant pèlerine, coiffée de blanc, la tête maintenue bien droite par une collerette amidonnée. Elle s'arrêtait devant chaque lit, impériale, et demandait à son occupant pétrifié comment il se sentait.

« Très bien, merci, ma sœur. » À ces mots, elle passait au lit voisin et ainsi de suite, jusqu'à la fin de son inspection. Puis elle quittait le service, toujours aussi solennelle, et tout le monde – patients et personnel – poussait un soupir de soulagement. Nos petits corps se détendaient et l'on trouvait une position plus confortable pour nous laisser aller à une petite sieste avant l'heure des visites.

La nuit arrivait toujours trop tôt à mon goût, interrompant les enquêtes policières que je menais par procuration, mais je m'endormais en général assez facilement jusqu'au lendemain matin. Mon sommeil n'était que rarement perturbé par l'arrivée d'un patient en pleine nuit. C'est à l'une de ces occasions que j'ai vu le bébé.

Le cliquetis des rideaux que l'on tirait à deux lits du mien me fit ouvrir un œil et je vis une petite forme avec, dans mon esprit d'enfant, une tête de monstre. Une tête complètement chauve et si volumineuse qu'elle risquait de briser sa nuque fragile, me semblait-il. Le plafonnier diffusait une lueur orangée sur le lit, au-dessus duquel une femme était penchée, tenant les petits doigts du bébé dans sa main. Puis les rideaux se refermèrent et je ne tardai pas à me rendormir.

Les rideaux restèrent tirés pendant deux jours entiers. Les médecins et les infirmières se succédaient autour du lit, sans que nous puissions voir ce qui se passait. La troisième nuit, comme dans un rêve, je revis la même femme et, à la manière dont elle se tenait, je compris qu'elle pleurait. J'aperçus l'infirmière en chef prendre une forme emmaillotée dans ses bras, se frayer un chemin entre les médecins, puis la lumière s'éteignit et je refermai les yeux.

Le lendemain matin, les rideaux étaient ouverts, le lit refait ; il n'y avait plus aucune trace du bébé.

Avec cet instinct qu'ont parfois les enfants, je sus qu'il était mort. Et qu'il ne fallait pas poser de questions.

Tous les après-midi, j'observais les enfants qui fixaient la porte battante, impatients de voir leurs parents arriver. Au moment tant attendu, leur visage s'éclairait, ils tendaient les bras vers eux et poussaient des cris de joie. Quant à moi, je ressentais un accès d'angoisse. Allongée dans mon lit, je ne pouvais pas échapper au regard de mon père ni à la peur qu'il m'inspirait.

Six semaines après mon admission, il vint me voir seul. La routine hospitalière avait quelque peu éloigné mes souvenirs traumatiques, mais en voyant mon père arriver à mon chevet, tout me revint subitement en tête et mes doigts se crispèrent sur les draps.

Il me prit la main et se pencha pour m'embrasser. Je me demandais où était ma mère. Il m'expliqua, sans que j'aie besoin de lui poser la question, qu'elle avait attrapé un mauvais rhume et ne voulait pas apporter ses microbes à l'hôpital. Les cheveux soigneusement gominés, il souriait gentiment aux infirmières. Mais le mauvais père était perceptible dans son regard et dans chaque mot qu'il prononça par la suite.

Tout en tenant ma main, il me dit : « Antoinette, tu me manques. Est-ce que ton papa te manque aussi ? »

La marionnette qui dormait en moi se réveilla. « Oui », murmurai-je, tandis que les forces que j'avais à peine reprises semblaient quitter mon corps.

« C'est bien. Quand tu rentreras à la maison, j'aurai un cadeau pour toi. Ça te fait plaisir, hein Antoinette ? »

Je ne demandai pas de précisions sur son cadeau ; je savais de quoi il parlait. Sa main serra un peu plus la mienne ; il attendait ma réponse. Je relevai la tête et lui dis ce qu'il voulait entendre.

« Oui, Papa. »

Il me sourit, l'air satisfait. « Sois bien sage, Antoinette. Je reviendrai te voir demain. » Ce qu'il fit en effet.

Les infirmières ne cessaient de me dire que j'avais de la chance d'avoir un tel père, qui aimait sa petite fille, et que j'allais bientôt pouvoir rentrer à la maison.

Après sa troisième visite, j'attendis que les autres enfants s'endorment. J'enroulai la ceinture de ma robe de chambre autour de mon cou, attachai l'autre bout aux barreaux de mon lit et me jetai par terre.

Bien entendu, on vint à mon secours. L'infirmière de nuit se fit son idée de la situation : j'étais déprimée parce que je voulais rentrer chez moi. Elle pensa me rassurer en me disant que ce ne serait plus très long. Elle me borda dans mon lit et resta à mes côtés jusqu'à ce que je me rendorme. Le lendemain matin, la ceinture avait disparu.

Mes deux parents vinrent me rendre visite, ce jour-là. Ma mère s'assit près de moi et me prit la main ; mon père resta debout, les bras croisés.

« Antoinette, me dit-elle, je suis sûre que ce qui s'est passé hier soir était une bêtise. La surveillante m'a appelée. Je suis sûre que tu ne veux pas que je m'inquiète encore comme ça, n'est-ce pas ? »

Elle me faisait de grands sourires. Il était clair que l'incident était déjà rangé dans la boîte « On n'en parle pas ». Le jeu de la famille heureuse, dont elle était le personnage principal, était toujours de mise.

« Papa et moi, on a discuté, continua-t-elle en se tournant vers mon père avec un sourire. Quand tu sortiras de l'hôpital, tu seras certainement encore très fatiguée. Alors on a décidé de t'envoyer chez Tante Catherine. » Je connaissais à peine cette personne, mais à chaque fois qu'on lui avait rendu visite, elle m'avait bien plu. « Quelques semaines à la campagne te feront le plus grand bien. On ne va plus parler de cette bêtise, ma chérie, et bien sûr on ne dira rien à Tante Catherine. Il ne faudrait pas qu'elle s'inquiète, tu comprends ? »

Je sentais le regard de mon père, même si je fixais ma mère qui faisait vibrer la corde sensible entre nous. Comme je recherchais toujours son assentiment, je lui répondis : « Merci, c'est gentil. »

Leur mission accomplie, mes parents se détendirent et, quand la sonnerie signalant la fin des visites retentit, ils s'en allèrent en me couvrant de baisers. Je m'essuyai le menton là où mon père l'avait embrassé, repris mon livre et me perdis dans ma lecture.

Comme ma mère l'avait promis, on ne reparla plus jamais de l'incident de la nuit précédente. Sa manière de gérer les problèmes était bien rodée : « Si on n'en parle pas, c'est que ça n'est jamais arrivé. » Le personnel de l'hôpital ne l'évoqua pas davantage – à croire que le déni de ma mère était contagieux.

Mon père ne revint qu'une seule fois me rendre visite seul.

« Souviens-toi de ce que je t'ai dit, Antoinette. Tu ne parles pas de nos petites affaires de famille, tu as compris ?

— Oui, Papa », répondis-je en me glissant un peu plus sous mes draps, essayant d'éviter son regard où pointait une rage contenue qui ne manquerait pas d'exploser si jamais je m'aventurais à lui désobéir.

Chaque jour, j'espérais que ma mère allait pousser la porte battante et chaque jour, j'étais déçue. Quand elle finit par revenir me voir, elle se confondit en excuses. Son travail, m'expliqua-t-elle, l'épuisait. Le trajet en bus était tellement long. Elle me dit que Tante Catherine avait hâte de me voir, qu'elle n'avait pas besoin de travailler, elle, parce que sa famille avait de l'argent. Ma mère aurait bien aimé prendre des congés pour s'occuper de moi, mais elle ne pouvait pas se le permettre, je devais bien le comprendre. À onze ans, ma seule envie était évidemment de rentrer à la maison pour être avec ma mère, mais mon désir de lui plaire était encore plus fort.

« Ça me fait plaisir d'aller chez Tante Catherine », répondis-je et ma mère me remercia en m'embrassant avec un grand sourire.

Le dernier jour de mon hospitalisation arriva enfin. Je m'habillai de bonne heure et rassemblai dans ma valise tous les livres et les vêtements que j'avais accumulés pendant les trois mois de mon séjour. Puis je m'assis sur mon lit, attendant patiemment que ma mère vienne me chercher.

15

Tante Catherine habitait une grande maison sur la côte dans le Kent. On m'attribua une jolie chambre au papier peint fleuri, assorti au duvet qui recouvrait un lit peint en blanc. C'était l'ancienne chambre de sa fille, me dit-on, mais Hazel, désormais adolescente, s'était installée dans une autre chambre plus grande.

Nous n'avions pas de liens familiaux avec ma tante Catherine : c'était en fait la meilleure amie de ma mère. Dans les années cinquante, on appelait facilement les adultes « Oncle » ou « Tante ». C'était une belle femme aux cheveux mi-longs d'un marron-gris qui était à la mode, à l'époque – elle appartenait à une génération qui n'avait pas l'habitude de faire appel aux subtils artifices des coiffeurs. J'aimais beaucoup l'odeur qu'elle laissait sur son passage, un mélange de parfum fleuri et de délicieux fumets de cuisine. Ses ongles, contrairement à ceux de ma mère, étaient courts et très légèrement vernis, et elle se chaussait de sandales plates. Les talons étaient réservés aux grandes occasions, comme lorsqu'elle m'emmenait dans des salons de thé qui me rappelaient ma petite enfance.

Notre toute première sortie nous mena dans un grand magasin, où elle me demanda de choisir des tissus.

« Tu as grandi pendant ton séjour à l'hôpital, Antoinette, et tu as aussi dû maigrir, car plus aucun de tes vêtements ne te va. »

C'était de sa part une manière délicate de mettre au rebut mes vieux vêtements d'occasion dont ma mère était ravie, mais que je n'aimais guère pour ma part. « On va choisir quelque chose de joli toutes les deux. »

Elle me prit la main pour aller jusqu'à l'ascenseur, où le groom, un vétéran de la guerre portant fièrement l'uniforme du magasin, annonçait aux clients ce qu'ils allaient trouver à chaque étage. C'était le genre de métier qui n'avait pas encore disparu dans l'Angleterre d'après-guerre.

Nous descendîmes à l'étage de la mercerie et, après avoir traversé les rayons des boutons, des pelotes de laine et des accessoires de couture, nous arrivâmes devant d'énormes rouleaux de tissu de toutes les couleurs. J'étais émerveillée par certaines teintes que je n'avais encore jamais vues. Mon regard fut tout de suite attiré par un tissu gris très fin et une mousseline perlée. J'avais bien envie d'aller y voir de plus près, mais Tante Catherine me prit gentiment la main pour aller vers des cotons plus adaptés à ce que l'on recherchait.

« Regarde, s'exclama-t-elle en déroulant un tissu rayé rose et blanc, celui-ci t'ira très bien. » Avant que j'aie eu le temps de répondre, elle désigna un autre tissu bleu pâle. « Est-ce que celui-là te plaît ? »

Je fis un signe de la tête en guise de réponse, tellement excitée que j'en avais perdu ma langue.

« Bon, alors on va prendre ces deux-là, dit-elle joyeusement. Et maintenant il nous en faut un pour les grandes occasions. »

Elle vit que j'écarquillais les yeux devant un magnifique tartan qui ressemblait au tissu de ma robe écossaise, ma robe préférée, devenue trop petite pour moi.

« On prendra celui-ci aussi », me dit-elle. Après nos achats, nous partîmes prendre un thé. Je crus que j'allais étouffer de bonheur : pas une robe, mais trois ! Je trottinais à ses côtés, un sourire accroché au visage à m'en faire mal aux joues.

Ce n'était pas un jour comme les autres, et Tante Catherine m'autorisa donc à manger une part de gâteau, bien que mon régime me l'interdît. C'était un véritable délice de retrouver ces saveurs sucrées ; j'avais envie de rester avec elle pour toujours.

Il me semblait que j'étais passée « de l'autre côté du miroir », comme Alice. Cette vie-là, seules certaines conversations avec d'autres enfants m'avaient permis de l'entrapercevoir. Mais cette fois, j'y étais pour de vrai. Et comme Alice, je n'avais aucune envie de revenir en arrière. Ce jour-là, j'oubliai Judy qui me manquait tellement ; je m'autorisai à savourer chaque moment. Comme elle voyait que j'étais aux anges, Tante Catherine me parlait des différentes idées de sorties qu'elle avait en tête.

« Pour l'instant, on ne peut pas faire grand-chose, me précisa-t-elle, puisque tu es encore un peu faible, mais dans quelques semaines, j'aimerais t'emmener au cirque. Ça te plairait ? »

Je n'en revenais pas ; j'avais toujours rêvé d'y aller mais n'en avais jamais eu l'occasion.

« Oh oui ! » m'écriai-je. Je n'aurais pas pu imaginer plus belle journée.

Au fil de mon séjour, je me rendis compte que le plus grand bonheur de Tante Catherine était de faire plaisir à sa famille, et j'avais l'impression d'en faire partie. Au début, ses deux enfants – Roy, qui avait un an de plus que moi, et Hazel, cinq de plus – m'ignoraient royalement. Roy ne s'intéressait pas à moi parce que je n'étais pas encore assez solide pour jouer avec lui, et entre Hazel et moi, il y avait une trop grande différence d'âge. Je fus donc surprise – et très heureuse – lorsqu'elle me proposa, deux semaines après mon arrivée, de me montrer son cheval. Elle avait la passion des chevaux et faisait de l'équitation depuis qu'elle était toute petite. Elle avait eu un poney, qu'elle avait monté jusqu'à ce qu'elle soit trop grande. Pour son quinzième anniversaire, ses parents lui avaient offert un cheval, dont elle était très fière.

Elle m'expliqua que c'était un hongre, un cheval bai clair qui mesurait 1,42 m au garrot. Je compris qu'elle l'aimait autant que j'aimais Judy, mais pour elle, cela ne faisait aucun doute : un cheval était bien plus utile qu'un chien ; on pouvait certes parler à un chien, mais on pouvait se promener sur le dos d'un cheval.

Tante Catherine nous donna une botte de carottes pour le cheval et demanda à Hazel de ne pas m'emmener marcher trop loin. Je la suivis jusqu'au champ, sentant poindre en moi un sentiment d'adulation naissant. Un cheval à la robe beige clair, bien plus grand que les poneys de Cooldaragh, trotta vers nous. Hazel m'expliqua que je devais tendre la main bien à plat pour lui donner les carottes. Ce fut un pur régal de sentir son souffle chaud au creux de ma main, et je pris encore un peu plus confiance en moi quand le cheval me laissa le caresser.

Hazel le sella et me demanda si j'aimerais le monter.

« Oh oui ! » répondis-je sans hésiter. Après tout, on m'avait seulement demandé de ne pas trop marcher ; personne ne m'avait interdit de faire une promenade à cheval.

J'eus un peu de mal à prendre appui sur l'étrier, mais je parvins finalement à me hisser sur le dos du cheval, que Hazel maintenait avec assurance. Le sol me parut tout à coup bien bas, alors je décidai de regarder devant moi et saisis les rênes. Le cheval se mit au pas. Dans un excès de confiance, je lui donnai un petit coup de talon sur les flancs, comme j'avais vu faire certains cavaliers. Il prit un peu de vitesse et, tandis que j'essayais de m'adapter à ce nouveau rythme, entama un petit galop. Le souffle de l'air fit couler mes larmes, ma vision commença à se brouiller et, sentant que je perdais le contrôle, mon excitation se mua soudain en peur. J'entendis Hazel appeler son cheval, qui faisait le tour du champ au petit galop. Elle me criait de tirer les rênes vers le haut, mais je consacrais déjà tous mes efforts à tenter de me maintenir sur son dos.

Puis, avec un plaisir non dissimulé, le cheval fit une ruade arrière qui m'envoya voler par-dessus sa tête. Le souffle coupé et quelque peu sonnée, je restai un moment étendue par terre, les membres fléchis et les yeux grands ouverts, mais dans le vide.

La voix inquiète de Hazel me sortit de mes brumes et la vénération que je lui portais me donna la force de me ressaisir. J'attendis bravement que le monde arrête de tourner autour de moi et parvins à me relever tout doucement. Hazel semblait rassurée et sans doute soulagée de ne pas avoir à expliquer à ses parents comment je m'étais cassé un bras ou une jambe.

À mon grand désarroi, elle me lança : « Il faut que tu remontes à cheval. Si tu ne le fais pas tout de suite, tu ne le feras jamais, tu auras toujours peur ! »

Je jetai un œil vers l'animal qui mastiquait tranquillement le reste des carottes, pas du tout perturbé par ma chute. Il avait l'air d'un géant. Hazel voulut me rassurer en me disant qu'elle tiendrait la bride ; je ne la crus qu'à moitié mais me remis tout de même en selle. Le fait d'aduler quelqu'un peut faire de chacun de nous un brave petit soldat. J'en fus récompensée, car ce jour-là nous devînmes amies en décidant par un accord tacite qu'il ne servait à rien que Tante Catherine soit informée de notre petite mésaventure.

Ce fut un été paisible qui s'écoula dans la grande maison du Kent. Je ne pouvais pas sortir autant que Roy et Hazel, étant donné ma convalescence. Je passais donc mes journées à lire dans le jardin ou à aider Tante Catherine qui s'activait dans la cuisine. Le matin, elle installait sa machine à coudre sur la grande table en bois et les vêtements de toute la famille apparaissaient sous mes yeux, comme par magie. Elle commença toutefois par mes robes. Debout auprès d'elle, je la regardais coudre les différents pans de tissu, des épingles entre les lèvres et le mètre-ruban à la main, jusqu'à ce qu'il n'y ait plus que les ourlets à préparer, ce qu'elle faisait le soir, à la main.

On prenait un déjeuner léger dans la cuisine, mais le dîner était toujours servi dans la salle à manger.

L'après-midi, Tante Catherine débarrassait sa machine à coudre quand venait l'heure de préparer le repas du soir. J'épluchais les pommes de terre et coupais les légumes pour les délicieux ragoûts familiaux qu'elle cuisinait chaque soir, sauf le lundi. Ce jour-là, on coupait en petits morceaux les restes du rôti du dimanche, que l'on mangeait avec de la purée et des cornichons.

Oncle Cecil, le mari de Tante Catherine, était un homme grand et mince, souriant, aux yeux étincelants. Il dirigeait une agence bancaire. Chaque soir, il troquait son costume à rayures contre une tenue plus confortable : pantalon de velours côtelé, chemise et veston de cuir. Puis il se détendait autour d'un gin-tonic que ma tante leur servait à tous deux. Cela faisait partie de leur rituel.

Après deux verres, tout le monde passait à table. Il s'asseyait à un bout et elle servait le dîner. Il ne manquait pas de demander à sa femme et à ses enfants comment s'était passée leur journée. Quant à moi, il prenait des nouvelles de ma santé et faisait des commentaires sur ma bonne mine.

Souvent, une fois la cuisine débarrassée, on jouait aux cartes ou à des jeux de société avant d'aller prendre un bain et de se coucher. J'avais le droit de lire pendant une demi-heure, puis ma Tante venait me border et me souhaiter bonne nuit. Je m'endormais, toute heureuse d'avoir eu mon baiser du soir.

Le grand jour du spectacle de cirque arriva. Vêtue de ma nouvelle robe rose et blanche et d'un cardigan blanc, je grimpai à l'arrière de la voiture à côté de Roy, en pantalon gris et veste bleu marine. Il se donnait des airs nonchalants mais, pour ma part, je ne cachais pas mon excitation.

Devant le chapiteau illuminé, des dizaines d'enfants, la mine réjouie, faisaient la queue en tenant la main de leurs parents. Une odeur de sciure de bois nous saisit dès notre entrée et nous prîmes place sur les gradins. J'étais littéralement enchantée. Le spectacle commença par les clowns, au visage maquillé, suivis des chiens savants, de petites bêtes noires et blanches pleines d'énergie, avec une collerette blanche autour du cou. À la fin de leur numéro, chacun d'eux s'assit sur un petit tabouret pour réclamer les applaudissements qu'il méritait. Tout autour de moi, je voyais des enfants, les joues rouges d'excitation, ouvrir de grands yeux pour apercevoir les clowns qui faisaient leur retour sur la piste. Puis il y eut une clameur dans l'assemblée quand les tigres apparurent. J'essayai de me redresser le plus haut possible pour ne pas en perdre une miette. Je partageais l'excitation des autres enfants et retins mon souffle avec eux lorsque les créatures au pelage doré s'élancèrent à travers un cercle de feu. J'applaudis à tout rompre quand le dompteur fit la révérence devant un public conquis. Puis vint le numéro des trapézistes et le silence s'abattit sur le chapiteau, ponctué de quelques « oh ! » qui soulignaient leurs incroyables tours de voltige.

Les majestueux éléphants arrivèrent ensuite à la queue-leu-leu, chacun avec la trompe accrochée à la queue de celui qui le précédait ; un éléphanteau fermait la marche. Je craignis que les tabourets ne s'effondrent sous leur poids quand ils s'y assirent pour leur final. Puis les clowns firent une dernière apparition pour annoncer la fin du spectacle. J'eus le plus grand mal à quitter ma place, enveloppée dans une bulle magique de pur bonheur comme seule l'enfance peut en offrir. Bien des années plus tard, lorsque j'acceptai de signer une pétition pour l'interdiction des animaux dans les cirques, j'avais toujours à l'esprit le merveilleux souvenir de cette soirée, avec une nostalgie contrite.

Deux semaines plus tard, Tante Catherine m'annonça ce qu'elle pensait être une bonne nouvelle. Mes parents allaient revenir me chercher le week-end suivant. Ils devaient m'emmener à l'hôpital faire des examens et, si tout allait bien, je pourrais retourner à l'école.

Je ne savais guère ce que je devais en penser. D'un côté, ma mère et Judy me manquaient, mais de l'autre, je m'étais habituée à cette nouvelle vie dans un foyer heureux, dont je faisais désormais partie. Comme je voulais faire plaisir à ma tante, je lui souris en lui disant qu'elle allait me manquer mais que, bien sûr, j'avais hâte de revoir mes parents.

Le week-end arriva. J'entendis leur voiture et allai rejoindre Tante Catherine pour les accueillir sur le seuil de la maison. Il y eut des étreintes et des baisers, on était ébloui par ma mine superbe, stupéfait de voir à quel point j'avais grandi. Ce soir-là, c'est ma mère qui vint me border dans mon lit et me donner un baiser. Un baiser dont je ressentis longtemps la chaleur, tout en me demandant ce que me réservait la semaine à venir.

16

Mes examens de santé étant satisfaisants, je fus déclarée apte à reprendre l'école, hormis les cours d'éducation physique pour lesquels j'étais encore trop faible. J'en étais ravie : dans mon école, ce qui vous rendait populaire, ce n'était pas votre talent en cours d'arithmétique mais sur un terrain de hockey ou un tapis de gymnastique. Et c'était loin d'être mon fort. J'avais donc une excuse en acier trempé pour échapper à des cours que je n'aimais pas et qui me couvraient toujours de ridicule.

Ma mère prit deux semaines de vacances à l'occasion de ma rentrée. J'étais heureuse de la retrouver en rentrant de l'école. Il y avait toujours du thé et des scones tout chauds pour m'accueillir et, le vendredi, un gâteau au café maison – mon préféré. Mais ce qui me plaisait le plus, c'était d'avoir ma mère pour moi toute seule, et de pouvoir discuter avec elle sans craindre les regards en coin de mon père.

Après le goûter, je jouais avec Judy et m'installais dans la cuisine pour faire mes devoirs, qui étaient un peu plus exigeants maintenant que j'étais chez les plus grands, d'autant que j'avais un trimestre d'absence à rattraper. Pendant ce temps, ma mère préparait le dîner.

J'aurais tellement aimé que ces moments de bien-être ne s'arrêtent jamais.

C'est à cette période que je pris la décision de résister à mon père une fois que ma mère aurait repris le travail. Il fallait que je lui dise que je savais que ce qu'il faisait n'était pas bien. Bien sûr, je n'avais jamais accepté ce qu'il me faisait, mais jusque-là, cela m'avait paru inévitable. Après six semaines passées au sein d'un foyer heureux, j'avais pris conscience de la gravité de ses actes. J'avais toujours su, d'instinct, que je ne devais pas parler de « notre secret », que c'était quelque chose de honteux, mais j'étais encore trop jeune pour réaliser que c'était à lui d'avoir honte, pas à moi. Je pensais que si j'en parlais autour de moi, les gens cesseraient de me considérer comme une fille normale, qu'ils rejetteraient la faute sur moi, en quelque sorte.

À la fin des vacances de ma mère, le père jovial réapparut. Il arriva à la maison, le sourire éclatant, avec une légère haleine de whisky. Je fis de mon mieux pour rester calme quand il me chatouilla le menton puis posa la main sur ma joue.

« Antoinette, j'ai un cadeau pour toi. » Il déboutonna le haut de son manteau, laissant apparaître une petite boule de poils grise qui semblait accrochée à son pull-over, et qu'il me mit dans les bras. Le petit corps chaud se blottit contre moi et se mit à ronronner. Je n'en revenais pas : j'avais un chaton rien que pour moi.

« Il est à toi. Quand je l'ai vu dans la boutique, je me suis dit que j'allais l'acheter pour ma petite fille. » Je me pris à penser que le gentil père existait toujours, car j'avais envie d'y croire, et lui adressai un grand sourire. Je baptisai le chaton Oscar, ma mère lui aménagea une caisse avec un carton et une vieille couverture, et Judy fit sa curieuse autour du petit animal. Le lendemain matin, je retrouvai Oscar lové contre le flanc de Judy qui manifestait la plus totale indifférence à son égard.

Cette semaine-là, mon père reprit ses horaires de nuit, et c'était donc lui qui m'attendait à la maison après l'école. Je mis mes nouvelles résolutions en pratique : je lui dis non. Il me sourit puis me fit son fameux clin d'œil.

« Mais tu aimes ça, Antoinette, c'est bien ce que tu m'as dit, tu te souviens ? Tu n'as quand même pas menti à ton père, si ? »

Le piège se refermait sur moi : si je reconnaissais lui avoir menti, il allait me frapper. Je restai plantée face à lui, vacillante, sans savoir quoi répondre.

Son humeur changea soudain.

« Va faire du thé pour ton vieux père », ordonna-t-il, ce qui me permit de m'éclipser. Quelques minutes plus tard, en buvant son thé, il me regarda d'un air étrange qui ne me laissait présager rien de bon.

« Tu sais, Antoinette, ta Maman et moi, on le fait. On le fait tout le temps. » Je le fixais, horrifiée, incapable de détourner mes yeux de son regard narquois. « Tu ne sais pas encore comment on fait des bébés ? »

Je ne le savais pas mais je compris bien assez vite. Il avait l'air de boire du petit-lait en contemplant mon dégoût. Je pensai à toutes les femmes enceintes que j'avais vues et qui semblaient ravies de leur état, et j'eus la nausée à l'idée qu'elles avaient participé à un acte si horrible. Quoi, me dis-je, ma tante que j'aimais tant devait l'avoir fait au moins deux fois, et ma mère aussi ? Comment avaient-elles pu ? Les pensées se bousculaient et une peur radicalement nouvelle prit forme dans mon esprit. C'est ma perception du monde adulte dans son ensemble qui a changé ce jour-là, et ma confiance déjà fragile dans mes aînés disparut tout à fait, me laissant seule, à la dérive, envahie de doutes.

Il me dit que je ne risquais pas de tomber enceinte, comme si c'était ma seule crainte, mais je refusai à nouveau, alors il se moqua de moi.

« Je vais te dire quelque chose, Antoinette. Ta Maman, elle aime ça. » Puis, manifestement las, il haussa les épaules et s'en alla.

Avais-je gagné le premier round ? Ça n'était donc pas plus difficile que ça ?

Non, j'avais seulement remporté une modeste victoire, pas même une bataille, et la guerre était sur le point de commencer. Le lendemain, je me rendis au bureau de ma mère après l'école. J'avais envie de lui faire une surprise et c'était aussi une manière d'échapper aux tortures de mon père. Des tortures qui m'avaient valu une nuit blanche, à me tourner et me retourner dans mon lit. Des tas d'images perturbantes m'étaient venues à l'esprit ; et plus j'essayais de les chasser, plus elles s'installaient.

« Quelle bonne surprise, ma chérie ! » s'exclama-t-elle en désignant une chaise où je devrais patienter un peu. Elle termina son travail puis me fit un grand sourire et me présenta à ses collègues, dans le rôle de la maman fière de sa fille. Puis, son bras autour de mes épaules, nous sortîmes du bureau.

Mon père nous attendait. Comme je n'étais pas

rentrée de l'école, il avait dû se douter que j'étais allée voir ma mère et s'était dépêché de me doubler. Il dit à ma mère qu'il l'emmenait au cinéma ; il avait repéré un film qui allait lui plaire. Je pensai que l'invitation valait aussi pour moi et me réjouissai d'avance.

« Antoinette, tu as fait tes devoirs ? demanda-t-il, sachant très bien quelle serait la réponse.

— Non.

— Alors tu rentres à la maison. Ta mère et moi te retrouverons plus tard. Si tu voulais venir avec nous, il fallait rentrer tout de suite après l'école. »

Il me souriait tout en parlant, et ce sourire me disait qu'il reprenait l'avantage.

« Ce n'est pas grave, ma chérie, ajouta ma mère. Il y aura plein d'autres occasions. Prépare-toi quelque chose à manger et fais bien tous tes devoirs. »

Trois jours plus tard, en rentrant de l'école, Oscar était étendu dans le panier de Judy, immobile. Je sus qu'il était mort avant même de le prendre dans mes bras. Son cou était tordu et son petit corps déjà raide. Je regardai mon père, désespérée.

« Il a dû se casser le cou en jouant », suggéra-t-il, mais je n'en crus rien.

Des années plus tard, en repensant à ce jour, je me suis dit que mon père n'était sans doute pour rien dans la mort d'Oscar, car je ne l'ai jamais vu faire de mal à un animal. Peut-être qu'à l'époque, je l'ai accusé à tort, pour une fois. En tout cas, le fait de le croire coupable m'assomma et il ne manqua pas de profiter de ma faiblesse. Il me prit par la main et m'emmena dans la chambre.

J'étais en pleurs. Avec une fausse pointe de gentillesse dans la voix, il me tendit une petite bouteille et me dit d'en boire une gorgée. Le liquide m'arracha la gorge, je crus d'abord étouffer, et puis je sentis une agréable chaleur se répandre dans mon corps. Ce qui se passa ensuite ne me plut pas, mais le whisky, oui.

C'est ainsi qu'à douze ans, je découvris que l'alcool avait le pouvoir d'atténuer les souffrances, et je l'envisageai comme un ami. Des années plus tard, je me rendis compte que ce genre d'amitié peut se transformer en véritable enfer du jour au lendemain.

En me réveillant, je savais que c'était une belle journée qui commençait, mais mon esprit encore embrumé n'arrivait pas à savoir précisément pourquoi. Tout à coup, un frisson d'excitation me parcourut : c'était aujourd'hui que ma grand-mère anglaise arrivait ! Elle allait rester quelques semaines et serait là tous les jours quand je rentrerais de l'école. Et surtout, tant qu'elle serait là, mon père n'oserait pas me toucher. Pendant son séjour, le gentil père entrerait en scène et ma mère pourrait jouer au jeu de la famille heureuse.

Je m'étirai dans une bouffée de plaisir en pensant à la liberté qui m'attendait pendant quelques semaines, puis m'habillai à contrecœur pour aller à l'école. J'aurais aimé être là pour accueillir ma grand-mère, mais c'est mon père qui allait s'en charger. Pour lui, cette visite n'était guère synonyme de liberté, bien au contraire. La situation m'apportait donc un avantage de plus : il allait changer ses horaires pour travailler de jour, et je le verrais encore moins.

Pour une fois, j'eus le plus grand mal à me concentrer à l'école ; les heures n'en finissaient pas de passer.

Quand la cloche sonna, je ne perdis pas une seconde, impatiente de rentrer à la maison.

J'appelai ma grand-mère en ouvrant la porte et elle vint vers moi, les bras grands ouverts, un sourire d'amour sur le visage.

J'avais gardé l'image d'une femme plutôt grande, car elle se tenait toujours très droite et portait des talons hauts, mais en l'embrassant, je me rendis soudain compte qu'elle était toute petite. À vrai dire, j'étais déjà presque plus grande qu'elle.

Pendant que nous prenions le thé dans la cuisine, j'observais son visage à travers le nuage de fumée qui l'entourait en permanence. Ma grand-mère avait toujours une cigarette pendue aux lèvres. Quand j'étais petite, je la regardais, fascinée, persuadée qu'elle finirait bien par tomber, mais elle ne tomba jamais.

Sa dernière visite datait de plusieurs mois et je remarquai de nouvelles petites rides sur sa peau transparente ; et la nicotine avait fini par jaunir une mèche de ses cheveux roux. Elle me bombardait de questions sur ma santé, sur l'école, sur les projets que j'avais peut-être déjà pour la suite.

Je la rassurais en lui disant que je m'étais complètement remise de mon infection, même si j'étais encore dispensée de sport. Je lui dis aussi que je n'aimais pas beaucoup mon école mais que j'avais de bonnes notes, et lui confiai mon ambition d'aller à l'université pour devenir professeur d'anglais.

Nous discutâmes ainsi pendant une heure tout en nous resservant du thé. En la regardant porter sa tasse à ses lèvres, je me souvins qu'elle répétait constamment à ma mère qu'on ne saurait boire du thé dans une tasse autre qu'en porcelaine très fine. Elle la rendait furieuse à chaque fois qu'elle sortait sa propre tasse de son sac !

L'élégance de cette tasse me fascinait ; la première fois qu'elle l'avait exposée en pleine lumière pour que je constate sa finesse, je n'en étais pas revenue de voir ses doigts en transparence. Je me demandais comment le thé presque noir et bouillant qu'elle aimait y verser n'avait toujours pas brisé, après toutes ces années, un objet si délicat.

Maintenant que ma grand-mère était là, mes parents se comportaient comme s'ils avaient une baby-sitter à domicile. Leurs sorties, le plus souvent au cinéma, se multiplièrent. Je ne lui dis pas que, même en son absence, ils se seraient accordé ces sorties, quoique moins fréquemment, afin que les voisins ne le remarquent pas. Ma mère était en effet davantage soucieuse du qu'en-dira-t-on que de la violence de mon père envers moi.

Quand ils partaient, c'était un tourbillon d'instructions – finis tes devoirs, sois bien sage, va au lit quand ta grand-mère te le demande... – puis ma mère me donnait un petit baiser accompagné d'un joyeux « À demain matin, ma chérie. » Une fois seules, ma grand-mère et moi nous regardions du coin de l'œil ; je me demandais ce qu'elle pensait du peu d'intérêt de mes parents pour moi, et elle se demandait à quel point cela pouvait m'affecter.

Ces soirs-là, nous jouions aux cartes. Les jeux d'enfants ne m'intéressaient plus et je commençais à maîtriser le whist et le gin-rummy. Certains soirs, on sortait le Monopoly ou un autre jeu de société. Je ne voyais pas le temps passer, concentrée sur mes coups, résolue à gagner. Quand c'était son tour de jouer, je voyais ma grand-mère, tout aussi déterminée que moi, plisser les yeux dans son nuage de fumée.

L'heure du coucher arrivait toujours trop tôt. On buvait une dernière tasse de thé puis je montais dans ma chambre. Ma grand-mère m'accordait une demi-heure de lecture avant de venir m'embrasser et me souhaiter une bonne nuit. J'adorais sentir son parfum de poudre et de lilas qui, après tant d'années de tabagie, était presque masqué par l'odeur de cigarette.

Elle n'exprima qu'une seule fois, en ma présence, sa désapprobation à mes parents. Ce soir-là, ils se préparaient à nouveau à sortir. Ils avaient cette lueur dans le regard qui faisait d'eux un couple, pas une famille. Ils firent allusion au film qui se jouait : un Norman Wisdom dont m'avaient parlé les filles de ma classe et que j'avais bien envie de voir moi aussi. Ma grand-mère dut remarquer ma déception tacite – une fois de plus, ils ne m'avaient pas proposé de les accompagner. Elle essaya de m'apporter son aide.

« Tu sais, Ruth, c'est un film tout public. Je peux très bien passer la soirée seule – demain c'est samedi, vous pouvez emmener Antoinette, si vous voulez. »

Ma mère s'immobilisa un moment puis se reprit, et répondit doucement : « Oh, pas cette fois, elle a du travail. » Puis elle se tourna vers moi et me fit une promesse à laquelle je ne croyais plus : « Une prochaine fois, ma chérie ». Elle dit cela d'une voix censée me consoler, en me caressant les cheveux, puis s'en alla.

« Ce n'est pas juste, entendis-je ma grand-mère

marmonner. Bon, haut les cœurs, Antoinette ! » et elle s'affaira pour nous préparer un thé.

Elle dut faire une remarque à mes parents car le lendemain soir, ils restèrent à la maison et c'est ma mère qui vint me border et me souhaiter bonne nuit. Elle s'assit sur le bord de mon lit, très à l'aise dans son rôle de mère attentive.

« Ta grand-mère me dit que tu étais déçue qu'on ne t'emmène pas au cinéma hier soir, mais tu sais, on ne peut pas t'emmener partout. Et puis je pensais que ça te ferait plaisir de passer du temps avec elle. C'est toi qu'elle est venue voir.

— Mais elle est venue pour nous voir tous les trois, répondis-je entre mes dents.

— Oh non, ma chérie, elle a toujours préféré mon frère. Et sa femme, elle lui ressemble tellement ! Non, ma chérie, si tu n'étais pas là, je ne pense pas que j'aurais l'occasion de la voir. Alors ce serait un peu égoïste de ta part de la laisser toute seule, tu ne crois pas ?

— Si », répondis-je. Que pouvais-je répondre d'autre ?

Elle me sourit, satisfaite. « Bon, donc je n'entendrai plus de telles bêtises, hein ma chérie ? » Elle savait bien qu'elle aurait la réponse qu'elle voulait.

« Non », murmurai-je, et elle s'en alla après m'avoir donné un baiser qui effleura à peine ma joue. Je m'endormis en pensant à l'égoïste que j'avais été envers ma grand-mère que j'adorais.

Lorsque mes parents retournèrent au cinéma, je dis à ma grand-mère que le film de Norman Wisdom était le seul que je tenais à voir, et que ma mère m'y emmènerait pendant les vacances. Je lui assurai que j'étais contente qu'ils nous aient laissées toutes les deux, parce que j'adorais être avec elle. Ce n'était pas faux, mais il n'empêche que j'acceptais mal de me sentir exclue. C'était un signe de plus du peu d'amour que mes parents me portaient. Je ne pense pas que ma grand-mère ait été dupe, mais elle fit comme si de rien n'était et nous passâmes une bonne soirée à jouer au gin-rummy. Elle ne devait pas être aussi concentrée que d'habitude, car c'est moi qui gagnai la partie.

Ce soir-là, elle me prépara un chocolat chaud et me donna deux biscuits au lieu d'un. Le lendemain, elle m'attendait à la sortie de l'école. Elle m'annonça qu'elle avait décidé de m'emmener dans un salon de thé. Ma mère était d'accord, je ferais mes devoirs un peu plus tard.

Je pris son bras, toute fière. Elle avait mis son plus beau manteau de tweed bleu et un très joli chapeau. Je voulais que les autres enfants voient que j'avais une grand-mère qui s'occupait de moi et qui était si belle.

Le lendemain, mes camarades de classe me firent des commentaires élogieux sur l'élégance de ma mère. J'étais aux anges devant leur étonnement quand je leur appris que la belle femme qu'ils avaient vue était ma grand-mère.

Son séjour parmi nous passa bien trop vite. Le matin de son départ, voyant ma mine déconfite, elle me promit de revenir me voir. En fait, elle avait prévu de revenir juste avant les grandes vacances. À mes yeux, c'était dans une éternité ! Les vacances de Pâques se profilaient et je redoutais de retomber entre les griffes de mon père. Il allait reprendre ses horaires de nuit et je n'aurais guère la possibilité de lui échapper.

17

Le dernier jour du trimestre, tous les élèves étaient excités de parler de leurs projets de vacances. Pour une fois, j'étais contente de ne pas participer à la discussion : qu'aurais-je bien pu leur dire ?

Le jour de son départ, ma grand-mère m'avait glissé quelques billets au creux de la main, me disant de m'acheter ce que je voulais. Pour s'assurer que je le ferais, elle me demanda de lui écrire pour lui dire ce que j'aurais choisi. Mon idée était déjà toute faite : je voulais un vélo et je savais d'ailleurs où je pouvais le trouver. J'avais vu une annonce à l'épicerie. Quelqu'un vendait un vélo de fille pour 2,50 livres. Maintenant que j'avais de l'argent, j'étais bien décidée à l'acheter. Je me voyais déjà aller à l'école à vélo dès la rentrée.

Le premier jour des vacances, après m'être assurée qu'il était toujours disponible, je me rendis donc à pied à l'adresse indiquée. Nous fîmes affaire en quelques minutes et je repartis sur mon vélo, d'un air triomphant. La roue avant vacillait sous mes coups de pédale mal assurés, mais une heure plus tard, j'avais apprivoisé l'engin et son pédalier à trois vitesses. Gonflée à bloc par un nouveau sentiment de liberté, je décidai de pousser jusqu'à la ville voisine, Guildford, et d'en explorer les rues pavées dont j'avais eu un aperçu en allant y prendre le bus avec ma mère.

Il me restait de l'argent, aussi pus-je faire un tour dans les librairies d'occasion et passer à la boulangerie préférée de ma mère. Les odeurs de pain chaud me firent immédiatement saliver. J'achetai les pains croustillants qu'elle adorait et les rapportai à la maison pour le thé.

Dans ma tête, mon programme de vacances était tout vu. J'irais me promener avec Judy, je passerais des heures à feuilleter des livres dans les librairies et j'irais explorer la campagne sur mon vélo. Si je parvenais à me débarrasser des tâches ménagères pendant que mon père dormait, je parviendrais à m'éclipser avant son réveil.

Chaque soir, pendant le dîner, j'exposais à ma mère mes projets pour le lendemain, ce qui avait le don de crisper mon père. Mais comme je promettais de revenir de Guildford avec le pain qu'elle aimait tant, il ne pouvait guère m'empêcher d'y aller. Du moins, c'est ce que je pensais.

À la fin de ma première semaine de vacances, je m'enhardis quelque peu et repartis de Guildford plus tard dans l'après-midi. J'arrivai à la maison avec la ferme intention de ressortir avec Judy pour sa promenade, après laquelle je préparerais le thé de ma mère. Mais je tombai bien vite de mon petit nuage. Dès que j'eus poussé la porte, j'entendis mon père hurler de rage :

« Antoinette, amène-toi ! »

Je m'exécutai, pétrifiée.

« Où étais-tu passée ? cria-t-il, les traits crispés par la colère. Ça fait une heure que je suis réveillé et que j'attends mon thé. Tu dois faire ta part du travail dans cette maison, tu m'entends, Antoinette ? Tu n'es qu'une paresseuse. Et maintenant va me faire mon thé. »

Je dévalai les escaliers et mis la bouilloire sur le feu d'une main tremblante. Il était quatre heures passées, ma mère allait revenir dans un peu plus d'une heure. Il était trop tard pour qu'il me touche ce jour-là, mais ce n'était que partie remise.

Dès que l'eau se mit à bouillir, je lui préparai un thé en toute hâte, mis un biscuit sur la soucoupe et lui apportai son plateau. Comme je faisais mine de repartir, il me stoppa dans mon élan.

« Où est-ce que tu t'en vas comme ça ? Je n'en ai pas fini avec toi. »

Je sentis mes jambes se dérober. Il ne pouvait quand même pas faire ça, alors que ma mère n'allait pas tarder à rentrer ?

« Donne-moi mes cigarettes et dépêche-toi d'aller préparer le thé de ta mère. Et n'imagine pas que tu vas rester plantée sur tes fesses toute la soirée. »

Son regard me terrifia, car il semblait à peine maîtriser sa colère.

Ce soir-là, il prit mon vélo pour aller travailler, sous prétexte que ça lui ferait gagner du temps. Il partit en nous faisant un grand sourire et un clin d'œil. Ma mère ne dit rien.

Le lendemain matin, je retrouvai mon vélo dans la cour, une roue à plat. Ce fut aussi le matin de mes premières règles.

Sans moyen de transport et avec de terribles douleurs.

au bas-ventre, je n'avais aucune échappatoire, et mon père me fit sentir sa colère de devoir renoncer à son plaisir. Je dus d'abord faire le ménage dans toute la maison, puis monter et descendre les escaliers pour lui apporter de multiples tasses de thé. À peine étais-je redescendue qu'il m'appelait à nouveau. Manifestement, il n'était pas très fatigué ou, du moins, son désir de me torturer était encore plus fort. Voilà pour ma deuxième semaine de vacances.

La dernière semaine, ma grand-mère revint nous voir et ma vie changea à nouveau, car elle venait dans un but bien précis.

Elle dit à mes parents que je n'étais pas heureuse dans mon école. Je ne pouvais pas y rester six années de plus, sinon j'allais fatalement abandonner avant l'université. Mon père, elle l'avait bien senti, ne se plaisait pas en Angleterre, alors elle voulait nous aider à repartir en Irlande. Les écoles privées étaient moins chères, là-bas, et elle paierait pour que je retourne dans mon ancienne école. Elle paierait même l'uniforme. Elle avait remarqué que je n'avais aucun ami ici ; au moins, en Irlande, il y avait la grande famille de mon père.

Mon père voulait en effet repartir. Sa famille lui manquait ; là-bas, on l'admirait, on le voyait comme quelqu'un qui avait réussi, tandis que pour la famille de ma mère, c'était Paddy l'inculte.

Ma mère accepta. Comme toujours, elle espérait que l'herbe serait plus verte ailleurs. Notre petite maison fut vite vendue, on ressortit les caisses à thé et, au début de l'été, nous fîmes notre dernier voyage en tant que famille.

Moi aussi, j'espérais que ce serait un nouveau

départ. L'Irlande me manquait et les visites de ma grand-mère étaient trop rares pour que son amour compense la vie que je menais en Angleterre. Ce retour à Coleraine nous inspirait donc à tous trois des espoirs différents.

Mes parents irlandais nous réservèrent une fois encore un accueil très affectueux. Ma grand-mère nous attendait dans la rue, pleurant de joie. Ma mère, qui n'aimait pas les effusions publiques, lui fit une accolade un peu empruntée, tandis que je restais timidement à l'écart. Je savais désormais qu'on appelait leurs maisons « des taudis », et que leur mode de vie n'avait rien à voir avec celui de ma mère, mais à mes yeux, leur chaleur et leur gentillesse étaient bien plus importantes que leur manque d'argent.

Avec quelques années de plus, je trouvais maintenant que le salon était un vrai cagibi surchauffé. Et la table recouverte de papier journal suintait la pauvreté. En allant aux toilettes, je fus touchée d'y trouver un rouleau de papier qui, je le savais, n'avait été mis là que pour ma mère et moi. Les pages de journaux découpées en carrés étaient suspendues à un clou, pour les épidermes moins délicats.

Ma famille irlandaise devait voir en moi un modèle réduit de ma mère. Je parlais comme elle, je m'asseyais comme elle, j'avais intégré depuis ma plus tendre enfance les manières de la classe moyenne anglaise. Maintenant que je n'étais plus une petite fille, ils devaient chercher des ressemblances avec mon père, en vain. Ils voyaient la fille d'une femme qu'ils toléraient par respect pour mon père, mais qu'ils ne considéraient pas comme faisant partie de la famille. Comme elle, j'étais une visiteuse dans leur maison ; on m'aimait pour mon père, pas pour moi-même. C'est sans doute pour cela qu'ils prirent si facilement une décision radicale, deux ans plus tard.

C'était l'Irlande du Nord à la fin des années cinquante. C'était l'Ulster, dont les petites villes grises peignaient leurs trottoirs en bleu-blanc-rouge[1] et accrochaient fièrement des drapeaux aux fenêtres.

À Coleraine, tous les hommes se mettaient en costume et chapeau melon noirs pour la marche de l'Orange Day[2]. Fervents protestants, les habitants de Coleraine se levaient quand ils entendaient l'hymne national, mais n'aimaient pas les Anglais – leurs « maîtres veules de l'autre côté de la mer ». L'Irlande du Nord était pétrie de préjugés et les gens connaissaient mal leur propre histoire. Leur aversion pour les Anglais remontait à la crise de la pomme de terre[3], au XIXᵉ siècle, mais leurs professeurs d'histoire auraient dû leur apprendre qu'ils avaient pour la plupart des ancêtres catholiques qui avaient « bu la soupe » pour survivre. Sans ce maigre bouillon, qu'on leur avait offert en échange de leur conversion au protestantisme, beaucoup d'entre eux ne

---

1. Les couleurs de l'Union Jack. (*N.d.T.*)

2. La marche des Orangistes a lieu chaque été en Irlande du Nord. L'ordre d'Orange est une société fraternelle protestante, qui commémore la victoire de Guillaume III d'Orange-Nassau (1650-1702) sur Jacques II (et les catholiques) lors de la bataille de la Boyne, en 1690. (*N.d.T.*)

3. Au milieu des années 1840, cette crise provoqua en Irlande une terrible famine et fut à l'origine d'une importante émigration vers le Nouveau Monde. (*N.d.T.*)

seraient jamais nés. Mais, sans exception, ils détestaient encore plus les catholiques que les Anglais. Les catholiques, que les lois britanniques avaient tellement dépossédés et qui étaient encore perçus comme des citoyens de seconde zone, pouvaient pourtant être fiers de leur histoire. Tandis que les familles qui, comme la nôtre, auraient pu faire remonter leur filiation jusqu'aux chefs de clans qui avaient jadis dirigé l'Irlande et l'avaient défendue contre les invasions, ne le pouvaient pas, car elles avaient renié leurs patriarches. Pendant ces années où je suis devenue une jeune adulte, j'ai appris que la religion n'avait pas grand-chose à voir avec la foi chrétienne.

Mais c'était aussi un pays où les gens, organisés en petites communautés, faisaient attention les uns aux autres. Lorsque mon père était enfant, quand les temps étaient difficiles, on partageait la nourriture avec ceux qui n'avaient rien. Un pays qui avait connu des années de privations était aussi un pays, j'allais m'en rendre compte, dans lequel toute une communauté pouvait se serrer les coudes, et où la gentillesse pouvait soudain laisser la place à une sévérité impitoyable. Mais à douze ans, je ne voyais pas tout cela ; je voyais juste un pays où je m'étais toujours sentie heureuse.

Je savais bien que ma famille ne me regardait plus tout à fait de la même manière que trois ans auparavant, mais je les aimais toujours. Je fus ravie d'apprendre que Judy et moi allions rester chez mes grands-parents le temps que mes parents trouvent une maison. De leur côté, ils iraient habiter chez ma tante, à Portstewart. Personne n'avait assez de place pour nous loger tous. Dès que je fus réinscrite dans mon ancienne école, mes parents partirent donc et j'essayai de me faire une place dans les rues misérables du quartier pauvre de Coleraine.

Les enfants étaient sympathiques ; ma différence leur inspirait plus de curiosité que d'agressivité. Peut-être parce qu'ils rêvaient de quitter un jour leur quartier pour aller chercher un hypothétique chaudron rempli d'or au pied de l'arc-en-ciel anglais. Pour eux, l'Angleterre était la terre de toutes les promesses, et ils me bombardaient de questions. Est-ce que les salaires étaient si élevés qu'on le disait ? Est-ce qu'il y avait tant de travail que ça ? Dès qu'ils pourraient quitter l'école, ils prendraient un bateau pour Liverpool ou, pour les plus aventureux d'entre eux, iraient jusqu'à Londres.

Entre les enfants qui m'acceptaient et toute la famille qui faisait de son mieux pour que je me sente la bienvenue, je passai des semaines insouciantes à Coleraine. J'avais le droit de jouer dehors du matin jusqu'au soir, d'emmener Judy au parc et de jouer au cricket, où je développai des talents de lanceuse. Mon équipe trouvait que je jouais bien, « pour une fille ».

Oui, ce fut un été heureux, où l'on ne me gronda jamais si mes vêtements étaient sales quand je rentrais pour dîner et où Judy oublia son pedigree et devint une chienne des rues, qui s'amusait et courait avec la multitude de bâtards vivant dans les environs. J'avais également hâte de retourner à l'école. Est-ce qu'ils allaient me reconnaître ? Est-ce que j'allais retrouver les mêmes filles ? La réponse à ces deux questions fut oui.

Je m'intégrai tout de suite dans l'école. Je n'étais

peut-être pas la fille la plus populaire de la classe, mais tout le monde m'acceptait.

Juste avant mon treizième anniversaire, une semaine après la reprise des cours, mes parents vinrent me chercher. Ils avaient loué un préfabriqué à Portstewart, le temps de trouver une maison à acheter.

18

Les professeurs entretenaient assez peu de relations avec moi, mais comme j'avais les meilleures notes dans presque toutes les matières, j'avais su gagner leur respect. Il n'y avait pas de raisons précises à leur réserve à mon égard – sans doute sentaient-ils que j'étais différente des autres élèves. J'avais décidé que, le temps venu, je poursuivrais mes études à l'université. C'est grâce à l'éducation, pensais-je, que je gagnerais ma liberté. Les professeurs ne savaient rien de mes motivations profondes, mais ils connaissaient mon ambition.

Depuis mon hospitalisation, les médecins me jugeaient encore trop faible pour reprendre le sport et je profitais donc des heures de cours dont j'étais dispensée pour travailler à la bibliothèque, qui était riche d'une grande variété d'ouvrages. Il était important pour moi d'avoir de bonnes notes ; c'était le seul compartiment de ma vie que j'avais l'impression de contrôler et dont je pouvais être fière.

Mrs Johnston, notre directrice, passait souvent dans les classes. Ses interventions étaient stimulantes, elle aimait ouvrir l'esprit de ses élèves de diverses manières. Elle nous recommandait certains auteurs, nous poussait à nous intéresser à l'histoire et à la politique, mais aussi à écouter de la musique. Elle nous aidait à nous forger nos propres opinions et nous encourageait à les exprimer.

Au début du trimestre, elle annonça que l'école organisait un concours. Deux listes de sujets figuraient sur le tableau d'affichage, dans le hall de l'école : la première s'adressait aux élèves de moins de quatorze ans, la seconde aux élèves plus âgés. Nous avions le trimestre entier pour préparer un exposé sur le sujet de notre choix, qu'il faudrait présenter à l'oral devant les élèves et un jury de professeurs. Le gagnant recevrait un bon d'achat pour des livres -voilà qui était de nature à me motiver.

J'allai prendre connaissance des sujets pendant la récréation, mais tous ceux de ma catégorie me paraissaient ridiculement enfantins. Cela faisait déjà plusieurs années que je ne lisais plus de livres pour enfants... En revanche, l'un des sujets de l'autre liste me sauta aux yeux : « L'Apartheid en Afrique du Sud ». J'avais déjà eu l'occasion de lire des articles sur l'Afrique dans des encyclopédies et ce continent me fascinait.

Je me rendis donc chez l'un des censeurs de l'école pour lui demander l'autorisation de traiter ce sujet. Elle m'expliqua patiemment que si je choisissais un thème hors de ma catégorie, j'allais me retrouver en concurrence avec des filles qui pouvaient avoir jusqu'à cinq ans de plus que moi. Devant ma détermination, elle commença à perdre patience et m'informa qu'elle n'accorderait aucune dérogation. Ce à quoi je lui répondis, plus décidée que jamais, que je savais sur quoi je voulais travailler.

Elle appela alors Mrs Johnston et lui fit part de ma

demande, avec un petit rire légèrement condescendant. Contre toute attente, la directrice rétorqua que si j'étais prête à travailler et à faire des recherches en dehors des heures de cours, elle n'y voyait aucun inconvénient.

J'étais heureuse de ma victoire, heureuse de pouvoir mener les choses comme je l'entendais, pour une fois. Mais ce jour-là, même si je ne le savais pas encore, je m'étais fait une ennemie qui allait m'empoisonner la vie tout au long de l'année scolaire.

Ma passion pour mon sujet grandit à mesure que j'avançais dans mes recherches. J'appris bientôt comment on avait recruté la main-d'œuvre pour l'exploitation des mines d'or et de diamants, et décidai d'en faire le point de départ de mon exposé. J'écrivis que lorsque l'homme blanc découvrit l'or, il découvrit en même temps qu'il fallait déplacer des tonnes de terre pour produire une once du précieux métal. Pour exploiter les mines, il fallait donc beaucoup de main-d'œuvre bon marché, c'est-à-dire beaucoup de Noirs. Mais qu'est-ce qui pourrait pousser les Noirs à travailler pendant des heures comme des bêtes sous terre, alors qu'ils n'avaient jamais donné la moindre valeur à ce métal ? Leur économie était en effet fondée sur le troc depuis des siècles et l'argent n'avait donc aucune importance pour eux. C'est pourquoi le gouvernement vota une loi instaurant de nouvelles taxes dans les villages. Comme le pays, et donc l'or, n'appartenait plus aux populations indigènes, les Noirs ne pouvaient pas payer ces taxes. Il ne leur restait qu'une solution : tous les hommes jeunes devraient aller travailler dans les mines. C'est ainsi qu'on sépara les femmes de leurs maris, les enfants de leurs pères. On entassa d'abord les hommes dans des camions, puis des trains les embarquèrent vers un avenir incertain, à plusieurs centaines de kilomètres de chez eux.

Que pouvaient-ils bien éprouver ? Ils n'avaient plus la joie de regarder leurs enfants grandir, ils ne se réchauffaient plus au sourire de leurs femmes, ils n'avaient plus l'occasion d'entendre les anciens raconter les légendes que l'on se transmettait de génération en génération et qui faisaient de leur culture une histoire vivante.

À la fin de la journée, ils ne pouvaient plus admirer la beauté du ciel africain, quand le soleil décline puis disparaît peu à peu, habillant l'horizon de rose pâle émaillé d'orange et de rouge vifs.

Ils avaient perdu la sécurité et la fraternité que leur apportait le village. L'essence même de leur vie avait disparu. Au lieu de cela, c'était des heures et des heures de travail pénible et souvent dangereux, dans le noir, et des nuits passées dans des dortoirs sans âme. Ce n'était plus l'agitation matinale du village qui les réveillait aux premiers rayons du soleil, mais la voix de leurs maîtres.

La fierté qu'ils avaient ressentie le jour où l'on avait célébré leur entrée dans l'âge d'homme, ils comprirent bien vite qu'elle n'existerait plus. Ils étaient devenus les « boys » de l'homme blanc, à jamais.

Plus je lisais, plus j'étais indignée par l'injustice de l'Apartheid, un système qui avait été créé au seul bénéfice des Blancs. Ils avaient d'abord décrété que ces terres étaient les leurs. Ils avaient ensuite contrôlé les populations indigènes en les privant de toutes leurs libertés, de la liberté de mouvement à la liberté que peut apporter l'éducation. À l'âge de treize ans, c'est à partir de ces idées et de ces réflexions que je construisis mon exposé.

Pourquoi étais-je tellement fascinée par un pays que je connaissais si peu ? Rétrospectivement, il est clair que je m'identifiais aux victimes, telles que je les voyais, contrôlées par les Européens. L'arrogance de ces hommes qui croyaient appartenir à une race supérieure m'était familière. J'avais déjà appris que les adultes aussi se pensaient supérieurs aux enfants. Eux aussi les contrôlaient, les privaient de leur liberté et les pliaient à leurs volontés.

Les Noirs d'Afrique du Sud, comme moi, dépendaient pour le gîte et le couvert de personnes qui, sous prétexte qu'elles étaient en position de supériorité, abusaient de leur pouvoir. Bien souvent, et c'était le cas pour ces Africains, la cruauté a pour but de désarmer la personne contre qui elle s'exerce, et son impuissance vous permet ensuite de vous sentir supérieur.

Je me représentais ces gens contraints de demander un laissez-passer pour aller voir leur famille, dans un pays qui avait été le leur. Ils en étaient réduits à accepter un rôle servile, soumis à leurs maîtres blancs. Des maîtres qu'ils devaient mépriser autant que je méprisais le mien. J'imaginais parfaitement le désespoir et l'humiliation qu'ils avaient dû ressentir, et je m'identifiais à eux. Mais je savais aussi qu'un jour, je partirais de chez moi. Je plaçais tout mon espoir dans l'âge adulte tandis que pour eux, sans doute, il n'y en avait aucun.

La fin du trimestre arriva et avec elle, le jour de la soutenance de nos exposés. Je fis mon entrée dans la salle de réunion où le jury, en robe noire, était assis sur le côté gauche. Les élèves des différentes classes étaient installées sur la droite et en face de moi, élégantes en jupe verte et bas nylon.

Je montai sur l'estrade en serrant mon exposé entre mes mains, pas très à l'aise dans ma robe plissée, mes chaussettes jusqu'aux genoux. J'étais la dernière à passer, car j'étais la plus jeune.

Je tournai les pages nerveusement et lus les premières lignes d'une voix chevrotante. Mais la passion que je nourrissais pour mon sujet était telle qu'elle parvint à me calmer, et je sentis que je commençais à intéresser mon auditoire, qui m'avait d'abord accueillie avec une certaine curiosité amusée. Du coin de l'œil, je vis les juges se pencher pour mieux m'entendre. À la fin de ma dernière phrase, ce fut un tonnerre d'applaudissements. Je sus que j'avais gagné avant même que Mrs Johnston ne l'annonce.

Je restai quelques secondes sur l'estrade, triomphante, un grand sourire sur le visage. La joie et la fierté que je ressentis ne furent même pas gâchées par le regard noir que me lançait le censeur.

La directrice me félicita chaleureusement en me remettant mon prix, et les applaudissements redoublèrent quand je descendis de l'estrade. Je n'avais jamais vécu un moment aussi gratifiant.

Je rentrai de l'école encore tout auréolée de mon succès. Judy m'attendait dans la maison froide et c'est elle qui eut la primeur du récit de ma journée.

Mon père, qui ne travaillait pas ce jour-là, était sorti. Je savais qu'il irait chercher ma mère à son travail, comme il le faisait à chaque fois qu'il avait un jour de congé. J'entamai donc ma petite routine de fin d'après-midi : après avoir enfilé une vieille jupe et un gros pull-over, je fis sortir Judy, vidai les cendres du poêle avant de préparer un nouveau feu, fis la vaisselle de la veille et mis de l'eau à chauffer pour le thé de mes parents.

Une fois toutes ces tâches terminées, je fis rentrer Judy qui s'allongea à mes pieds tandis que je commençais mes devoirs dans la cuisine. J'étais tellement excitée que j'avais du mal à travailler. J'avais envie d'annoncer la bonne nouvelle à ma mère et que, toute fière, elle me prenne dans ses bras comme elle ne l'avait pas fait depuis si longtemps.

En entendant leur voiture arriver, je me dépêchai de verser l'eau frémissante dans la théière. Mes parents étaient à peine entrés dans la maison quand je commençais à raconter mes exploits.

« Maman, c'est moi qui ai eu le prix ! Mon exposé a fini premier de toute l'école !

— C'est bien, ma chérie, se contenta-t-elle de répondre en s'asseyant pour boire son thé.

— De quel prix tu parles ? demanda mon père.

— Mon exposé sur l'Apartheid en Afrique du Sud », bégayai-je presque. Mon enthousiasme s'était évanoui devant le regard caustique de mon père.

« Et qu'est-ce que tu as gagné ? demanda-t-il.

— Un bon d'achat pour des livres, répondis-je, sachant très bien ce qui allait suivre.

— Très bien, tu le donneras à ta mère, ça servira à acheter tes livres de classe. Tu es une grande fille, maintenant, c'est normal que tu participes aux dépenses. »

Je le regardai et fis de mon mieux pour dissimuler mon mépris, car je ne voyais pas seulement mon père mais ce qu'il représentait : l'abus de pouvoir bête et méchant. Ma mère, par son silence, encourageait sa tyrannie. Le visage suffisant de mon père m'inspira soudain une haine telle qu'elle me paralysa. Je me surpris à prier Dieu, auquel je ne croyais plus, pour qu'il meure.

Il me vint en tête une image furtive où mon père n'existait plus, où ma mère et moi vivions ensemble, heureuses. Car je croyais encore que mon père contrôlait les faits et gestes de ma mère. Je pensais que sa vie aurait été plus heureuse sans lui. Mais en la regardant s'affairer autour de mon père, je vis les sourires d'amour qu'elle lui adressait, à lui et à lui seul.

C'est à ce moment-là que j'ai enfin compris que, si ma mère restait avec lui, c'était parce qu'elle le voulait bien. Tout à coup, je sus qu'elle était prête à tout sacrifier pour garder l'homme qu'elle avait épousé.

Pendant des années, j'avais accusé mon père et trouvé des excuses à ma mère. Mais ce soir-là, je vis que c'était un être faible. Non seulement elle avait laissé passer sa chance d'avoir une vie de famille heureuse, mais elle s'était perdue elle-même dans l'amour qu'elle portait à mon père. Je savais que je n'étais pas faible comme elle. Le prix que j'avais remporté était là pour me le prouver. Et si je l'avais obtenu, c'est d'abord parce que j'avais osé tenir tête au censeur. Je me fis alors la promesse que je ne laisserais jamais à personne le contrôle de mes émotions. L'amour dont j'étais capable, je l'offrirais aux enfants que j'espérais avoir, et à mes animaux. Mais rien ni personne ne pourrait me rendre aussi faible. Cette promesse pesa sur ma vie pendant de nombreuses années.

19

Je me rendis à peine compte que dix jours avaient déjà passé. La routine quotidienne de l'hospice était telle que toutes les journées semblaient se mêler en une seule.

Je me réveillais tôt et l'inconfort de mon fauteuil me rappelait tout de suite où j'étais. Avant d'oser ouvrir les yeux, j'essayais d'entendre la respiration de ma mère en me demandant si elle n'avait pas rompu, pendant la nuit, le fil ténu qui la raccrochait à la vie. Entre espoir et angoisse, je me forçais finalement à la regarder et mes yeux rencontraient invariablement son regard ; elle attendait patiemment mon réveil.

J'apportais mon aide pour l'emmener jusqu'à la salle de bains. Un bras autour de son épaule, un autre sous son bras, nous franchissions d'un pas traînant les deux mètres qui nous séparaient de la salle de bains. Le retour vers son fauteuil était d'une lenteur tout aussi laborieuse. Une fois assise, elle se renversait en arrière dans un soupir, épuisée avant même que la journée ait commencé.

Autour de moi, l'hospice se réveillait. J'entendais le murmure de diverses voix, le frottement des semelles en caoutchouc, le grincement d'une porte que l'on ouvrait et la musique d'une radio qu'on venait d'allumer.

Assise sur le rebord du lit de ma mère, je guettais avec elle et les femmes qui partageaient sa chambre le bruit d'un chariot. Les allées et venues de ces objets inanimés, poussés par des infirmières souriantes ou d'aimables bénévoles, rythmaient les heures. Quand on entendait s'ébranler ce premier chariot, quatre paires d'yeux fixaient l'embrasure de la porte. Ce chariot-là était celui des médicaments, qui apaisaient les douleurs que l'état de conscience avait réactivées.

Le deuxième était celui du thé. Je pouvais alors en siroter une tasse bien chaude en attendant le troisième chariot, celui du petit déjeuner des patients, qui m'offrait un bref répit. Dès qu'il arrivait, je m'éclipsais de la chambre. J'allais d'abord prendre une douche – le puissant jet d'eau m'aidait à évacuer les tensions. Ensuite je me rendais dans le salon et lisais les journaux du matin en prenant un café bien fort, profitant d'un moment de solitude bienvenu. Dans cette pièce, on ne trouvait aucun affichage « Interdit de fumer ». Pour les patients de l'hospice, le tabac n'était plus un problème. Le personnel ne faisait jamais la moindre remarque quand un patient enlevait son masque à oxygène et portait une cigarette à ses lèvres, d'une main tremblante, pour inhaler péniblement sa dose de nicotine.

La première bouffée de ma cigarette était un petit plaisir. J'étais sans doute dans le meilleur endroit pour me décider à arrêter de fumer, mais le manque était encore plus fort.

Le tremblement du chariot qui remportait les plateaux

du petit déjeuner me sortait de mon isolement et sonnait la fin de ma pause. Chaque matin, les assiettes étaient pleines de restes. Difficile de se forcer à manger quand tout appétit a disparu.

La visite des médecins, ensuite, était un moment très attendu. Il était singulier de voir comment quatre vieilles dames à qui il ne restait que peu de temps à vivre étaient capables de retrouver un peu de peps en présence d'un beau jeune homme. Tout espoir de rentrer chez elles un jour avait disparu : dès leur admission à l'hospice, patients et médecins savaient très bien que plus aucun traitement curatif n'était à l'ordre du jour. Tout ce qui leur restait, c'étaient les soins palliatifs, le contrôle de la douleur au jour le jour. Ici, on faisait en sorte d'adoucir le dernier voyage, avec gentillesse et compassion.

Je me félicitais des petites victoires que je remportais de temps à autre, comme de voir une étincelle dans les yeux de ma mère quand j'avais réussi à la convaincre de profiter des services du coiffeur qui passait à l'hospice, ou de demander à l'esthéticienne bénévole de lui faire une manucure ou un massage aux huiles essentielles. Pendant qu'on prenait soin d'elle, elle pouvait oublier pour un temps la douleur et l'issue fatale qui l'attendait.

Mon père venait lui rendre visite tous les après-midi. Ce n'était ni le gentil père ni le méchant, mais un vieil homme portant un bouquet de fleurs acheté à la hâte dans une station-service plus douée pour faire le plein que pour l'art floral. Un vieil homme qui regardait à la fois avec tendresse et désespoir la seule femme qu'il eût jamais aimée, celle qui avait sacrifié tant de choses pour rester avec lui. Jour après jour, son pas était plus lent et son visage plus triste, à mesure qu'il voyait sa femme mourir peu à peu sous ses yeux.

La pitié qu'il m'inspirait se mêlait aux souvenirs qui m'assaillaient chaque nuit. Mon passé et mon présent entraient en collision.

Le onzième jour, ma mère fut trop faible pour aller jusqu'à la salle de bains. Le douzième, elle fut incapable de manger toute seule.

Tout comme j'avais imploré en silence, pendant tant d'années, qu'un adulte lise dans mes yeux à quel point j'avais besoin qu'on m'aime, je suppliais maintenant en silence ma mère de me demander pardon. C'était la seule chose, je le savais, qui lui permettrait de couper le mince fil qui la maintenait en vie.

Quand mon père approchait de son lit, son pas s'accélérait et il se forçait à sourire, rien que pour elle. Leur lien évident était une force qui déployait sa propre énergie, et qui sapait la mienne. Au salon, j'avais trouvé mon refuge, avec un livre pour tout compagnon, et le café et les cigarettes comme calmants.

Mon père finit par venir me voir. « Antoinette, dit-il d'une voix presque implorante dont je ne le croyais pas capable, elle ne reviendra pas à la maison, n'est-ce pas ? »

Il m'offrit une fenêtre larmoyante sur son âme tourmentée, où le chagrin d'une perte imminente avait pris le dessus sur le mal toujours latent.

Je ne voulais pas de cette confrontation. Je lui répondis péniblement : « Non ».

Devant la douleur de son regard, je sentis monter malgré moi un sentiment de commisération. Mon esprit repartit des dizaines d'années en arrière et raviva l'image du père charmant qui nous avait accueillies sur le quai, à Belfast. Je me souvins avec tristesse à quel point j'avais aimé ce père-là. Je revoyais aussi le regard plein d'espoir de ma jeune mère, dont l'enthousiasme s'était éteint au fil des années. Je faillis me laisser déborder par une immense peine en me demandant comment deux personnes qui s'étaient tant aimées avaient pu à ce point ignorer l'enfant qu'elles avaient conçu ensemble.

« Je sais, reprit-il, j'ai fait des choses terribles, mais est-ce qu'on pourrait être amis ? »

Beaucoup trop tard, me dis-je. Il fut un temps où je voulais qu'on m'aime. J'en crevais, même. Mais maintenant, je serais incapable de te donner cet amour.

Une larme coula sur sa joue. Sa main de vieillard toucha brièvement la mienne. Je parvins à me maîtriser un instant et lui répondis simplement : « Je suis ta fille. »

20

Les premières journées d'un été précoce jetaient déjà sur la campagne une belle lumière dorée. Pâques faisait son retour et un vent d'optimisme inhabituel soufflait sur notre foyer. Depuis plusieurs semaines, mon père semblait parvenir à contrôler ses colères et nous montrait le visage agréable que sa famille et ses amis connaissaient. Heureuse de le voir de bonne humeur, ma mère était plus affectueuse avec moi. Après tout, je devais y être pour quelque chose, puisque c'était toujours moi qui provoquais les crises de rage de mon père – même si ma mère n'a jamais su m'expliquer précisément en quoi mon comportement l'excédait.

Nous avions déménagé juste avant les vacances. Mes parents avaient fini par trouver une petite maison dans la banlieue de Coleraine. Ma mère avait désormais un travail qui lui plaisait et mon père, quant à lui, s'était offert la voiture de ses rêves, une Jaguar d'occasion qu'il ne manquait jamais de briquer amoureusement avant d'aller rendre visite à sa famille. Il créait la sensation en arrivant dans la rue de mes grands-parents, et son visage s'empourprait de plaisir comme à chaque fois qu'il ressentait ce sentiment d'admiration qu'il avait toujours recherché.

Ma mère, quant à elle, passait son temps à fredonner les mélodies de Glenn Miller, des tubes de sa jeunesse. Et comme l'optimisme est contagieux, je m'étais trouvé un petit job à la boulangerie locale pour mes trois semaines de vacances. Je voulais gagner de l'argent pour être plus indépendante.

Au bout d'une semaine, je reçus mon premier salaire avec une telle fierté ! Je l'utilisai pour m'acheter une encyclopédie d'occasion et un jean. C'était le tout début de l'ère de la mode adolescente et j'avais envie de troquer mon uniforme scolaire contre celui de la « culture jeune ». Mes achats suivants furent des mocassins et un chemisier blanc.

À la fin des vacances, la boulangerie me proposa de continuer à venir travailler le samedi. Voilà qui allait me permettre d'économiser pour m'acheter un vélo. Et cette fois, j'étais bien décidée à ne pas laisser mon père l'emprunter. Mais je n'avais à priori pas besoin de m'inquiéter, puisqu'il avait maintenant une voiture qu'il adorait. Mes parents semblaient satisfaits que je travaille. J'avais toujours peur qu'ils me demandent une partie de mon salaire, mais en cette période d'euphorie, ça n'arriva jamais. Ma mère me faisait même des compliments sur mes nouveaux vêtements.

Cela faisait bien longtemps que l'atmosphère à la maison n'avait pas été aussi légère. Je m'étais fait des amis à l'école et, à la réflexion, je crois qu'il était important pour mes parents que j'aie l'air d'avoir une vie d'adolescente comme les autres. C'était le cas, en apparence. Mais sous la surface, on était encore loin de la normalité. J'avais pris goût au whisky ; il me calmait et me remontait le moral. Mais il me pompait aussi mon énergie. Mes accès dépressifs étaient de plus en plus fréquents. Ma mère utilisait de doux euphémismes pour parler de ma léthargie : c'étaient des « humeurs d'adolescente », j'étais « dans mes mauvais jours »... Ces crises gâchaient mes jours et mes nuits, à nouveau peuplées de cauchemars effrayants. Je rêvais qu'on me poursuivait, que je tombais, que j'étais sans défense. Je me réveillais en sueur et je ne voulais pas me rendormir, de peur que ça ne recommence.

Les exigences de mon père, désormais fréquentes, avaient installé un scénario familier dans ma vie ; je subissais un acte abject et puis je buvais de l'alcool pour essayer de le chasser de mon esprit. Il m'en proposait toujours, après. Ça l'amusait que je veuille tellement peu du premier mais que je demande toujours plus du second. En général, il refusait de me donner double dose ; c'était lui qui avait le contrôle de la bouteille. Toutefois, à raison d'une consommation plusieurs fois par semaine, mon goût pour le whisky commença à s'affirmer. J'étais encore trop jeune pour pouvoir en acheter moi-même ; trois ans plus tard, ce ne serait plus un problème.

Le dimanche était devenu le jour des « sorties en famille ». Les voisins nous voyaient partir en voiture tous les trois, accompagnés de Judy. Une belle image de famille heureuse. Nous allions en général au bord de la mer, à Portstewart. Un jour, je demandai à ma mère si je pouvais rester à la maison. Ma question la mit dans une telle fureur que je ne m'aventurai plus à la reposer.

« Ton père travaille comme un fou, s'exclama-t-elle,

et pour son seul jour de congé, il veut nous faire plaisir. Quelle ingrate tu fais. Je ne te comprendrai jamais, Antoinette ! »

C'était sans doute l'une des choses les plus vraies qu'elle m'ait jamais dites.

À Portstewart, nous choisissions un endroit pour pique-niquer – thé et sandwiches –, après quoi nous allions faire une promenade au grand air. Judy, qui se prenait encore pour un jeune chiot, aboyait après les mouettes. Je lui courais après, et mes parents fermaient la marche.

Après chacune de ces sorties, ma mère me posait la même question : « Est-ce que tu as dit merci à Papa, ma chérie ? » et je devais marmonner un remerciement à l'homme souriant que je détestais et craignais tellement.

À cette époque, la télévision n'avait pas encore trouvé sa place dans tous les salons, aussi le cinéma était-il le loisir familial privilégié. J'adorais voir des films. À chaque fois que mes parents décidaient d'y aller, j'espérais qu'ils me proposeraient de venir avec eux. Mais c'était très rarement le cas.

À quatorze ans, je n'avais toujours pas le droit de sortir, sauf pour un baby-sitting chez quelqu'un de la famille. De temps en temps, prétextant quelque recherche à faire à la bibliothèque, je m'éclipsais au cinéma l'après-midi et profitais intensément de chaque moment volé.

Peu après les vacances de Pâques, ma mère me proposa une sortie que je n'attendais plus.

« Antoinette, Papa veut nous emmener toutes les deux au cinéma ce soir, alors va te changer, dépêche-toi », me lança-t-elle en rentrant du travail en compagnie de mon père, qui était allé la chercher.

Une heure plus tôt, il sortait de leur lit, me laissant dans leur chambre, pétrifiée. Dès qu'il avait quitté la maison, j'étais allée me laver ; j'avais frotté mes dents et ma langue encore et encore pour faire disparaître l'odeur du whisky, avant de refaire le lit et de préparer leur thé. Et puis j'avais attendu leur retour.

Ce jour-là, mon père avait gagné au tiercé, ce qui l'avait mis de bonne humeur, et il n'avait pas lésiné sur la dose de whisky qu'il m'avait fait boire. Mais je devais apprendre quelques mois plus tard que ce n'était pas le seul domaine dans lequel il avait négligé de prendre ses précautions.

À moitié endormie et nauséeuse, je me déshabillai donc et lançai mon uniforme sur mon lit, dans lequel j'avais une furieuse envie de me glisser, avant d'enfiler les vêtements que je réservais pour les grandes occasions. Comme ma garde-robe n'était pas très fournie, je restais le plus souvent en uniforme à la maison, sauf pendant les vacances.

Nous allâmes voir un western, un des films préférés de mon père. J'eus beaucoup de mal à me concentrer sur l'action, à cause d'un terrible mal de tête qui rendait extrêmement pénibles tous les coups de feu qui éclataient. J'avais envie de me boucher les oreilles quand la musique montait pour souligner le suspense ; chaque nouveau bruit était comme un coup de poignard dans mon crâne... Les lumières finirent enfin par se rallumer, à mon grand soulagement. Je n'avais qu'une envie, me réfugier sous mes couvertures.

Une fois à la maison, je dus pourtant prendre mon

mal un peu plus en patience, car mes parents me demandèrent de leur préparer un thé. La bouilloire commençait à siffler quand j'entendis soudain un éclat de voix qui me cloua sur place. Cela venait de ma chambre.

« Antoinette, viens ici tout de suite ! » entendis-je mon père rugir. La rage donnait à ses mots un poids terrible. Je montai jusqu'à ma chambre, toujours aussi nauséeuse, sans la moindre idée de ce qui pouvait l'avoir mis dans une telle colère.

Il m'attendait au pied de mon lit et pointa du doigt l'objet du délit : mon uniforme.

« Tu crois peut-être qu'on est assez riches pour balancer tes vêtements comme ça ? », cria-t-il en levant le poing sur moi.

Je me baissai pour esquiver le coup et courus vers l'escalier. J'espérais que ma mère me protégerait, pour une fois, car rien ne justifiait une telle explosion de haine. Mon père avait les yeux exorbités. Je savais qu'il ne se contrôlait plus ; il s'apprêtait à me frapper, et à me frapper méchamment. Il arriva derrière moi en un rien de temps, glissant sur la dernière marche de l'escalier, ce qui le mit encore plus en rage. Un pas de plus et il m'attrapa par les cheveux et me fit tournoyer dans tous les sens ; mon corps se cambrait de douleur, je ne pouvais pas retenir mes cris. Il me balança ensuite contre le sol. Le souffle coupé, je voyais l'écume au bord de ses lèvres tandis qu'il continuait de hurler, les yeux injectés de sang, le regard fou. Puis il prit mon cou entre ses mains et le serra comme s'il avait l'intention de me tuer.

Un genou appuyé sur mon ventre pour me maintenir à terre, il garda une main sur mon cou et de l'autre, se mit à me cogner encore et encore. « Tu mérites une bonne leçon ! » répétait-il en frappant mon ventre et ma poitrine.

Je voyais des étoiles danser devant mes yeux, puis je perçus la voix de ma mère, entre peur et colère : « Paddy, lâche-la ! »

La folie de son regard se dissipa et il desserra son étreinte. Sonnée, suffocante, je revins à moi. Livide, ma mère lui lançait un regard noir, un couteau de cuisine à la main, pointé vers lui. Elle lui répéta de me lâcher jusqu'à ce qu'il fixe la lame. Il s'immobilisa quelques secondes ; j'en profitai pour ramper loin de lui.

Un espoir me traversa : ma mère allait sûrement faire ce dont je l'avais entendue le menacer à plusieurs reprises, lors de leurs nombreuses disputes ; elle allait le quitter, partir avec moi. Ou mieux encore, elle lui demanderait de s'en aller. Mais une fois de plus, mon espoir fut piétiné. Au lieu des mots que j'attendais, elle cria quelque chose que mon cerveau embrumé se refusa à comprendre.

« Va t'en, Antoinette ! »

Je restai accroupie par terre. Peut-être allais-je finir par devenir invisible ? Voyant que je ne bougeais pas, ma mère m'attrapa par le bras de toutes ses forces, ouvrit la porte et me jeta dehors.

« Ne reviens pas ce soir », me lança-t-elle en me claquant la porte au nez. Je restai un moment abasourdie, le corps pétri de douleurs. Puis une peur panique m'envahit. Où pouvais-je aller ? Certainement pas chez quelqu'un de la famille. Si je faisais cela, j'aurais droit à une correction à mon retour. Il était le fils, le frère, le neveu, il était incapable de tels gestes, on m'aurait prise pour une menteuse, une fauteuse de troubles. Personne ne m'aurait crue, ils m'auraient ramenée à la maison. Poussée par la peur, je partis dans la nuit.

Je décidai d'aller chez Isabel, un de mes professeurs, qui partageait un appartement avec une amie. Je leur expliquai, en larmes, que j'avais eu une terrible dispute avec mes parents parce que je n'avais pas rangé ma chambre, et que j'avais peur de rentrer à la maison. Elles se montrèrent pleines de compassion ; elles n'enseignaient pas depuis très longtemps, mais elles savaient à quel point les pères irlandais pouvaient être sévères. Elles tentèrent de me rassurer en me disant que mes parents allaient sûrement se calmer, que dans le fond ils devaient être inquiets pour moi. Cela fit redoubler mes sanglots. Elles appelèrent ma mère pour lui dire que je m'étais réfugiée chez elles. Ma mère ne m'en voulait pas, me dirent-elles, elle était soulagée de me savoir en sécurité, mais comme il était très tard, elle m'autorisait à passer la nuit chez elles. Elle leur dit aussi que mon père était parti au travail, énervé par mon attitude et mon départ. Il pensait que j'étais allée chez mes grands-parents. J'étais à un âge diffi-cile, je lui manquais de respect. Il fallait que je rentre dès le lendemain matin ; elle me parlerait ; et bien sûr, j'irais à l'école comme d'habitude. Elle s'excusa pour le dérangement et leur confia que je lui donnais beaucoup de soucis en ce moment.

Furent-elles surprises qu'une bonne élève comme moi cause tant de problèmes à ses parents ? En tout cas, elles ne firent aucun commentaire. Elles me préparèrent un lit dans le canapé et je m'endormis à poings fermés, épuisée. Le lendemain matin, elles me donnèrent de l'argent pour rentrer chez moi en bus, et les conseils d'adultes responsables qu'il convenait de proférer, en une telle situation, à une enfant à peine entrée dans l'adolescence. Je quittai l'appartement la peur au ventre et me dirigeai vers l'arrêt de bus.

Mon père était rentré du travail et déjà couché quand je frappai à la porte. Ma mère me fit entrer en silence, l'air sévère, et me servit un petit déjeuner. Elle me dit qu'elle avait passé une mauvaise nuit à cause de moi ; puis me demanda de faire un effort pour ne plus agacer mon père.

« Je n'en peux plus, me dit-elle. Tu me fatigues. Tu me fatigues, à l'énerver tout le temps comme ça. »

Sous ses reproches, je perçus sa peur ; mon père était allé trop loin, la veille. Sans l'intervention de ma mère, il aurait pu être à l'origine d'un scandale encore plus terrible que celui qui allait bientôt éclater.

Cela faisait des années qu'il me frappait, mais il n'avait jamais levé le petit doigt sur ma mère. Sans doute prit-elle conscience ce soir-là qu'il en était toutefois capable. Elle ne me reparla plus jamais de ce qui s'était passé. Quand je revins de l'école, en fin d'après-midi, mon père m'attendait.

« Je vais le dire, menaçai-je d'une petite voix, m'efforçant de lui tenir tête. Je vais le dire, si tu me frappes encore. »

Il éclata de rire ; il n'y avait pas le plus petit soupçon d'angoisse dans sa voix. « Antoinette, me répondit-il très calmement, personne ne te croira. Si tu parles, c'est toi qui viendras te plaindre. Tout le monde t'accusera. Tu n'as rien dit, n'est-ce pas ? Tu n'as rien dit pendant des années. »

Devant mon silence, il continua, triomphal.

« Alors tu es aussi coupable que moi. Ta famille ne t'aimera plus. Si tu jettes la honte sur cette maison, ta mère ne voudra plus de toi. C'est toi qui devras partir, on te mettra dans un foyer et tu ne reverras plus ta mère. Tu iras chez des étrangers ; des étrangers qui sauront quelle mauvaise fille tu es. C'est ça que tu veux ? Hein, c'est ça ? »

J'eus une vision d'inconnus qui me fusillaient d'un regard noir et je me représentai la tristesse d'une vie sans ma mère.

« Non », murmurai-je, affolée par cette évocation. J'avais entendu des histoires terribles sur la manière dont les foyers traitaient les enfants rejetés par leurs parents. Une fois de plus, il avait gagné, avec son petit sourire en coin.

« Alors tiens-toi tranquille, si tu ne veux pas passer un plus sale moment que ce que tu as eu hier soir. Et maintenant va t'en. Monte dans ta chambre et restes-y jusqu'à ce que je m'en aille. Je t'ai assez vue. »

Je m'exécutai.

« Et n'oublie pas de ranger ta chambre, tu m'entends, Antoinette ? » Il continuait de se moquer de moi du bas de l'escalier. Je m'assis sur le bord de mon lit, jusqu'à ce que sa respiration m'indique qu'il s'était endormi.

21

Depuis que je m'étais fait battre et renvoyer de la maison, j'avais l'impression que ma force intérieure m'avait abandonnée. Je me sentais inerte et j'essayais d'éviter mes parents autant que possible. J'avais mon job du samedi et mes visites chez mes grands-parents, qu'ils ne pouvaient pas me refuser. Ils refusaient souvent, en revanche, que j'aille voir mes amis à Portrush et surveillaient de près mes balades à vélo. Il régnait à la maison une atmosphère étrange ; les accès de colère de mon père, qui dégénéraient si souvent en crises de rage, semblaient prendre une tournure encore plus sombre, maintenant. Je sentais dans son regard quelque chose d'inhabituel qui me terrifiait.

Un matin, une semaine environ après le début des vacances d'été, ma mère se préparait à partir au travail. Mon père était rentré tôt et s'était déjà couché. Depuis ma chambre, je l'entendis aller aux toilettes dans la salle de bains, sans fermer la porte, puis retourner se coucher. Une fois ma mère partie, je descendis à pas de loup dans la cuisine et mis de l'eau à chauffer pour ma toilette et mon petit déjeuner. Je me préparai également un toast, en faisant le moins de bruit possible. C'est à ce moment-là que j'entendis sa voix dans l'escalier.

« Antoinette, viens ici. »

Je montai jusqu'à la porte de sa chambre.

« Monte-moi un thé. »

J'avais déjà le dos tourné quand il me lança : « Je n'ai pas fini, ma petite. »

Je sentis une boule dans ma gorge et me retournai vers lui sans un mot. Il avait son regard narquois et me souriait d'un air froid.

« Tu peux aussi m'apporter des toasts. »

Je partis lui préparer son thé et ses toasts comme un automate, puis lui montai son plateau que je déposai sur sa table de chevet après avoir poussé son paquet de cigarettes et le cendrier plein de mégots, en priant pour qu'on en reste là. Mais je savais bien qu'il voulait autre chose.

Du coin de l'œil, je vis avec une sensation de dégoût son torse pâle, parsemé de taches de rousseur, ses poils grisonnants qui dépassaient de son tricot de corps crasseux, et je sentis l'odeur âcre de son corps mélangée à celle de tabac froid qui flottait dans la chambre. Et puis je sentis son excitation.

« Enlève tes vêtements, Antoinette. J'ai un cadeau pour toi. Enlève-les tous et fais-le doucement. »

Je me retournai vers lui. Il ne m'avait encore jamais demandé cela. Je me sentis souillée par son regard.

« Antoinette, je te parle, déshabille-toi », répéta-t-il entre deux bruyantes gorgées de thé.

Soudain, il sortit du lit, vêtu de son seul tricot de corps, le sexe en érection devant son ventre bedonnant. Voyant que je tardais à répondre à sa demande, il me sourit, s'approcha de moi et me donna une petite claque sur les fesses.

« Allez, dépêche-toi », murmura-t-il.

J'étais debout devant lui comme un animal pris au piège, mes vêtements en tas sur le sol, avec une envie folle de m'enfuir mais ni la force ni aucun refuge pour ce faire. Tout en me regardant dans les yeux, il fouilla dans une poche de sa veste et en retira un petit sachet semblable à tous ceux que j'avais déjà vus. Il le déchira, en sortit cette espèce de petit ballon en caoutchouc et le déroula doucement, d'une main, sur son membre gonflé. Pendant ces quelques secondes, il m'attrapa le poignet et le serra. Puis il força mes doigts crispés à suivre un mouvement de haut en bas sur son sexe jusqu'à ce que le préservatif soit bien en place.

Tout à coup il me lâcha la main, me prit par les épaules et me jeta sur le lit avec une telle violence que je rebondis sur le matelas dans un grincement de ressorts rouillés. Il agrippa mes jambes, les écarta au-dessus de moi et me pénétra avec une force qui sembla me déchirer le corps tout entier et brûler mes entrailles. Les muscles de mes cuisses me tiraient à chaque fois qu'il plongeait et replongeait en moi. De ses mains rugueuses, il empoignait ma poitrine, qui me faisait mal depuis quelque temps. Il s'excitait à malmener le bout de mes seins et à me lécher le visage et le cou. Les poils ras de son menton me raclaient la peau. Je mordais mes lèvres pour ne pas lui donner la satisfaction qu'il attendait : entendre mes cris. Tout mon corps tremblait sous ses assauts, j'avais les poings et les paupières serrées pour retenir mes larmes. Son corps tressaillit quand il m'arracha son plaisir ; il se retira alors en basculant sur le côté, dans un râle.

Je me dépêchai de me redresser. En me penchant pour ramasser mes vêtements, je vis son pénis rabougri, au bout duquel pendait un bout de plastique gris-blanc. La boule dans ma gorge grossit ; je me précipitai aux toilettes et vomis un torrent de bile qui me brûla l'œsophage. Quand je sentis que je n'avais plus rien à expulser, je remplis une bassine d'eau froide, n'ayant aucune envie d'attendre que l'eau chauffe pour me laver.

Dans le miroir, je vis un visage livide, les yeux remplis de larmes, des taches rouges sur le menton et le cou, qui me renvoyait un regard de désespoir. Je me lavai encore et encore, mais je sentais toujours son odeur, au point que j'avais l'impression qu'elle s'était incrustée dans mon corps.

En descendant au rez-de-chaussée, j'entendis des ronflements dans la chambre de mes parents. Il en aurait au moins pour quelques heures, me dis-je, j'allais pouvoir m'échapper de cette maison.

J'ouvris la porte et sortis m'asseoir sur la pelouse avec Judy. Je mis un bras autour de son cou, posai ma joue contre sa tête et laissai les larmes couler.

« Quand est-ce que ça va s'arrêter ? » me demandai-je, désespérée.

Incapable de rester plus longtemps à si peu de distance de mon père, je pris mon vélo et disparus, brisée. Je pédalai sans but, jusqu'à ce que les champs remplacent les rues bordées de maisons. Je dus m'arrêter deux fois et laisser mon vélo au bord du chemin : la bile me remontait dans la gorge, provoquant des haut-le-cœur à répétition, mais mes larmes coulaient encore longtemps après que le mince filet jaune fut tari.

Je passai une partie de la journée dans un champ, la tête complètement vide, puis rentrai à la maison pour m'acquitter des tâches ménagères qui m'attendaient avant le retour de ma mère.

22

J'étais malade, c'était certain. Tous les jours, au réveil, j'étais prise de nausées et je me précipitais aux toilettes pour vomir. La nuit, mes cheveux étaient trempés de sueur, la transpiration perlait sur mon front et pourtant, je tremblais de froid. J'avais peur, je sentais comme une menace imminente car, jour après jour, mon corps me paraissait à la fois plus lourd et plus faible. Mes seins étaient douloureux, mon ventre gonflait alors que mon estomac ne gardait rien. Mon nouveau pantalon me serrait à la taille de façon anormale.

Autour de moi, ma mère se mettait de plus en plus souvent en colère et mon père surveillait chacun de mes gestes. Le soir, quand il travaillait, un silence pesant régnait entre ma mère et moi. Jusqu'à ce qu'elle finisse par admettre qu'elle savait que j'étais malade.

« Antoinette, il faut que tu ailles voir le médecin demain », me dit-elle un soir.

Je levai la tête de mon livre, espérant trouver un peu de compassion dans son regard, mais son visage était fermé. Pourtant, ses yeux trahissaient une émotion que je n'arrivais pas à nommer.

À la fin des années cinquante, quand vous appeliez un cabinet médical, vous obteniez un rendez-vous immédiatement. Dès le lendemain matin, je patientais donc dans la salle d'attente, nerveuse. L'infirmière qui m'accueillit m'adressa un sourire amical, qu'elle troqua une demi-heure plus tard, quand je repartis, contre un regard dédaigneux.

Le médecin de service ce jour-là n'était pas l'homme d'un certain âge qui m'avait déjà reçue à plusieurs reprises, mais un beau jeune homme blond aux yeux d'un bleu magnifique. Il m'invita à m'asseoir tout en m'informant qu'il assurait un remplacement. Il s'assit à son tour derrière son grand bureau noir et consulta rapidement les quelques feuilles de mon dossier médical.

« Qu'est-ce qui t'amène, Antoinette ? » me demanda-t-il avec un sourire de circonstance, qui disparut peu à peu à mesure que je lui exposais mes symptômes. Il me demanda à quand remontaient mes dernières règles. J'essayai de me rappeler à quelle date j'avais demandé des serviettes à ma mère ; cela faisait déjà trois mois. Je ne m'étais pas rendue compte qu'autant de temps était passé et à vrai dire, si j'en avais eu conscience, ça ne m'aurait pas paru très important.

« Est-ce que tu crois qu'il est possible que tu sois enceinte ? me demanda-t-il ensuite.

— Non », répondis-je sans la moindre hésitation.

Au fil des années, j'avais appris à évaluer les réactions des adultes et, derrière le masque du professionnel, je décelai une pointe d'hostilité. Il ne voyait plus en moi une adolescente qui venait consulter, mais un problème potentiel.

Il me demanda d'aller me déshabiller jusqu'à la taille derrière le paravent. Pendant que je m'exécutais, je l'entendis appeler l'infirmière.

Allongée, les jambes relevées et écartées, je fixai le plafond pendant qu'il m'examinait. Quelques minutes plus tard, il me dit de me rhabiller. Il enleva son gant de latex et le jeta à la poubelle. Je remarquai un échange de regards entre l'infirmière et lui quand il lui annonça d'un ton calme qu'elle pouvait disposer.

Il m'invita à nouveau à m'asseoir, mais cette fois son expression était sévère.

« Est-ce que tu connais les choses de la vie ? » me demanda-t-il d'une voix froide.

Je savais bien ce qui allait suivre, mais je ne parvenais pas à l'accepter. Je répondis oui d'un ton lugubre.

« Tu es enceinte de trois mois. » J'entendis ces mots dans une torpeur désespérée.

« Ce n'est pas possible, je n'ai jamais couché avec un garçon », protestai-je dans une réaction de déni.

« Tu as bien dû coucher avec quelqu'un », répliqua-t-il, manifestement agacé par ce qu'il avait pris pour un mensonge effronté.

Je cherchais de l'aide dans son regard, mais je vis bien qu'il s'était déjà fait une opinion sur moi.

« Seulement avec mon père », finis-je par répondre.

Ces mots restèrent comme en suspension dans l'air. C'était la première fois que je formulais mon secret. Un silence glacé suivit mon aveu.

« Est-ce qu'il t'a violée ? » demanda-t-il d'une voix soudain plus compatissante.

Cette pointe de gentillesse me fit venir les larmes aux yeux.

« Oui, bredouillai-je.

— Est-ce que ta mère est au courant ? »

J'étais maintenant en pleurs mais je parvins à balbutier : « Non.

— Il faut que tu lui dises de m'appeler, me dit-il en me tendant un mouchoir. Je dois lui parler. »

Je me levai en vacillant et sortis du dispensaire. Une fois dehors, la terreur me paralysa. Où pouvais-je aller ? Certainement pas à la maison, puisque mon père y était. Un visage s'imposa à moi : celui d'Isabel, le professeur chez qui j'avais trouvé refuge quand ma mère m'avait mise à la porte. Elle avait quitté l'école au début de l'été pour se marier, mais je savais qu'elle était revenue de son voyage de noces. Elle m'avait aidée une fois – peut-être pourrait-elle m'aider à nouveau ?

J'enfourchai mon vélo à la recherche d'une cabine téléphonique, où je trouvai son adresse dans l'annuaire. Je ne pris pas la peine de l'appeler pour la prévenir que j'arrivais. Je priais seulement pour qu'elle soit là.

J'arrivai dans un de ces quartiers résidentiels qui étaient sortis de terre après les guerres. Elle habitait une grande maison de style georgien. « Elle va m'aider, me répétais-je en posant mon vélo contre le mur. Je pourrai rester chez elle, elle ne me mettra pas dehors. » Les mots tournaient dans ma tête comme une litanie tandis que je m'engageais dans l'allée récemment aménagée, flanquée de part et d'autre de parterres que la pelouse commençait à verdir.

Isabel m'ouvrit la porte d'un air surpris mais plutôt accueillant et je sentis à nouveau les larmes monter, comme à chaque fois qu'on me témoignait un tant soit peu de gentillesse. Elle me fit entrer dans son salon et m'invita à m'asseoir.

« Antoinette, qu'est-ce qui se passe ? » me demanda-t-elle gentiment tout en me donnant un mouchoir.

J'avais suffisamment confiance en elle pour lui rapporter ma conversation avec le médecin. Je lui expliquai la raison pour laquelle j'étais terrifiée, et je lui dis que j'étais malade. Ma confession provoqua le même silence qu'au dispensaire quelques minutes plus tôt. Isabel n'avait plus l'air soucieuse, mais paniquée.

« Antoinette, me dit-elle, reste là. Mon mari est rentré déjeuner ; il est dans la cuisine. Donne-moi une minute, d'accord ? »

Elle s'en alla sur ces mots et j'attendis qu'elle revienne dans un silence presque parfait, ponctué par le tic-tac de l'horloge qui trônait sur la cheminée de pierre.

Mais c'est son mari qui fit son entrée dans la pièce, seul. À son expression sévère, je compris qu'il n'y aurait pas de refuge pour moi ici.

« C'est vrai, ce que tu as dit à ma femme ? » demanda-t-il en guise d'entrée en matière. Je perdis toute confiance et fis un timide signe de la tête. « Oui », murmurai-je.

Hermétique à mon malaise, il poursuivit : « Écoute, elle est bouleversée. Elle est enceinte et je ne veux pas qu'on la perturbe en ce moment. Je ne sais pas pourquoi tu as cru bon de venir ici, mais il faut que tu rentres chez toi et que tu parles à ta mère. »

Il se dirigea vers la porte et me fit signe de le suivre. Je me levai sans un mot et, sur le seuil, le regardai à nouveau dans l'espoir d'obtenir un sursis. En vain.

« Ma femme ne veut pas que tu reviennes ici », me dit-il avant de refermer la porte. Cette fin de non-recevoir, j'allais m'y habituer au cours des semaines suivantes. Mais je ne l'ai jamais comprise.

Les mises en garde de mon père résonnaient dans ma tête. « Tout le monde va t'accuser. Ta mère ne t'aimera plus si tu parles. »

Je repris mon vélo et rentrai à la maison. Mon père était couché, mais il ne dormait pas.

« Antoinette, appela-t-il à peine avais-je poussé la porte, viens ici. »

Je montai l'escalier, le ventre noué.

« Qu'est-ce que le docteur a dit ? » demanda-t-il. Je lus dans ses yeux qu'il connaissait déjà la réponse.

« Je suis enceinte », répondis-je tout net.

Pour une fois, son visage ne laissa presque pas paraître ses émotions ; il se contenta de repousser les couvertures et de m'inviter à le rejoindre.

« Je vais arranger ça pour toi, Antoinette. Allez, viens là. » Mais cette fois, je restai plantée devant lui. Ma terreur habituelle s'atténua et je sentis monter une fureur en moi.

« Tu n'as rien arrangé, si, quand tu as mis cette chose en moi ? Je suis enceinte de trois mois. Combien de fois tu m'as fait ça depuis trois mois ? »

Ma satisfaction fut de courte durée, car la terreur qui m'avait momentanément quittée s'installait maintenant en lui.

« Tu as dit au docteur que c'était moi ?

— Non, mentis-je, à nouveau prise de peur.

— Souviens-toi de ce que je t'ai dit, ma petite, on t'accusera si tu parles. On t'emmènera et on t'enfermera. Ta mère ne pourra pas les arrêter. Tout le monde t'accusera. »

Trois personnes m'avaient déjà prouvé qu'il disait vrai.

« Je vais dire à ta mère que tu m'as expliqué ce qui s'est passé : tu es allée à Portrush, tu as rencontré des Anglais et tu as couché avec eux. Tu m'entends, Antoinette ? Alors, qu'est-ce que tu vas dire à ta mère ? »

Toutes mes forces me quittèrent et je lui dis ce qu'il voulait entendre. « Je lui dirai que j'ai couché avec un Anglais, et qu'il est reparti. »

Puis il m'ordonna de rester dans ma chambre jusqu'à ce qu'il ait parlé à ma mère ; je lui obéis sans protester.

Après ce qui me parut des heures, j'entendis la porte de la maison s'ouvrir. Mon père et ma mère discutèrent, mais je n'arrivais pas à comprendre ce qu'ils se disaient. J'entendis ensuite mon père s'en aller. Je restai dans ma chambre, une main sur mon ventre rebondi. J'avais envie qu'un adulte s'occupe de mon problème, sans savoir précisément comment.

La faim commençait à me tirailler, je me sentais mal, mais il n'était pas question que je sorte de ma chambre avant qu'on ne m'y autorise.

Ma mère finit par m'appeler. Je descendis timidement la rejoindre. Elle nous avait préparé du thé, ce dont je lui fus reconnaissante : le fait de tenir ma tasse me donnait une contenance et quelques gorgées parvinrent à m'apaiser. Les yeux fixés sur ma tasse, je me sentais fusillée du regard. J'attendais cependant que ma mère prenne la parole.

« Qui est le père ? » demanda-t-elle enfin d'une voix glaciale.

J'étais prête à mentir, même si je savais que ça ne servirait à rien. Mais ma mère ne m'en laissa pas le temps.

« Antoinette, dis-moi la vérité. Dis-le-moi, je ne me mettrai pas en colère. »

Nos yeux se croisèrent. Ma mère essayait de lire en moi.

« Papa », m'étranglai-je.

Elle me répondit : « Je sais. »

Elle me regardait toujours de ses grands yeux verts et je savais que sa détermination, bien plus forte que la mienne, allait parvenir à me faire dire toute la vérité. Elle me demanda quand ça avait commencé et je lui parlai alors des « tours en voiture », mais son visage resta toujours aussi peu expressif.

« Toutes ces années. » Ce fut son seul commentaire.

Elle ne me demanda pas pourquoi je n'avais rien dit ni pourquoi je m'étais faite complice des mensonges de mon père. Plusieurs mois plus tard, j'aurais l'occasion de me forger un avis sur la question.

« Est-ce que le docteur est au courant ? demanda-t-elle.

— Oui », répondis-je, en lui précisant qu'il voulait la voir.

J'étais loin de me douter que ma réponse à sa dernière question allait quasiment me coûter la vie. Elle me demanda si j'en avais parlé à quelqu'un d'autre et je lui répondis que non, en chassant le pénible souvenir de mon passage chez Isabel.

Apparemment soulagée, ma mère se leva et se dirigea vers le téléphone. Après une brève conversation, elle se tourna vers moi.

« Le docteur va me recevoir après ses consultations. Toi, reste à la maison. » Sur ces mots, elle mit son manteau et s'en alla.

Je restai plantée sur ma chaise, comme dans un état second, pendant ce qui me parut être une éternité, ne me levant que pour alimenter le feu ou donner une caresse à Judy de temps à autre. La petite chienne resta à mes côtés tout au long de cette attente angoissante du retour de ma mère, qui devrait m'éclairer sur mon avenir immédiat.

J'entendis soudain un bruit de clé. Ma mère entra dans la maison, accompagnée du médecin. Pendant plus d'une heure, ils délibérèrent sur mon cas et la sentence tomba : le silence. Mon père irait quelques jours à l'hôpital pour soigner une « dépression », j'allais avorter de façon légale et, sur les recommandations du médecin, on allait me placer dans un foyer pour adolescents difficiles. J'y resterais jusqu'à ce que j'aie l'âge de quitter l'école et qu'on m'ait trouvé un travail. Mon père et moi ne pourrions plus vivre sous le même toit. Mais en attendant l'avortement, la vie continuerait comme si de rien n'était. C'est ma mère qui m'annonça toutes ces décisions, avec l'approbation silencieuse du médecin qui lui avait dit, me précisa-t-elle, que c'était la seule solution. Épuisée et désorientée, je l'écoutais égrener les mesures qui mettaient un terme à la seule vie que je connaissais.

Le médecin s'adressa ensuite directement à moi.

« Si je t'aide, c'est pour ta mère – elle est une victime innocente dans cette histoire. Tu m'as menti ce matin. Tu m'as fait croire que ça n'était arrivé qu'une fois. » Il fit une pause et me lança un regard dédaigneux. « Tu as encouragé les choses, tu n'as rien dit pendant toutes ces années ; alors ne me dis pas que tu es innocente. »

Puis il nous laissa seules, ma mère et moi. J'attendis quelques mots d'encouragement de sa part, mais elle ne dit rien. Incapable de soutenir ce silence plus longtemps, je montai me coucher sans rien manger.

Les jours suivants passèrent comme dans un brouillard. Rendez-vous fut pris auprès de deux foyers. Je n'ouvris pas la bouche pendant les entretiens ; j'étais désormais cataloguée comme une adolescente difficile, qui était tombée enceinte et ne savait pas qui était le père.

Après ça, on me fit passer une mini-audience devant un jury de médecins qui me posèrent des questions afin de décider de mon sort et de celui du fœtus. Il fut convenu que l'avortement pour « instabilité mentale » aurait lieu dans un hôpital de la ville voisine, dans un souci de discrétion. À la fin des années cinquante, l'Irlande du Nord était opposée à l'avortement. Le travail des infirmières et des médecins était de sauver des vies, et ils voyaient donc d'un très mauvais œil qu'on leur demande d'en supprimer ; j'allais bientôt m'en rendre compte.

La semaine de mon « opération », comme disait ma mère, mes parents m'ignorèrent, unis par une indéfectible complicité. Le jour où l'on débarrassa mon corps de la preuve de la culpabilité de mon père, ma mère partit au travail comme d'habitude et, munie d'un petit bagage, je pris le bus pour aller à l'hôpital.

Une infirmière m'accueillit sans un sourire et me mena vers une salle annexe où se trouvaient mon lit et une petite table. Je savais, sans même l'avoir demandé, pourquoi ils m'installaient là. J'étais dans un service de maternité et l'hôpital voulait que l'intervention se fasse de la manière la plus confidentielle. Le lendemain matin, à huit heures, l'infirmière vint à mon chevet.

« Il faut te préparer, dit-elle en posant un bassinet d'eau et un rasoir près de mon lit. Déshabille-toi jusqu'à la taille. »

Ce furent ses seuls mots. Elle me rasa ensuite l'entre-jambe sans grande précaution, puis ressortit de ma chambre.

Elle revint un peu plus tard me faire une piqûre dans les fesses, après laquelle je tombai dans une sorte de léthargie. Je voulais voir ma mère ; je voulais que quel-qu'un me dise que tout irait bien. Je voulais savoir ce qu'on allait me faire, car personne ne m'en avait parlé. Et surtout, je voulais que quelqu'un me tienne la main. J'avais tellement peur. Heureusement, je finis par m'endormir.

Dans un demi-sommeil, je sentis des mains sur mon corps et j'entendis une voix : « Allez Antoinette, il faut t'allonger sur le chariot. » Puis on me retourna doucement et on m'enveloppa dans une couverture. Le chariot s'ébranla, puis s'arrêta alors que je percevais une lumière vive à travers mes paupières closes. On me mit quelque chose sur le nez et une voix me dit de compter à rebours ; mais je sais que j'ai appelé ma mère au moment de perdre conscience...

Une nausée comme je n'en avais encore jamais ressen-tie me réveilla. Je vis qu'on avait posé un haricot en métal sur ma table de chevet ; je l'attrapai pour vomir. Je ne pouvais empêcher les larmes de couler. Pendant quelques secondes, je me demandai où j'étais puis je rassemblai mes esprits et regardai entre mes jambes. On m'avait mis une serviette hygiénique. Je compris que le bébé n'était plus là.

Je me rendormis jusqu'à l'arrivée de l'infirmière, qui m'apportait du thé et un sandwich qu'elle posa sur la table. Je remarquai que le haricot avait été changé et me demandai combien de temps j'avais dormi.

« Ton thé, Antoinette », m'informa-t-elle de manière superflue en repartant. Puis elle se retourna et me lança un regard hostile. « Oh, ça t'intéresse peut-être : le bébé, c'était un garçon. »

Elle sortit. Le bébé devint soudain une personne réelle pour moi. L'appétit coupé, je restai dans mon lit à culpabiliser en pensant à mon petit garçon mort, avant de sombrer à nouveau dans un sommeil agité, où ressurgit mon rêve de chute interminable.

Le lendemain matin, dès les premiers rayons du soleil, une aide-soignante m'apporta du thé, des toasts et un œuf dur. Cette fois, morte de faim, je ne me fis pas prier pour manger et n'en laissai pas une miette. L'infirmière arriva peu après mon petit déjeuner. En voyant mon assiette, elle fit une mimique désapprobatrice et me lança : « Je vois que tu as bon appétit. » Puis elle m'informa d'une voix pincée que je pourrais m'en aller après la visite du médecin.

« Est-ce que quelqu'un vient te chercher ?

— Non. » Ma réponse lui arracha un sourire ironique.

Comme je me sentais sale, je lui demandai où je pouvais prendre un bain et me laver les cheveux.

« Une infirmière va t'apporter de l'eau pour te laver. Tu prendras un bain quand tu seras rentrée chez toi. Et

tes cheveux ne sont pas si sales, tu fais des manières. »
Elle s'interrompit. « Si tu ne faisais pas tant de manières, tu ne serais peut-être pas là aujourd'hui. » Sur ces
mots lâchés d'un ton venimeux, elle s'en alla.

J'avais mal au ventre, mais il n'était pas question que
je lui demande quoi que ce soit d'autre. Je me lavai du
mieux que je pus avec la petite bassine d'eau qu'on
m'apporta, m'habillai et attendis la visite du médecin
qui avait pratiqué l'intervention.

Il arriva, accompagné d'une infirmière. Il me regarda
à peine et ne me demanda pas comment j'allais. Il
m'informa simplement que je pouvais m'en aller. Je
pris mon bagage et quittai l'hôpital pour aller attendre
un bus.

23

Quelque chose me réveilla. Dehors, pourtant, il faisait nuit noire et dans ma chambre, tout semblait calme. Pendant quelques secondes, je me demandai ce qui avait bien pu perturber mon sommeil. Mon corps ne demandait qu'à se rendormir mais mon esprit, étrangement, luttait pour que je reste éveillée. C'est là que j'ai senti quelque chose de collant entre mes jambes. Je portai une main au creux de mon pyjama : c'était tiède et mouillé. Je me redressai, paniquée, et trébuchai de mon lit jusqu'à l'interrupteur.

L'ampoule nue qui pendait au plafond jeta un halo jaunâtre sur les draps, tachés de sang. Sans comprendre ce qui se passait, je regardai le bas de mon pyjama : il en était trempé lui aussi. J'avais les doigts qui collaient, du sang coulait entre mes jambes. J'appelai ma mère en hurlant.

Elle arriva presque immédiatement et, voyant la scène, m'ordonna de me recoucher. Mon père apparut à son tour, les yeux gonflés, dans son pyjama froissé.

« Qu'est-ce qui se passe ? C'est quoi, ce chahut ? » grommela-t-il.

Ma mère fit un signe dans ma direction, avec un air de dégoût.

« Il faut que tu appelles une ambulance », lui dit-il d'une voix où je sentis poindre un léger sentiment de peur.

« Je vais appeler le docteur, répondit-elle, il saura quoi faire. »

Ensuite, mes sensations se brouillèrent. J'entendis comme à travers un voile ma mère descendre les escaliers et parler au téléphone, puis, quelques minutes plus tard, la voix du médecin. J'ouvris les yeux, distinguant vaguement sa silhouette.

Comme dans un rêve, leur conversation se fondit dans mon esprit.

« Ce n'est pas bon, il faut qu'elle aille à l'hôpital. C'est à vous de décider où, Ruth. Soit en ville, soit là où elle a été opérée. »

Puis les voix se turent et j'eus l'impression de flotter dans les limbes. Ni éveillée ni endormie, je percevais seulement des mouvements autour de moi. J'entendis ma mère demander à mon père de rester dans leur chambre, puis la voix du docteur qui s'adressait à ma mère derrière ma porte et je sus, sans la moindre appréhension, que j'étais en train de mourir.

Un bruit perçant déchira soudain mes brumes. Je reconnus la sirène d'une ambulance et aperçus la lumière bleue du gyrophare à travers ma fenêtre. Des mains me portèrent délicatement sur une civière que je sentis s'ébranler à chaque marche dans l'escalier, avant d'être glissée dans l'ambulance qui repartit toutes sirènes hurlantes.

Une image est restée gravée à jamais dans ma tête : celle de ma mère et du médecin, côte à côte, regardant se refermer les portes de l'ambulance qui m'emportait.

L'hôpital que ma mère avait choisi était à une vingtaine de kilomètres, et il n'y avait à l'époque aucune voie rapide dans la région de Coleraine, seulement des petites routes sinueuses.

J'étais transie de froid, tout mon corps était pourtant en sueur et je continuais de perdre du sang. Je voyais des étoiles, ma tête commençait à bourdonner au point que j'entendais à peine le bruit de la sirène.

Une main caressa ma tête puis me saisit soudain la main quand un spasme secoua mon corps ; de la bile coulait entre mes lèvres.

« On la perd ! Accélère ! » cria une voix. La voiture s'emballa et j'entendais un talkie-walkie cracher ses instructions en crépitant.

« Reste avec moi, Antoinette, ne t'endors pas maintenant », continua la voix, puis l'ambulance s'arrêta brusquement dans un crissement de pneus. On sortit la civière, des pas rapides m'emportèrent et une lumière vive m'éblouit. Je sentis une piqûre dans mon bras et mes yeux cessèrent d'essayer de se concentrer sur les formes blanches qui m'entouraient.

À mon réveil, une silhouette bleue était à mes côtés. Je reconnus les yeux marron de l'infirmière en chef. Mais ils semblaient avoir perdu toute trace d'hostilité. Elle regardait désormais avec compassion une patiente qui avait besoin de ses soins. Elle me caressa doucement les cheveux et me passa un linge humide sur le visage après que j'eus vomi dans le récipient qu'elle me tenait.

Près de mon lit, une poche transparente remplie de sang était suspendue à une tige en métal et reliée à mon bras.

« Antoinette, pourquoi t'ont-ils emmenée ici ? me demanda-t-elle, interloquée. Pourquoi ne sont-ils pas allés à l'hôpital le plus proche ? » J'eus le sentiment qu'elle connaissait la réponse aussi bien que moi.

Je fermai les yeux sans répondre à sa question, mais je vis l'image de ma mère regardant les ambulanciers m'emporter pour ce qu'elle avait dû penser être mon dernier voyage. Je le savais, mais je ne voulais pas y croire. Je me forçai à ranger cette image dans une boîte que je gardai soigneusement fermée.

« Stop ! » criai-je en silence dans l'hospice, dans l'espoir de faire taire le murmure de la voix d'enfant. « Stop ! Je ne veux pas rouvrir cette boîte !

— Si, Toni, tu dois te souvenir de tout », me répondit la voix, intraitable. Je me sentais déchirée entre deux mondes : celui dans lequel Antoinette avait vécu et celui que j'avais recréé. Mais je n'avais plus le choix : il fallait que je mette un terme, de gré ou de force, au jeu que j'avais accepté, celui de « la petite fille d'une famille heureuse ».

La boîte s'ouvrit et je revis l'image de ma mère, à côté du médecin, derrière les portes de l'ambulance qui se refermaient sur moi.

Quand je me réveillai à nouveau, l'infirmière était toujours à mes côtés.

« Est-ce que je vais mourir ? » m'entendis-je lui demander.

Elle se pencha vers moi, me prit la main et la serra doucement. Ses yeux brillaient d'un éclat humide. « Non, Antoinette, tu nous as fait très peur mais tout va bien, maintenant. » Puis elle me borda et je tombai dans un profond sommeil.

Je restai encore deux jours à l'hôpital. Les médecins passaient de temps en temps me dire un mot gentil, puis repartaient. J'attendis en vain que ma mère pousse la porte de ma chambre.

Déprimée, envahie par un sentiment d'abandon, je n'avais aucun appétit et ne mangeais quasiment rien des repas que l'on m'apportait. Le troisième jour, l'infirmière revint s'asseoir près de moi et me caressa doucement la main.

« Antoinette, tu vas pouvoir rentrer chez toi aujourd'hui. » Elle marqua un temps d'arrêt ; je sentis qu'elle avait quelque chose à me dire. « On n'aurait jamais dû te faire cette opération – ta grossesse était trop avancée. » Il y avait dans sa voix une colère qui, pour la première fois, n'était pas dirigée contre moi. « Antoinette, tu as failli mourir. Les médecins se sont battus pour te sauver, mais il faut que je te dise quelque chose. » Elle hésitait, cherchait les mots qui pourraient atténuer l'impact de ce qu'elle avait à me dire. « Oh, ma petite fille, quoi que tu aies fait, tu ne mérites pas ça... Antoinette, tu ne pourras jamais avoir d'enfant. »

Au début, je lui jetai un regard d'incompréhension, puis ses mots prirent soudain sens dans mon esprit. Mon espoir d'avoir un jour une famille à chérir s'effondra. Je détournai la tête pour ne pas lui montrer le sentiment de vide absolu qui me submergeait.

Elle revint me voir un peu plus tard dans la matinée.

« Viens, Antoinette, tu vas prendre un bain avant de rentrer chez toi », dit-elle d'une voix faussement radieuse. Je sentais confusément qu'elle ne m'avait pas encore tout dit, mais j'étais trop lasse pour aller au bout de ma curiosité et la suivis sans un mot.

Dans la baignoire, je me frottai la tête dans l'espoir d'effacer tous les souvenirs dont je me sentais salie. Puis je me rhabillai sans aucune motivation. Mes vêtements flottaient sur mon corps amaigri.

On m'avait remis un sac contenant mon pantalon, un chemisier, des affaires de toilette et un peu d'argent. C'était sans doute ma mère qui l'avait préparé, mais on me dit que c'était le médecin qui l'avait apporté.

Je rassemblai mes quelques affaires et quittai l'hôpital pour aller prendre le premier des deux bus qui me reconduiraient chez moi. Je me sentais complètement abandonnée. La Jaguar de mon père était garée devant chez nous, près d'une autre voiture que je ne reconnus pas.

J'ouvris la porte nerveusement. Mes parents m'attendaient en compagnie du médecin, qui prit la parole.

« Ton amie, le professeur, est allée voir les services sociaux. Ils ont contacté la police – elle sera là d'une minute à l'autre. »

Puis ce fut le silence. Je me sentais faible, malade, j'avais mal au ventre et il me semblait que ma tête allait éclater sous la pression qui montait. Une voiture arriva. Ma mère se leva de sa chaise et ouvrit la porte, imperturbable.

« À l'avenir, dit-elle tandis que les policiers entraient dans la maison, si vous avez besoin de parler à mon mari ou à ma fille, auriez-vous la décence de vous déplacer en voiture banalisée ? Je n'ai rien fait de mal et je refuse qu'on me mette ainsi dans une situation embarrassante. »

Le policier, qui se présenta comme étant l'officier en charge de cette affaire, lui lança un regard impénétrable et se contenta de lire ses droits à mon père. Puis il nous pria tous deux de l'accompagner, ainsi que sa collègue, au poste de police. Il demanda à ma mère si elle voulait être présente lors de mon interrogatoire, étant donné que j'étais mineure. Elle déclina son offre. Il l'informa qu'une assistante sociale la remplacerait.

Les deux policiers nous escortèrent jusqu'à leur voiture et nous partîmes. Un cauchemar était peut-être terminé, mais je savais qu'un autre avait commencé. J'étais pourtant loin de me douter qu'il serait si terrible.

24

Cela faisait treize jours que j'étais à l'hospice et le bruit du chariot du petit déjeuner n'était plus le signe précurseur de ma pause solitaire, car je devais maintenant m'atteler à une tâche méticuleuse. Cuillerée par cuillerée, il me fallait nourrir ma mère. Je lui mettais d'abord une serviette autour du cou puis je portais la tasse jusqu'à ses lèvres pour qu'elle puisse boire son thé. Elle restait assise dans son lit, les mains jointes, en me regardant dans les yeux. Les siens étaient ternes, désormais. Dans cette inversion complète des rôles de la mère et de l'enfant, la boucle était bouclée. Je lui donnais ensuite un peu d'œufs brouillés ou du yaourt aux fruits. Après chaque cuillerée, il fallait lui essuyer le menton.

Après le petit déjeuner, les médecins faisaient leur première visite. « Combien de temps ? » demandaient mes yeux, mais leur visage ne laissait rien paraître.

Désormais, c'était la visite de mon père qui rythmait mes journées. Dès que j'entendais son pas dans le couloir, je me levais pour aller faire un break au salon, où m'attendaient un café et des cigarettes. Ce jour-là, je n'eus malheureusement pas la possibilité de profiter d'un moment de solitude ; une autre femme fumait une cigarette, un livre fermé sur les genoux.

Elle me fit un sourire timide et se présenta : Jane. En discutant, nous nous rendîmes compte que nous dormions toutes les deux à l'hospice. Son mari était en train de mourir d'un cancer des os qui avait atteint le cerveau. Il ne la reconnaissait presque plus. Elle vivait les derniers jours d'un mariage heureux et tenait à donner cet ultime témoignage d'amour à l'homme qu'elle aimait. Le visage de Jane était marqué par l'épreuve qu'elle traversait.

J'admirais son courage ; elle se préparait à dire adieu à la vie qu'elle avait toujours connue tandis que moi, j'allais bientôt retrouver la mienne.

De fil en aiguille, nous en vînmes aux inévitables questions que se posent deux personnes en passe de devenir amies – même si nous savions pertinemment que notre amitié n'aurait qu'un temps. Elle me demanda quel était mon nom de famille et de quel coin de l'Irlande je venais. Je lui répondis sans réfléchir.

« Ça alors, moi aussi je viens de Coleraine ! s'exclamat-elle, ravie de nous trouver un point commun. Votre visage ne m'est pas inconnu... Vous n'auriez pas une cousine qui s'appelle Maddy ? »

Cela faisait des années que je n'avais pas vu ma famille irlandaise. Sa question fit ressurgir des images et des souvenirs de Coleraine. Tandis que je cherchais une manière habile de lui répondre, elle eut soudain l'air gênée ; je compris qu'elle m'avait reconnue. Les relations que l'on peut nouer dans ce genre d'endroits sont comme des bateaux qui passent dans la nuit ; elles sont là pour vous aider dans des moments difficiles, et puis elles s'en vont. C'est pour cette raison que la situation ne m'embarrassa guère. Je lui répondis simplement :

« C'est la cousine de mon père. »

Le regard de Jane se détourna au-dessus de mon épaule et je sentis la présence de mon père, sans même me retourner. Prise de court, je fis rapidement les présentations.

Mon père la salua et lui lança un regard interrogateur auquel elle répondit avec une pétulance que je savais fausse.

« Enchantée ! Votre fille et moi discutions justement de Coleraine – mon mari et moi en sommes également originaires. »

Un silence pesant suivit son innocente remarque, puis mon père parvint à formuler une réponse polie.

« Ravi de vous rencontrer. Excusez-moi, mais je dois parler à ma fille. »

Il resserra ses griffes sur mon coude et me poussa dans le coin de la pièce le plus éloigné de Jane, puis me lâcha brusquement le bras. Je le regardai dans les yeux, ces yeux lugubres et mauvais dans lesquels toute trace du vieil homme triste qu'il était quelques jours plus tôt avait disparu. Le « méchant » père de mon enfance avait pris sa place. Je ne voyais pas le quasi-octogénaire, mais l'homme en colère qu'on envoya en prison l'année de ses quarante ans. Ce fut comme un véritable glissement de terrain temporel qui emporta avec lui mon moi adulte, réveillant dans son sillage le petit être craintif que j'avais été autrefois.

Sa voix se fit menaçante : « Ne t'avise pas de parler de nos affaires, ma petite. Tu n'as aucun besoin de raconter que tu as vécu à Coleraine. Je t'interdis de dire dans quelle école tu es allée. Tu m'entends, Antoinette ? »

La petite fille de six ans qui vivait en moi fit un signe de la tête en murmurant : « Oui ».

Mon moi adulte savait pourtant qu'il n'était plus temps de faire des cachotteries. Mes parents avaient toujours eu peur d'être reconnus en s'aventurant hors de leur petit univers, et voilà que leur crainte était justifiée. Quelle ironie, me dis-je, que cela arrive précisément parce que ma mère s'accrochait à la vie !

Je m'efforçai de rappeler Toni à la rescousse afin de contrôler la peur et la haine de mon enfance. Lançant à mon père un regard de mépris, je m'en allai.

En regagnant la chambre de ma mère, je vis un bouquet de fleurs fraîches dans un vase près de son lit. Comme souvent lors des visites de mon père, elle souriait. Elle fit un geste en direction du bouquet. « Regarde ce que Papa a apporté, ma chérie. »

Jouons au jeu de la famille heureuse, me dis-je, amère, mais je sentais encore la pression de ses doigts sur mon coude en acceptant de me glisser dans le rôle de la fille dévouée.

Nous n'avions plus à faire les interminables allers-retours entre le lit et la salle de bains. Une poche en plastique et des tubes avaient rendu inutiles ces pénibles voyages. Au lieu de cela, j'aidais ma mère dans son lit, je la lavais puis j'empilais ses oreillers derrière sa tête. Épuisée, elle sombrait dans le sommeil. Je pouvais alors ouvrir un livre et essayer de m'évader par la lecture, en attendant les prochains chariots qui apporteraient le thé, le dîner puis les anti-douleur. Après tout cela, j'étais enfin libre de quitter la chambre de ma mère.

Le soir du treizième jour, dans le salon, mes larmes se mirent à couler ; je les essuyai, en colère. Je ne parvenais plus à contrôler mes souvenirs. La boîte de l'année 1959 déversait son flot d'images ; l'année où un cauchemar avait cessé et un autre avait commencé.

Les deux parties de mon être se disputèrent le pouvoir, ce soir-là : l'enfant pétrie de peurs qui vivait en moi et la femme accomplie que je m'étais battue pour devenir. Je n'y voyais plus clair, je ressentais une sensation de chute familière, pourtant j'étais cette fois bien éveillée ; l'angoisse monta, oppressante ; j'avais de plus en plus de mal à respirer. Je sentis tout à coup une main sur mon épaule et une voix me demanda : « Toni, est-ce que tout va bien ? »

C'était Jane, qui me regardait d'un air inquiet. Non, me dis-je, rien ne va, j'ai envie de pleurer, j'ai envie qu'on m'aide, j'ai besoin de réconfort, je ne veux plus de ces souvenirs.

« Ça va », répondis-je en essuyant mes larmes. Puis la curiosité l'emporta. « Vous savez qui je suis, n'est-ce pas ? »

Elle hocha la tête ; ses yeux étaient pleins de douceur. Elle serra gentiment mon épaule, puis retourna au chevet de son mari.

Mes souvenirs s'abattaient sur moi comme une vague déchaînée où je risquais de me noyer. Le masque derrière lequel j'avais caché l'enfant en moi venait de tomber ; je n'étais plus la personne que j'avais tellement travaillé à devenir. En deux semaines passées à l'hospice, Toni, la femme pleine d'assurance, s'était peu à peu effacée derrière Antoinette, la marionnette docile entre les mains de ses parents.

J'avais beaucoup maigri et, en me regardant dans un miroir, je vis les yeux cernés d'Antoinette me renvoyer un regard de terreur et d'angoisse près de me submerger.

Incapable d'échapper à mes souvenirs, j'avais l'impression que mon passé m'emportait ; mon équilibre mental était en péril, comme il l'avait déjà été deux fois par le passé. La tentation était grande de franchir à nouveau la ligne rouge, car de l'autre côté, c'était la sécurité. Une sécurité où vous renoncez à toute responsabilité, à toute emprise sur votre propre vie, puisque vous la confiez à quelqu'un d'autre, comme un enfant. Ensuite, vous pouvez vous recroqueviller et attendre que votre cerveau ne soit plus qu'un espace vierge libéré de tous ses cauchemars.

Je dormais parfois dans la chambre de ma mère, parfois sur un lit de camp dans le bureau du médecin, mais chaque nuit des cauchemars me réveillaient, dans lesquels je me retrouvais sans défense, en perte de contrôle. Ces rêves tiraient le signal d'alarme : mon moi adulte était en train de régresser. Il me fallait de l'aide, et vite. Ça n'allait pas m'arriver encore une fois. Je ne voulais pas, je ne pouvais pas l'accepter.

J'allai trouver le pasteur. Il me fit entrer dans son bureau avec un grand sourire, pensant sans doute que j'allais lui offrir une bonne occasion de se changer les idées entre deux services aux mourants. Il ne savait pas encore que c'était loin d'être son jour de chance.

« J'ai besoin de parler », parvins-je à lui dire en m'asseyant. Il vit tout de suite qu'il n'avait pas en face de lui la femme stoïque et maîtresse d'elle-même qu'il connaissait. À son regard inquiet, je sus qu'il ne s'attendait pas à simplement discuter avec une femme dont la mère était en train de mourir. Car on pouvait considérer que ma mère, à quatre-vingts ans, avait eu une longue vie, et j'avais eu un an pour me préparer à l'issue fatale de son cancer. Ce n'était pas à cause de cela que j'avais besoin de lui parler, il le savait.

C'était lui que ma mère avait appelé à son chevet à plusieurs reprises, au milieu de la nuit, avant de renoncer à trouver le courage de lui confier ses peurs. Mais après tout, comment aurait-elle pu confesser ce qu'elle se refusait toujours à admettre ? Je me rendais compte que ma mère allait mourir sans remettre en question ses certitudes ; jusqu'au bout, elle serait persuadée d'avoir été une victime, elle ne voulait pas laisser la place au moindre de ses doutes.

Le pasteur attendait que je me lance. J'allumai une cigarette d'une main tremblante et lui racontai mon histoire, d'une voix hésitante. Je lui dis que je revivais les émotions que j'avais ressenties étant enfant, mâtinées d'un sentiment nouveau qui ressemblait à de la honte. La honte de les avoir laissées garder le contrôle pendant tant d'années. Ma mère avait orchestré le jeu de la « famille heureuse » quand je n'étais qu'une petite fille, mais en tant qu'adulte, j'avais à mon tour perpétué ce mythe.

Pourquoi avais-je fait cela ? lui demandai-je. Pourquoi m'étais-je fabriqué un passé dans lequel mes parents m'aimaient ? Pourquoi m'étais-je menti à moi-même et n'avais-je jamais trouvé le courage de me libérer ?

« À votre avis, qu'est-ce qui vous en a empêchée ? » demanda-t-il, me laissant réfléchir en silence à une réponse.

« Je voulais pouvoir parler de mon enfance comme n'importe qui d'autre, répondis-je. Je voulais qu'on pense que j'allais rendre visite à ma famille en Irlande du Nord, une famille à laquelle j'appartenais.

— Et c'était le cas ? Vous aviez toujours l'impression de faire partie de cette famille ? »

Je pensais aux choses que j'avais tolérées, à celles que j'avais acceptées sans jamais les remettre en question.

« Non. Un jour ils m'ont fermé leur porte, et je ne les ai plus jamais revus. Mes grands-parents, mes tantes, mes oncles et mes cousins, c'était toujours la famille *de mon père*, mais plus la mienne. »

Je marquai une pause. Puis je formulai ce que je ne m'étais encore jamais avoué à moi-même. « Vous savez, quand j'étais adolescente et que j'allais si mal, ils me manquaient terriblement mais je ne voulais pas y penser ; je ne voulais pas reconnaître à quel point j'étais seule. Je n'ai jamais cédé à l'amertume, mais quand ma grand-mère m'a dit que je n'étais plus la bienvenue, j'étais au désespoir. »

Je fis une nouvelle pause, repensant aux sentiments que j'avais éprouvés dans ces moments douloureux.

« C'était plus qu'un sentiment de solitude ; j'avais l'impression d'être une étrangère dans ce monde. Des années plus tard, quand il y avait des mariages dans la famille – et il y en a eu quelques-uns – mon père était invité, mais pas moi. C'était injuste, mais pourtant je ne m'en suis jamais offusquée. J'acceptais le fait d'être exclue. La famille dans son ensemble avait pris sa décision, il n'y avait aucun retour en arrière possible. Ils m'avaient bannie de leurs cœurs, mais pas lui. On ne m'a même pas invitée à l'enterrement de ma grand-mère. Pourtant cette femme m'avait aimée, et moi aussi je l'avais aimée. Mais tout cela, on me l'a enlevé à cause de ce que *lui* avait fait, ce n'était pas de ma faute ; et ma mère n'en a jamais parlé. Elle l'a accepté.

— Et votre famille d'Angleterre ? Vous avez été proche d'eux, à un moment...

— Les années de prison de mon père et les années que j'ai passées en hôpital psychiatrique ont fait trop de dégâts. Je n'arrivais plus à communiquer avec eux. J'étais mal à l'aise, parce qu'ils ne comprenaient pas pourquoi j'avais quitté la maison et pourquoi je faisais ces petits boulots pour survivre. Je crois qu'ils me voyaient surtout comme la fille de mon père, un homme qu'ils considéraient comme inférieur à eux dans l'échelle sociale ; et puis bien sûr, j'avais tellement de choses à cacher que je devais avoir l'air un peu fuyante. J'étais une personne à problèmes, en somme. J'aurais pu les voir, je suppose, mais j'ai choisi de ne pas le faire. »

Les secrets de famille avaient même réussi à m'éloigner de ma grand-mère anglaise, dont j'avais été si proche quand nous vivions en Angleterre. On ne lui avait pas dit pourquoi j'avais quitté l'école et abandonné mes projets d'aller à l'université, dont je lui avais parlé avec tellement d'enthousiasme... Je ne la revis qu'à de rares occasions avant sa mort.

Le pasteur me regardait avec bienveillance. « Donc, adolescente, vous n'aviez personne vers qui vous tourner : pas de famille proche ou éloignée, pas d'oncles ni de tantes... seulement vos parents. » Puis il me posa une question à laquelle je ne m'attendais pas : « Est-ce que vous les aimiez ?

— J'aimais ma mère. Ça, ça n'a jamais changé. Je n'ai jamais aimé mon père. Quand j'étais toute petite, il était si souvent absent que, pour moi, c'était un visiteur qui m'apportait des cadeaux. Oh, il pouvait être tout à fait charmant quand il voulait, mais j'ai toujours eu peur de lui. Aujourd'hui encore, mes sentiments sont mitigés. C'est pour cela que c'est si perturbant. Parfois je vois un vieil homme encore amoureux de sa femme, comme il l'a toujours été. Je sais qu'il s'est très bien occupé d'elle quand elle est tombée malade, mais l'instant d'après je me souviens du monstre de mon enfance. En fait, il m'intimide toujours, finis-je par admettre.

— L'amour est une habitude à laquelle il est difficile de renoncer, dit-il doucement. Vous pouvez en parler à toutes les femmes qui s'obstinent à rester dans une relation malsaine alors qu'elle ne fonctionne plus depuis longtemps. Les femmes qui en arrivent à trouver refuge hors de chez elles retournent très souvent avec leur compagnon violent. Pourquoi ? Parce qu'elles sont amoureuses non pas de l'homme qui leur fait du mal, mais de l'homme qu'elles ont cru épouser. Elles recherchent cette personne encore et toujours. Vos liens d'amour remontent à votre petite enfance : c'est la relation entre la mère et la fille qui les a forgés. Si votre père avait été cruel avec votre mère, vous auriez peut-être été capable de le haïr, mais ce n'était pas le cas, et votre mère vous a endoctrinée, comme elle s'est endoctrinée elle-même, en se faisant passer pour une victime de votre comportement. Vos émotions sont en conflit avec votre raison. D'un point de vue émotionnel, vous portez la culpabilité de votre enfance ; mais d'un point de vue rationnel, vous savez que vos parents ne vous méritent pas, et bien sûr que vous ne les méritez pas non plus – aucun enfant ne mérite cela. Je suis un homme de Dieu, je prêche le pardon. Mais, Toni, il faut que vous regardiez les choses en face ; il faut que vous acceptiez le rôle qu'ont joué vos parents, votre mère en particulier, afin de vous libérer ; car c'est bien là ce que vous n'avez jamais réussi à faire. »

C'était comme si ses mots avaient levé toutes les barrières que j'avais érigées autour de la vérité, libérant un torrent. Je lui dis que ma mère me répétait sans cesse que je devais « m'entendre avec mon père », qu'elle « souffrait assez comme ça », qu'elle « prenait calmant sur calmant » pour ses nerfs. Que je lui avais toujours « causé du souci ».

« J'avais peur d'appeler à la maison et pourtant je le faisais presque toutes les semaines, et je savais que j'aurais droit à son éternel refrain : " Attends, ma chérie, Papa veut te dire un mot ", et pendant toutes ces années, je me suis prêtée au jeu de ma mère, parce que j'avais peur de perdre son amour si je l'obligeais à regarder la réalité en face. »

Et je finis par lui confier ce que je n'avais jamais expliqué à personne : mon ressenti à l'égard d'Antoinette, l'enfant qui avait été moi autrefois.

« Elle aurait été si différente si on lui avait permis de grandir normalement, elle serait allée à l'université, elle se serait fait des amis. Mais elle n'a pas eu sa chance. À chaque fois que quelque chose va de travers dans ma vie, je mets ça sur le dos de mon enfance. Quand j'étais beaucoup plus jeune, elle a repris le dessus et j'ai revécu toutes ces émotions. C'est à ce moment-là que je me suis embarquée dans des relations amoureuses malsaines. Ou que ma vieille amie, la bouteille, a refait surface. J'ai combattu ces démons toute ma vie, et la plupart du temps j'ai gagné, mais aujourd'hui, je suis en train de perdre. »

Le cendrier était plein à ras bords. Je commençais à y voir plus clair, à mesure que j'avançais vers l'acceptation de la réalité.

« Elle ne m'a jamais aimée. Aujourd'hui elle a besoin de moi pour mourir en paix, avec son rêve intact ; ce fameux rêve d'un beau mari qui l'adore et d'un couple heureux avec un enfant. Je ne suis rien d'autre qu'une actrice dans le dernier acte de sa pièce. C'est le rôle que je joue en ce moment.

— Et est-ce que vous allez briser ce rêve ? »

Je visualisai la frêle silhouette de ma mère, si dépendante de moi à présent. « Non, soupirai-je. Comment pourrais-je faire ça ? »

25

On me fit patienter dans une petite pièce confinée du poste de police, avec une table en formica marron et deux chaises en bois. Le sol était recouvert d'un lino craquelé et l'unique fenêtre, en hauteur, ne permettait pas de voir l'extérieur. Je savais que mon père était dans une pièce voisine. C'était la fin d'un cauchemar ; pourtant je ne ressentais aucun soulagement mais au contraire, une appréhension. Je me demandais ce que me réservait l'avenir.

La porte s'ouvrit. La femme policier que j'avais vue un peu plus tôt entra, accompagnée d'une jeune femme en civil. Elle me demanda si j'avais mangé. Comme je fis « non » de la tête, elle alla me chercher du thé, un sandwich et des biscuits au chocolat, qu'elle posa devant moi avec un sourire amical. Les deux femmes faisaient de leur mieux pour détendre un peu l'atmosphère, mais les carnets étaient déjà sur la table pour les prises de notes officielles. La femme policier me présenta l'autre femme, une assistante sociale prénommée Jean. Puis elle me demanda si je savais pourquoi j'étais là et si j'avais conscience que ce que mon père et moi avions fait était un crime. Je murmurai un timide « oui » en réponse à ses deux questions.

Elle m'expliqua doucement que mon père était interrogé dans une autre pièce ; tout ce que je devais faire, c'était dire la vérité. Elle me précisa aussi que les charges pesaient seulement sur mon père, puisque j'étais mineure, et qu'il irait certainement en prison.

« Antoinette, tu n'as rien fait de mal, mais nous devons te poser quelques questions. Tu es prête à y répondre ? »

Je fixai son visage. Comment allais-je trouver les mots pour parler d'un secret que j'avais gardé pendant si longtemps ? Mon père n'avait cessé de me répéter qu'on m'accuserait si je parlais. La divulgation du secret avait d'ailleurs déjà entraîné la colère et les accusations, comme il l'avait prédit.

L'assistante sociale prit alors la parole.

« Antoinette, je suis là pour t'aider, mais pour cela, il faut que j'aie ta version des faits. Je sais que c'est difficile pour toi, mais nous sommes de ton côté. »

Elle tendit le bras pour me prendre gentiment la main. « S'il te plaît, il faut que tu nous répondes. »

C'est la femme policier qui me posa la première question.

« Quel âge avais-tu quand ton père t'a touchée pour la première fois ? »

Jean avait gardé ma main dans la sienne.

« Six ans », murmurai-je et les larmes me vinrent aussitôt. Un torrent silencieux coulait sur mes joues. Les deux femmes me tendirent un mouchoir, sans un mot, et me laissèrent reprendre mon calme avant de continuer.

« Pourquoi as-tu gardé le silence pendant toutes

ces années ? Tu n'en as même pas parlé à ta mère ? »
demanda Jean.

Aucun mot ne sortait, ma mémoire faisait blocage.
J'étais incapable de me rappeler le moment où j'avais
essayé d'en parler à ma mère. Ma vie aurait-elle été
différente si je m'en étais souvenue et que je le leur
avais dit ? On m'aurait sans doute séparée de ma mère
et certains événements qui m'ont fait souffrir par la
suite ne se seraient jamais produits. Ou peut-être mon
amour pour elle aurait-il continué de m'influencer et
d'interférer dans ma vie ? Aujourd'hui encore, il m'est
impossible de répondre à cette question.

À force de persévérance, elles parvinrent à me faire
parler des « tours en voiture » et des menaces que
proférait mon père, selon lesquelles si je disais quoi que
ce soit, on m'arracherait à mes parents, tout le monde
m'accuserait et ma mère ne m'aimerait plus. En entendant cela, les deux femmes échangèrent un regard.
Elles savaient qu'il m'avait dit la vérité. Elles savaient
mieux que moi que toutes ses menaces, et pire encore,
allaient se réaliser et que je venais de perdre le peu qu'il
me restait de mon enfance.

Peu à peu, je leur racontai mon histoire. Je répondais à
leurs questions avec franchise, mais il m'était impossible d'en dire plus. Il me faudrait encore bien des années
avant de pouvoir parler de mon enfance librement, sans
culpabilité ni honte. Elles me demandèrent si je n'avais
pas eu peur de tomber enceinte. Mais je pensais qu'on
ne pouvait pas tomber enceinte de son père.

Les minutes passaient. J'étais à la fois fatiguée et
désarmée, je ne cessais de me demander ce qui m'attendait.

« Quels sont tes projets pour l'avenir ? me demanda l'assistante sociale. Est-ce que tu vas pouvoir rester dans ton école ? »

Je ne saisis pas immédiatement le sens de ces questions, puis compris soudain ce qu'elle voulait dire. Mon école privée coûtait de l'argent, mon père allait se retrouver en prison et le salaire de ma mère ne suffirait pas à payer ma scolarité. Tout à coup, je me rendis compte de l'énormité de ce que j'avais déclenché ; mes parents avaient fait un prêt pour acheter leur maison ; ma mère ne savait pas conduire. Je fus prise d'une terrible angoisse. Je venais tout simplement de détruire la vie de ma mère.

Jean lut cette prise de conscience dans mon regard et chercha à me rassurer.

« Antoinette, ce n'est pas ta faute. Ta mère a bien dû se douter de ce qui se passait, depuis tout ce temps ? »

Je ne pouvais pas croire une telle chose, c'était trop insupportable. Comment aurais-je pu soutenir l'idée d'une telle trahison de la part de la seule personne que j'aimais de manière inconditionnelle ? Je niai donc de toutes mes forces désespérées qu'il pût en être ainsi et, à nouveau, elles échangèrent un regard où la pitié le disputait à l'incrédulité.

« Antoinette, tu vas devoir témoigner au procès de ton père, m'annonça la femme policier. Tu comprends ce que ça veut dire ? »

Avant que j'aie eu le temps de digérer la nouvelle, elle me donna le coup de grâce en ajoutant qu'il allait être libéré sous caution et que nous allions rentrer ensemble à la maison. Puis elle sortit, me laissant seule avec l'assistance sociale. Je restai impassible, le temps d'intégrer ce que je venais d'entendre, puis je sentis la peur m'envahir.

« Ne me laissez pas rentrer chez moi... bégayai-je, s'il vous plaît.

— À moins que la police n'estime que tu es en danger, je ne peux rien faire pour toi », répondit Jean d'une voix compatissante.

De longues minutes passèrent. La femme policier revint en compagnie d'un brigadier. Ils s'assirent en face de moi, le visage fermé.

« Ton père a reconnu ses torts, déclara le brigadier tout de go. Ça va rendre le procès plus facile pour toi. Ce sera un procès à huis clos, étant donné que tu es mineure. Tu sais ce que ça signifie ? »

Je fis non de la tête.

« Ça veut dire qu'il n'y aura ni journalistes, ni public ; juste les personnes directement concernées. La date n'est pas encore fixée, mais ce sera dans les prochaines semaines. Maintenant, on va te raccompagner chez toi avec ton père. »

Je fondis en larmes. Affaiblie par mes trois jours d'hospitalisation, je n'avais pas le cran de faire face à la situation. J'étais morte de peur.

« S'il vous plaît, je ne veux pas y aller », parvins-je à articuler entre deux sanglots. Mon père avait été capable de me battre pour des vêtements mal rangés, qu'allait-il me faire après un tel scandale ? Je m'agrippai à la table, comme pour repousser l'échéance.

La femme policier prit la parole. « Nous n'avons aucune structure qui puisse accueillir une fille de ton âge, Antoinette, mais tes parents ne te feront plus de mal. Jean, le brigadier et moi, nous allons t'accompagner et nous parlerons à ta mère. »

Le brigadier tenta à son tour de me rassurer. « On a déjà parlé à ton père ; il est conscient des conséquences s'il te touche à nouveau. »

Leurs paroles furent d'un maigre réconfort ; j'avais en tête la colère de ma mère, le mépris du médecin et tous les actes de cruauté de mon père. Je savais qu'on me ramenait dans une maison où l'on ne voulait plus de moi, auprès d'une mère qui ne m'aimait plus et d'un homme qui m'en voudrait pour tout ce qui allait désormais arriver à notre famille.

On nous raccompagna dans deux voitures banalisées, comme l'avait demandé ma mère. À la maison, la lumière était toujours allumée. Ma mère nous accueillit sans un sourire et m'autorisa à disparaître dans ma chambre, d'où j'entendais le murmure des conversations sans en comprendre la teneur. La faim me tiraillait – je me rendis compte que, à part un sandwich au poste de police, je n'avais pas mangé depuis le petit déjeuner, à l'hôpital. Je me demandais si ma mère y penserait, mais quand les policiers repartirent, personne ne vint jusqu'à ma chambre. Je finis par sombrer dans un sommeil agité, peuplé de rêves tourmentés. Je me réveillai dans une maison silencieuse.

26

Le jour que j'attendais avec angoisse finit par arriver. Mon père allait être jugé et condamné pour son crime de viols à répétition sur ma personne.

Ma mère, accrochée à son statut de victime dans notre trio, avait refusé de m'accompagner au tribunal. Elle était partie au travail, comme tous les jours. Le brigadier, qui sentait que j'aurais besoin d'une présence féminine, m'avait dit qu'il viendrait avec sa femme qui veillerait sur moi. Je guettais leur arrivée par la fenêtre de la cuisine, trop nerveuse pour rester assise.

Mon père était déjà parti de son côté, sans sa voiture, ce qui me laissait penser que, quoi qu'ait pu dire son avocat, il ne comptait pas rentrer à la maison après le procès. Au moins, sa présence me fut épargnée ce matin-là.

J'étais prête depuis des heures – j'avais été incapable de faire autre chose de la matinée. J'avais mis un chemisier, une jupe grise et ma veste d'école, tout en me demandant si j'avais le droit de la porter, mais de toute façon je n'en avais pas d'autre.

J'avais sorti Judy pour sa promenade matinale et terminé mon petit déjeuner depuis longtemps déjà quand un bruit de moteur m'annonça l'arrivée du brigadier. Il était vêtu d'un costume de ville, veste en tweed et pantalon gris. Il m'ouvrit la porte de sa voiture et me présenta son épouse, une petite femme rondelette qui prit acte de ma présence en me faisant un sourire pincé. Puis nous fîmes le trajet jusqu'au tribunal en meublant le silence de bribes de conversation forcée. Le regard glacial de ma mère était gravé dans ma tête. Mon vœu de pouvoir vivre avec elle sans mon père s'était finalement réalisé ; mais j'avais compris depuis longtemps que notre vie à deux ne serait pas la source de bonheur que j'avais espérée.

Nous arrivâmes bientôt en vue des austères bâtiments gris du tribunal. Au moment de franchir la double porte qui donnait sur un hall intimidant, mes jambes devinrent soudain de plomb. Il y avait là des avocats, des avoués et des présumés criminels réunis en petits groupes sur des sièges qui n'avaient été conçus par souci ni d'esthétique ni de confort. Le brigadier et sa femme s'assirent autour de moi. Je me demandais où pouvait bien être mon père mais fort heureusement, il n'avait pas l'air d'être là. J'attendis donc que l'on m'appelle pour témoigner contre lui.

Ce matin-là, en me regardant dans la glace, j'avais vu un visage pâle aux traits tirés, les cheveux coupés au carré à hauteur d'épaules ; je faisais plus que mes quinze ans. Aucun maquillage n'atténuait ma pâleur ni ne masquait les cernes qui creusaient mes yeux, dans lesquels on était loin de lire l'optimisme de la jeunesse ou la joyeuse insouciance d'une adolescente qui a la vie devant elle. C'était le visage d'une fille chez qui tout espoir et toute confiance avaient, sinon disparu, du moins été abandonnés pour l'instant.

On m'apporta du thé, puis la porte de la salle d'audience s'ouvrit et le greffier se dirigea vers moi d'un pas pressé. Il m'informa que mon père avait déjà témoigné et qu'il avait plaidé coupable ; je n'aurais donc pas à subir de contre-interrogatoire, le juge avait simplement quelques questions à me poser. Il me fit entrer dans la salle.

On me donna une Bible sur laquelle je jurai de dire « toute la vérité et rien que la vérité ». Avec un aimable sourire, le juge me demanda si je voulais m'asseoir, ce que j'acceptai volontiers. Comme j'avais la bouche sèche, il me fit porter un verre d'eau.

« Antoinette, commença-t-il, j'aimerais que tu répondes à quelques questions, ensuite tu pourras repartir. Je te demande de répondre du mieux que tu peux. Et souviens-toi que ce n'est pas toi que l'on juge ici. Est-ce que ça ira ?

— Oui, murmurai-je, intimidée par sa perruque blanche et sa robe rouge.

— Est-ce que tu en as parlé à ta mère, à un moment ou à un autre ?

— Non. »

Sa deuxième question me prit de court et je sentis une attention particulière dans l'assistance. « Est-ce que tu connais les choses de la vie ? Est-ce que tu sais comment une femme tombe enceinte ?

— Oui, murmurai-je à nouveau.

— Alors tu as sûrement dû avoir peur de tomber enceinte ? »

À sa manière de me regarder, je compris que ma réponse à cette question était importante, sans vraiment saisir pourquoi.

« Il utilisait toujours quelque chose, répondis-je après quelques secondes, et j'entendis l'avocat de mon père soupirer.

— Qu'est-ce qu'il utilisait ? demanda le juge, et ce fut sa dernière question.

— Ça ressemblait à un ballon » répondis-je. Je ne m'intéressais guère aux garçons et n'avais aucune raison de connaître le mot préservatif.

Sur le coup, je ne me rendis pas compte que ma réponse confirmait l'hypothèse de la préméditation. L'avocat de mon père avait espéré une condamnation à des soins psychiatriques plutôt que la prison, mais ces quelques mots avaient compromis sa stratégie. Le juge m'autorisa à quitter l'audience, et je sortis de la salle en prenant soin d'éviter de croiser le regard de mon père. Je patientai ensuite jusqu'à ce qu'on m'annonce la sentence prononcée par le juge.

Il ne dut pas se passer plus d'un quart d'heure, pourtant cette attente me parut durer des heures. La porte s'ouvrit et l'avocat de mon père vint vers moi.

« Ton père a pris quatre ans, me dit-il. S'il se tient à carreau, il sortira dans deux ans et demi. » Il n'y avait pas la moindre émotion dans sa voix. « Ton père aimerait te parler. Il est en cellule – c'est à toi de décider si tu veux y aller. Rien ne t'y oblige. »

Habituée à obéir comme je l'étais, j'acceptai. Ma peur s'évanouit quand je vis l'homme qui m'avait martyrisée pendant toutes ces années.

« Tu prendras soin de ta mère, Antoinette, tu m'entends ?

— Oui, Papa », répondis-je pour la dernière fois avant

de longs mois. Puis je partis retrouver le brigadier et son épouse.

« Le juge aimerait te voir quelques minutes », m'annonça-t-il tandis que le greffier se dirigeait vers nous en me faisant signe de le suivre.

Quelques instants plus tard, je me retrouvai dans le bureau du juge qui s'était débarrassé de sa perruque et de sa robe. Il me fit signe de m'asseoir et, le regard grave, m'exposa les raisons de cet entretien privé.

« Antoinette, tu vas sûrement trouver que la vie est injuste, comme tu as déjà pu t'en rendre compte. Les gens vont t'accuser, ils l'ont d'ailleurs déjà fait. Mais écoute-moi bien. J'ai lu les rapports de police. J'ai vu ton dossier médical. Je sais exactement ce que tu as subi, et je t'assure que rien de tout cela n'est de ta faute. Tu n'as pas à avoir honte. »

Je gardai soigneusement ses paroles dans un coin de mon cœur pour pouvoir y repenser le jour où j'en aurais besoin.

Un procès à huis clos limite peut-être le nombre de personnes présentes dans la salle d'audience, mais il n'a pas le pouvoir de les faire taire à l'extérieur. Ma mère se rendit bientôt compte que toute la ville ne parlait que de ça. Les ambulanciers, les infirmières, la police, les assistances sociales et mes deux professeurs : tout le monde figurait sur sa liste de suspects.

Non seulement les gens parlaient, mais ils prenaient parti. Pour Coleraine, la ville de fervents protestants qui avait vu naître mon père, c'était l'enfant, le coupable.

J'étais formée, ma timidité me faisait passer pour quelqu'un de distant et je parlais avec l'accent de la classe moyenne anglaise, un accent loin d'être apprécié en Irlande du Nord à cette époque. Mon père, quant à lui, était l'enfant du pays, il avait fait la guerre et rapporté des médailles. On le considérait comme le héros de la famille. En Irlande du Nord, tous les soldats de la Seconde Guerre mondiale étaient de courageux volontaires, car la conscription n'existait pas. Les gens pensaient que l'erreur de mon père avait été d'épouser cette femme de cinq ans son aînée et qui regardait de haut sa famille et ses amis. Lui, c'était un bon copain qu'on croisait au pub, un champion de golf amateur et un excellent joueur de billard, un homme aimé et respecté par ses pairs.

On ne parlait pas de « pédophiles » à cette époque, mais de toute façon les gens n'auraient jamais utilisé ce mot pour parler de mon père. Ils disaient que j'étais consentante et que j'avais crié au viol pour sauver ma peau quand j'étais tombée enceinte. J'avais traîné mon propre père en justice, témoigné contre lui et lavé le linge sale d'une très grande famille en public. Avec un procès à huis clos, seuls certains faits avaient été rendus publics, mais quand bien même les journaux auraient publié l'intégralité du procès, les habitants de Coleraine n'y auraient sans doute pas cru. Les gens croient surtout ce qu'ils veulent croire, y compris les menteurs. Je l'ai appris bien assez tôt.

Je pris conscience de la réaction des gens en passant voir une cousine de mon père, Nora, la mère d'une enfant de cinq ans que j'aimais beaucoup et dont j'étais la baby-sitter. Nora m'ouvrit la porte et resta clouée dans l'embrasure, les poings sur les hanches. La petite tentait de pointer son nez derrière sa jupe.

« Tu as du culot de venir ici, me lança-t-elle. Tu

crois peut-être qu'on va confier notre enfant à une fille comme toi ? On sait ce que tu as fait – on sait tout ce qui s'est passé avec ton père. » Elle s'étranglait presque de colère et de dégoût. « Va-t'en et ne remets jamais les pieds ici. »

Sous le choc, je fis un pas en arrière et elle me claqua la porte au nez. Je rentrai à la maison ; ma mère était glaciale. Elle me dit qu'elle avait démissionné de son travail et ne voulait plus sortir de chez elle. La honte l'écrasait – c'était dans les journaux. La presse n'avait pas précisé mon nom ; je pensai naïvement que cela me protégerait, mais tout le monde savait et maintenant, ils en avaient une confirmation officielle.

Ma mère m'annonça qu'elle allait vendre la maison et que nous irions nous installer à Belfast – et non en Angleterre comme je l'avais espéré – dès que possible. En attendant, c'est moi qui ferais les courses ; il n'était pas question pour elle d'affronter les ragots – je n'avais qu'à me débrouiller. Je pouvais aller à l'école jusqu'à ce qu'on déménage, comme ça je ne resterais pas à la maison. Sur ce point, elle avait tort : dès le lendemain, j'étais renvoyée.

Il y eut un silence quand j'entrai dans le hall de l'école : les filles évitaient mon regard ; certaines d'entre elles, dont je pensais qu'elles étaient mes amies, me tournèrent le dos, sauf une, Lorna. C'était une amie de Portstewart qui m'avait souvent invitée chez elle. Elle me sourit. Je me dirigeai vers elle, pensant qu'il me restait une alliée. Elle avait l'air gênée, car elle avait en fait été désignée par les autres pour être leur porte-parole. Sa mission ne semblait guère l'enchanter, mais je sentis qu'elle était résolue à l'assumer. Elle lâcha les deux phrases qu'elle avait préparées.

« Ma mère m'a interdit de continuer à te voir. » Elle marqua une pause. « Je suis désolée, mais c'est pareil pour toutes les autres. »

J'étais tellement paralysée que je ne ressentais rien. Le censeur s'approcha de moi.

« Antoinette, nous ne nous attendions pas à te voir aujourd'hui. Nous avons écrit à ta mère. Elle n'a pas reçu la lettre ? »

Je lui expliquai que je partais de chez moi avant le passage du facteur. Elle plissa les lèvres et ses petits yeux noirs se détournèrent et fixèrent un point au-dessus de mon épaule. Je restai immobile et silencieuse, dans le vain espoir de repousser l'issue que je sentais arriver. Elle finit par poursuivre. « Cet établissement ne peut plus t'accueillir. Ta mère recevra la lettre aujourd'hui. » Ma mine affligée ne dut pas lui échapper, pourtant elle répondit par une nouvelle question à ma supplication muette. « À quoi t'attendais-tu, après toute cette histoire ? Nous sommes au courant de ce qui s'est passé avec ton père. Plusieurs parents d'élèves ont appelé et le bureau s'est réuni hier soir pour statuer sur ton cas. Sa décision est unanime : tu es renvoyée. Ton bureau et ton casier ont été vidés. Suis-moi, je vais te rendre tes affaires. »

Accablée de honte, j'eus une réaction de révolte. « Ce n'était pas ma faute, protestai-je. C'est lui qui m'a forcée ! »

— Quoi, à chaque fois ? N'aggrave pas ton cas. »

Puis, son détestable devoir accompli, elle me raccompagna jusqu'à la sortie.

« N'essaye pas de contacter l'une ou l'autre de nos élèves – leurs parents ne veulent plus qu'elles aient affaire à toi. » Ce furent ses derniers mots, et c'est ainsi que je quittai l'établissement dans lequel, pendant huit ans, j'avais passé la majorité de ma scolarité. C'était là que j'avais essayé de construire ces amitiés précoces dont on espère qu'elles dureront toute la vie. Je me mordis l'intérieur des joues pour ne pas pleurer et me demandai ce que je pouvais faire pour ne pas rentrer tout de suite à la maison.

Ma mère avait dû recevoir la lettre entre-temps. Comment allait-elle réagir ? J'appréhendais de me retrouver face à elle et au mur de glace qu'elle avait érigé entre nous. Elle l'avait bâti peu à peu, brique après brique, pendant plus de huit ans. Je ne l'avais jamais accepté, mais il était désormais impossible à franchir. Depuis que je lui avais appris que j'étais enceinte, elle avait posé la dernière brique et sa froideur démontrait que l'amour qu'elle avait pu éprouver pour moi était cette fois bel et bien mort. Je marchais en portant mon cartable alourdi par tous les livres que j'avais récupérés à l'école. Je serais sûrement la bienvenue chez ma grand-mère, me dis-je, toute penaude ; elle m'aimait, elle. Reprenant un peu espoir, je me dirigeai vers chez elle.

Elle me fit entrer et alla préparer un thé dans la cuisine, sans me poser la moindre question sur la raison de ma visite un jour d'école, ce qui me laissa vaguement entrevoir ce qui allait suivre. Elle me servit une tasse de thé et s'assit en face de moi. Elle avait l'air rongée par les soucis, abattue par la condamnation de son fils et la décision qu'elle pensait devoir prendre. Elle m'annonça aussi gentiment qu'elle le put le verdict familial, qu'elle présenta comme le meilleur compromis étant donné la situation.

« Je savais que tu viendrais ici aujourd'hui. Je suis au courant de ce que Nora compte te dire. » Elle dut comprendre, à mon expression, que j'étais déjà allée faire un tour chez la cousine de mon père. Elle soupira et tendit la main pour prendre la mienne.

« Antoinette, écoute-moi. Ton père est mon fils aîné et ce qu'il a fait est mal – je suis bien consciente de cela, mais tu ne peux plus venir chez nous. »

Je la regardai, bouleversée. Elle venait de prononcer les mots que je redoutais d'entendre au plus profond de moi. Je repoussai ma tasse et lui posai une question dont je connaissais déjà la réponse. « Est-ce que vous pensez tous la même chose ?

— Oui, il faut que tu retournes voir ta mère. Ce serait mieux si elle t'emmenait en Angleterre. C'est votre pays à toutes les deux. »

C'est ainsi que se passèrent nos adieux, car je ne la revis plus jamais.

Je redressai les épaules et, pour la première fois, partis sans l'embrasser. Personne ne me salua dans la rue de mes grands-parents. Je repensai à tout l'amour que j'avais reçu chez eux. Je me rappelai ma grand-mère, ses grands sourires de bienvenue quand on était revenus d'Angleterre et je revis ses épaules s'affaisser quand elle s'était rendu compte de ce qu'avait fait son fils. Dès ce moment-là, je sus que je les avais perdus pour toujours. Je me doutais qu'au fil des années, ils finiraient par pardonner à mon père, mais pas à moi. Comme je n'avais plus nulle part où aller, j'enfouis ma peine au fin fond de mon cerveau et rentrai à la maison.

Les dernières semaines avant la vente de la maison et de la Jaguar se passèrent dans un climat glacial, au point que je préférais encore aller faire les courses en ville, m'exposant pourtant au feu des regards et des critiques larvées, plutôt que rester à la maison avec ma mère. J'avais espéré un minimum de compréhension de la part des adultes, mais les marques de sympathie vinrent finalement de là où je les attendais le moins. Nos voisins, qui avaient peut-être entendu par le passé les éclats de colère de mon père, nous invitèrent à dîner. Le mari offrit ses services pour tous les petits travaux dont on pouvait avoir besoin dans la maison, afin qu'on en tire le meilleur prix, et sa femme se proposa de nous aider à faire nos cartons. Le propriétaire du commerce local eut lui aussi une réaction amicale. Ce fut le seul à s'adresser directement à moi.

« Tu es toujours la bienvenue ici, me dit-il. J'ai entendu ce qui se disait et je tiens à ce que tu saches que je ne pense pas comme la plupart des gens. Celui ou celle qui n'est pas correct envers toi n'a rien à faire chez moi. Ça, ils le savent aussi. »

Mais personne ne m'injuria – les gens faisaient comme si je n'existais pas, tandis que, dans les rayons du magasin, je m'efforçais de garder la tête haute.

Ma mère tint parole ; à part quelques visites chez nos voisins, qu'elle avait jusqu'à présent toujours regardés de haut, elle ne sortit plus de la maison. Quand celle-ci fut vendue et que nous fûmes prêtes à partir pour Belfast, elle me parla enfin de ce qu'elle avait prévu pour nous. Elle avait loué une petite maison dans le quartier de Shankhill – c'était tout ce qu'on pouvait s'offrir. Il était hors de question de retourner en Angleterre : elle n'avait aucune intention que sa famille apprenne que son mari était en prison. Il faudrait que je trouve un travail à Belfast, comme je m'y attendais. J'avais décidé d'opter pour un travail qui me permettrait de dormir sur place, car j'y voyais deux avantages : j'aurais mon indépendance et je verrais moins ma mère. Cela impliquait de me séparer de Judy, mais j'étais certaine que ma mère s'occuperait bien d'elle pendant mon absence, car elle l'aimait tout autant que moi. Le besoin que j'avais d'échapper à mon sentiment de culpabilité était plus fort que tout le reste. Mon vieux rêve de vivre seule avec ma mère était devenu un cauchemar. Je l'aimais toujours, j'espérais encore de sa part un peu d'affection et de compréhension, mais elle était trop déprimée pour m'offrir ce dont j'avais besoin. Deux mois après le procès, nous arrivâmes à Belfast.

Les petites rues aux maisons de briques rouges dont les portes donnaient directement sur le trottoir me rappelaient le quartier de mes grands-parents, en plus grand et plus intéressant. À Belfast, il y avait de nombreux magasins, un pub à tous les coins de rue et un flot de gens permanent. Ma mère détesta immédiatement cette ville. Pour elle, c'était le symbole de son rêve brisé ; elle touchait le fond et c'était de ma faute si elle en était là. Une rage profonde semblait désormais la consumer, nourrie par son amertume envers sa situation mais aussi envers moi. Je laissai passer deux jours avant de lui annoncer que, maintenant que nous avions défait nos valises, j'allais me mettre en quête d'un travail.

27

Le lendemain matin, je scrutai avec empressement les petites annonces d'emplois, entourant toutes celles qui précisaient que l'hébergement était assuré. Je voulais quitter la maison dès que possible. Je me dirigeai ensuite vers la cabine téléphonique la plus proche, une poignée de pièces en poche.

Une femme charmante répondit à mon premier coup de téléphone et m'expliqua qu'elle recherchait quelqu'un pour s'occuper de ses deux jeunes enfants. Son mari et elle avaient une vie sociale bien remplie, il fallait compter environ quatre baby-sittings par semaine, c'est pourquoi un hébergement était proposé. Elle me demanda si cela me posait un problème. Je lui assurai que je n'avais pas l'intention de sortir le soir, à part pour aller voir ma mère. Nous convînmes d'un rendez-vous un peu plus tard dans la journée.

Je rentrai à la maison, ravie d'avoir déjà obtenu un entretien. Il fallait maintenant trouver une tenue convenable. J'optai pour une jupe bleu marine et un haut assorti, astiquai mes chaussures à talons jusqu'à ce qu'elles brillent comme un miroir puis choisis des sous-vêtements propres et vérifiai que mes collants n'étaient pas filés.

Ma tenue était prête, il ne me restait plus qu'à faire chauffer de l'eau pour ma toilette et à me maquiller devant le miroir piqué qui surmontait l'évier de la cuisine : un peu de fond de teint mat, une touche de mascara et du rouge à lèvres rose pâle.

Une fois prête, je mis dans mon sac mon dernier bulletin scolaire qui faisait l'éloge à la fois de mes capacités et de mon comportement. J'espérais que mon potentiel employeur s'en contenterait et n'irait pas jusqu'à appeler l'école pour qu'elle confirme ces références, car je ne pouvais évidemment pas y compter. J'avais préparé un laïus expliquant pourquoi une bonne élève comme moi pouvait avoir envie de travailler en tant que jeune fille au pair. Je l'avais méticuleusement répété dans ma tête, jusqu'à ce qu'il me paraisse convaincant.

Après un dernier coup d'œil dans la glace pour m'assurer que tout était parfait, je pris mon sac et sortis de la maison, armée de mon accent d'école privée, de mon bulletin scolaire et de mes mensonges affûtés.

Je pris un premier bus qui m'emmena dans le centre de Belfast, puis un second pour aller jusqu'au quartier chic de Malone Road, tout près de l'université dans laquelle je m'étais résignée à ne jamais poursuivre mes études.

Arrivée à destination, je suivis les indications que la jeune femme m'avait données pour parvenir jusqu'à chez elle. Elle ouvrit la porte avant même que j'aie eu le temps de frapper. C'était une femme d'une vingtaine d'années, très jolie et souriante. Elle tenait dans ses bras un bébé dont la barboteuse bleue me laissa penser qu'il s'agissait d'un garçon. À côté d'elle, une petite fille serrait la jupe de sa mère entre ses doigts et m'observait d'un œil curieux en suçant son pouce.

« Je ne peux pas vous serrer la main ! » me dit la jeune femme en riant, et elle s'écarta pour me laisser entrer. « Vous devez être Toni. Je m'appelle Rosa. Entrez. »

Je la suivis jusqu'à une jolie pièce aux couleurs pastel où trônait un parc pour enfant dans lequel elle posa le bébé. Elle me fit signe de m'asseoir et s'assit à son tour, me jaugeant attentivement.

Rosa était d'un tempérament jovial, mais elle n'en avait pas moins préparé une série de questions pour la personne à qui elle allait en partie confier la responsabilité de ses enfants. J'espérais passer le test avec succès. Elle me demanda d'abord où j'étais allée à l'école ; m'attendant à cette question, je lui répondis de manière très factuelle. Ma réponse à sa deuxième question, sur les raisons pour lesquelles j'avais quitté l'école, était bien rodée. J'omis de mentionner les nombreux établissements qui avaient jalonné ma scolarité, lui expliquai que je n'étais pas boursière, que mon père était mort quelques mois plus tôt, nous laissant très peu d'argent, et que ma mère et moi avions décidé de quitter Coleraine pour Belfast dans l'espoir de trouver plus facilement du travail. Mon discours avait l'air de l'attendrir, aussi poursuivis-je en confiance.

Non seulement ma mère avait perdu son mari, mais elle avait dû renoncer à sa jolie maison pour s'installer plus chichement à Shankhill. Je voulais l'aider à payer le loyer, et je cherchais de préférence un emploi en pension complète, afin de ne pas faire peser trop de charges sur ses épaules.

Mon petit discours fonctionna au-delà de mes espérances. J'étais convaincue que le poste était pour moi avant même de mettre la cerise sur le gâteau en lui présentant mon bulletin scolaire. À mon grand soulagement, elle ne chercha pas à en savoir davantage. Nous discutâmes encore une heure, pendant laquelle je fis la connaissance des enfants, David et Rachael, puis elle me proposa de m'installer chez elle dès le lendemain. Elle m'expliqua ensuite ce qu'elle attendait de moi.

Le soir, elle et son mari – dont elle m'avait dit avec fierté qu'il était un médecin très renommé – sortaient souvent dîner. Pendant leur absence, elle comptait sur moi pour coucher les enfants, après quoi je serais autorisée à regarder la télévision dans leur salon.

En repartant de chez Rosa, j'étais remplie d'un sentiment de liberté. Je savais que ses enfants et elle m'avaient appréciée. Pour la première fois depuis des mois, j'avais l'impression que l'on m'avait vraiment jugée sur ma personne et pas uniquement sur ce que l'on savait de moi. Ce que je ne compris pas à ce moment-là, c'est que si les enfants m'avaient appréciée pour moi-même, Rosa, elle, avait été conquise par l'image que je lui avais donnée : celle d'une adolescente bien élevée, qui n'était encore jamais sortie avec un garçon ; celle d'une fille qui aimait les livres et les animaux, qui voulait apprendre son métier de nounou et dont le seul désir était d'aider sa pauvre mère. Je lui avais parlé de ma grande famille irlandaise au sein de laquelle je m'étais habituée à m'occuper des enfants... sans toutefois lui préciser qu'ils m'avaient tous rejetée.

Mon sentiment de confiance ne me quitta pas jusqu'à ce que j'arrive à la maison. Ma mère était déjà là et, à son air accablé, je compris que son entretien d'embauche n'avait pas été concluant.

« Maman, annonçai-je, j'ai un travail ! L'hébergement est inclus. Je commence demain. Je vais gagner trois livres par semaine et je serai nourrie ; je vais pouvoir t'aider pour tes dépenses. »

Elle me regarda d'un air perplexe. « Qu'est-ce que tu vas faire ? me demanda-t-elle au bout de quelques minutes.

— M'occuper des enfants et aider aux tâches ménagères, répondis-je, sachant très bien ce qui allait suivre.

— Oh, Toni, moi qui avais tellement d'espoir pour toi ! » s'exclama-t-elle. Et je me sentis coupable de la décevoir à nouveau.

Ce sentiment de culpabilité acheva de me convaincre qu'il fallait que je parte de la maison. Je décidai d'ignorer son commentaire et, avec un enthousiasme qui commençait à décliner, lui parlai de Rosa, des enfants et de la belle maison dans laquelle j'allais vivre.

« Je prendrai mes repas avec eux quand ils seront là, poursuivis-je.

— S'ils savaient qui tu es, sûrement pas, lâcha-t-elle abruptement. Enfin, je suis sûre que tu apprécieras la télévision. Ça me plairait, à moi aussi, si je pouvais me le permettre. »

Je refusais de me laisser atteindre par la dépression de ma mère, mais au fond de moi, j'avais aussi envie d'affection et de chaleur ; et elle ne me donnait rien. Alors qu'une heure plus tôt, j'étais une adolescente dévouée dans les yeux de Rosa, ma mère me renvoyait maintenant l'image d'une fille égoïste.

Nous restâmes dans le petit salon, sans un mot, à lire

et écouter la radio. Après un dîner frugal, je montai préparer mes affaires.

Rosa m'avait donné de l'argent pour prendre le bus, ce qui m'évita d'avoir à en demander à ma mère le lendemain matin. Debout près de la porte, en la regardant, je luttai contre les sentiments auxquels je n'avais pas encore appris à renoncer, mais que j'étais incapable de montrer.

« À la semaine prochaine, pour mon jour de congé », finis-je par lui dire, puis je pris ma valise, ouvris la porte et partis. Elle, comme à son habitude, ne dit rien.

Dès mon arrivée, Rosa me montra ma chambre, où je défis rapidement ma valise avant d'aller donner à manger aux enfants dans la cuisine. Rosa me montra comment je devais m'y prendre. Cela raviva des souvenirs, car je m'étais occupée de ma petite cousine quand elle avait cet âge.

Je me sentis vite à la hauteur de ce que l'on me demandait. Le premier soir, avant de donner le bain aux enfants, Rosa me présenta son mari, David, qui me serra la main d'un air solennel en me disant qu'il espérait que j'allais me plaire chez eux.

Dans le bain, j'amusai les petits en plongeant leurs jouets en plastique sous l'eau pour les chatouiller. David et Rosa vinrent embrasser leurs enfants et nous souhaiter une bonne soirée avant de partir.

Je me demandais si Rachael et David accepteraient d'aller au lit sans faire d'histoires. Je couchai d'abord le bébé, puis allai border la petite fille pour lui lire une histoire de son choix. Quand leurs paupières commencèrent à devenir lourdes, je leur déposai un baiser sur le front puis descendis regarder la télévision.

Au fil des semaines, je me mis à nourrir une profonde affection pour les enfants. Quand je jouais avec David, il m'attrapait le doigt de sa petite main potelée et me faisait de grands sourires. Rachael s'asseyait sur mes genoux, l'air très concentré, pour que je lui lise des histoires. Lorsqu'on allait se promener au parc, elle m'aidait à pousser le landau de son petit frère en n'oubliant pas de tenir ma main.

Six jours par semaine, je préparais leur déjeuner et nous mangions ensemble. L'après-midi, Rosa et moi discutions souvent pendant que les enfants faisaient la sieste. Parfois, nous allions dans sa chambre ; elle essayait les vêtements qu'elle venait de s'acheter et me demandait mon avis.

Bercée par la chaleur de ce foyer, je commençais presque à croire que j'en faisais partie. J'oubliais que Rosa, même si elle était aimable, n'était pas une amie, et que son mari et elle étaient mes employeurs. Je tentais de gagner l'affection de Rosa en lui proposant de faire des extras, comme lui préparer un thé ou repasser son linge. De son côté, elle semblait vaguement amusée par mes attentions ; en tout cas, elle ne faisait rien pour les décourager.

L'atmosphère de la maison était toujours gaie. David et Rosa étaient de bons parents mais aussi un couple uni. Ils me rappelaient la famille de ma tante Catherine et, à mesure que les jours passaient, je me disais que j'avais de la chance d'être chez eux. Quand David rentrait du travail, je prenais soin d'être à l'étage ou dans la cuisine, avec les enfants, pour que sa femme et lui profitent d'un peu de temps pour eux. J'avais remarqué comme Rosa se précipitait pour lui ouvrir la porte dès qu'elle entendait sa voiture arriver.

Un soir où ils n'avaient pas prévu de sortir, je fus donc surprise de les voir arriver au moment où je donnais le bain aux enfants. Je sentis leur présence avant même d'entendre David.

« Antoinette, dit-il d'une voix sombre. C'est bien votre prénom, n'est-ce pas ? »

Je me retournai vers lui ; il lut la vérité dans mes yeux.

« Ma femme va prendre le relais. Descendons, je veux vous parler. »

Tout était comme au ralenti. Je me relevai, les jambes en coton ; j'essayai de chercher un peu d'aide dans le regard de Rosa, mais celle-ci détourna la tête. Son visage était écarlate. Conscients du climat de tension, les deux enfants nous lançaient des regards perplexes et se demandaient pourquoi je m'étais soudain arrêtée de jouer avec eux.

Je reposai lentement l'éponge et suivis David jusqu'au salon, sans un mot. Il ne me proposa pas de m'asseoir. Il avait ce visage de marbre que j'avais vu trop souvent.

« Votre père n'est pas mort, n'est-ce pas ? » commença-t-il abruptement. À son ton, je savais qu'il connaissait la réponse. « Il est en prison et vous avez de la chance de ne pas être dans un foyer. Mais vous ne resterez pas dans cette maison une nuit de plus. Allez préparer vos affaires et restez dans votre chambre jusqu'à ce que je vienne vous chercher. Je vais vous reconduire chez votre mère. »

Je tentai de me défendre. « Ce n'était pas ma faute, le

juge l'a dit ! » Je voulais le convaincre de ma bonne foi, il ne pouvait pas me renvoyer comme ça.

Il eut un tel regard de mépris que je crus m'effondrer intérieurement. « Ce n'est pas à vous qu'il confie ses enfants. Vous vous êtes tue pendant sept ans ; si vous avez fini par parler, c'est uniquement parce que vous aviez besoin d'avorter. Vous avez même menti à votre médecin, je lui ai parlé cet après-midi. Vous avez été renvoyée de votre école parce que les parents d'élèves ont jugé, à juste titre, que vous n'aviez rien à faire parmi leurs enfants. » Je sentais la colère monter en lui. « Je veux que vous partiez dès ce soir ! » Il parlait avec une telle détermination que je sus qu'il n'y avait rien à faire.

Je sortis de la pièce, mais il continua. « Rosa est d'accord avec moi, au cas où vous imagineriez le contraire. Elle ne veut pas vous voir, alors allez directement dans votre chambre. »

C'est ce que je fis, en me retenant de fondre en larmes.

La porte de la chambre de Rosa était fermée, mais j'entendis le murmure de sa voix et de celle de Rachael. Elle avait pris les enfants avec elle pour éviter qu'ils ne me croisent.

Je préparai mes affaires et m'assis sur le bord de mon lit, en attendant que David vienne me chercher. J'étais sous le choc, stupéfaite.

« Vous avez tout ? » Ce furent les seuls mots qu'il m'adressa jusqu'à ce que l'on arrive à Shankhill Road. Il me prit par le bras, alla frapper à la porte de chez ma mère et attendit qu'elle ouvre pour me relâcher. Dans la lumière blafarde de l'entrée, un air de résignation s'abattit sur elle.

« Je vous ramène votre fille, Mrs Maguire », dit-il simplement avant de s'en aller.

Les heures noires revinrent m'engloutir dans une vague de tristesse. J'entendai à nouveau les paroles de mon père : « Ta mère ne t'aimera plus si tu parles. Tout le monde t'accusera. » Je savais maintenant avec certitude que tout ce qu'il avait prédit était vrai. Je me remémorai le visage du juge et ses mots réconfortants : « Ce n'est pas ta faute, n'oublie pas cela, car les gens vont t'accuser. »

Au matin, je me levai péniblement et passai un peu d'eau froide sur mon visage avant de m'habiller. Pour la seconde fois en quelques mois, je sortis acheter le journal local. J'allai m'installer dans un café pour sélectionner les offres d'emploi qui ne demandaient pas de qualification particulière et proposaient un hébergement. J'avais peur de tomber sur quelqu'un qui connaîtrait David et Rosa.

Une annonce attira mon attention : « Grande maison de campagne recherche jeune fille au pair pour deux enfants en bas âge. Hébergement assuré, salaire intéressant pour bonne candidate. »

Je passai un coup de téléphone et obtins un rendez-vous l'après-midi même. J'allai préparer la même tenue que j'avais mise pour mon premier entretien. Mais cette fois, sans aucune excitation et sans penser qu'une nouvelle vie commençait – résignée à accepter ce que me réservait l'avenir. Je pris un premier bus pour le centre de Belfast puis un second qui m'emmena dans la campagne. En arrivant, je découvris un chemin bordé de haies soigneusement taillées – loin des arbustes et des haies sauvages de Cooldaragh – qui menait à une imposante maison grise de style georgien. Ses fenêtres étroites et hautes dominaient une pelouse verdoyante coupée à ras. Ici, pas de larges buissons de rhododendrons ni de ruisseau peuplé de grenouilles ; seuls quelques rosiers éclatants rompaient la monotonie des espaces verts.

Une femme blonde et plutôt froide, aussi proprette que son jardin, m'ouvrit la porte. Elle me fit entrer dans son salon aux couleurs coordonnées, décoré de bouquets de roses dans des vases en cristal posés sur des tables en acajou. Je me demandais où étaient les enfants. Avant que je ne pose la question, elle m'informa qu'ils étaient dans leur chambre avec la personne qui s'occupait d'eux pour l'instant.

Le discours que j'avais préparé fonctionna une fois encore à merveille. Elle me proposa elle aussi de m'installer rapidement ; mon salaire serait de trois livres par semaine. Cette fois, j'aurais la télévision dans ma chambre, mais il fut entendu que je dînerais avec la famille. Après toutes ces formalités, elle m'emmena rencontrer ses deux enfants, un garçon et une fille aussi blonds que leur mère. Je me dis que, dans une famille qui avait l'air aussi bien organisée, un garçon d'abord et une fille ensuite, c'était exactement ce qu'ils avaient dû commander !

Une domestique nous apporta quelques en-cas au salon pour nous faire patienter jusqu'à l'arrivée du mari. Le thé fut présenté dans une grande théière en argent et versé dans des tasses en porcelaine, et de petites pinces en argent étaient prévues pour le sucre. Je me tenais bien droite sur le bord de mon fauteuil recouvert de velours. J'appris que le mari était un banquier d'affaires, que la dernière jeune fille au pair était partie en Angleterre et que le couple cherchait une personne qui pourrait s'occuper de leurs enfants jusqu'à ce qu'ils aillent à l'école, c'est-à-dire pendant un et deux ans respectivement.

La proposition me convenait – je n'avais pas d'autre choix, de toute façon. Mais je compris tout de suite qu'elle et moi ne serions jamais amies. C'était sans doute mieux ainsi, tout bien réfléchi. Au moins, je n'aurais aucune illusion de faire un jour partie d'une famille qui n'était pas la mienne.

Je rencontrai brièvement le mari avant de partir. C'était un homme grand et mince, d'une trentaine d'années à peine, dont le regard ne reflétait pas le sourire poli.

À nouveau, je rentrai chez ma mère lui annoncer que j'avais trouvé du travail et faire mes valises. Pour une fois, elle avait l'air contente : elle avait finalement trouvé un travail elle aussi, en tant que gérante d'un café. Elle semblait ravie de son employeur, un jeune homme de vingt-huit ans qui venait de démarrer son affaire.

Dans la belle maison georgienne, je me sentais vraiment très seule. Jour après jour, j'étais de plus en plus apathique. La plupart du temps, je dînais avec la famille puis je montais dans ma chambre pour lire ou regarder la télévision. Aucun lien ne se créait entre nous. Rosa et ses enfants me manquaient, tout comme la chaleur de leur foyer.

Lors de mon quatrième jour de congé, j'allai rendre

visite à ma mère dans son café. Elle était transformée : une nouvelle coupe de cheveux et un maquillage soigné lui donnaient un style beaucoup plus jeune et moderne. Elle me fit un grand sourire, mais je ne vis pas dans ses yeux l'amour que j'y recherchais.

« Qu'est-ce que tu fais là ? me demanda-t-elle.

— On peut prendre un café ensemble ? » rétorquai-je tout en pensant : « Je suis là parce que tu me manques. »

« Oh, ma chérie, bien sûr, on peut prendre un café rapidement, mais ce sera bientôt l'heure du déjeuner et je vais être très occupée. »

Nous nous installâmes sur une banquette et une serveuse nous apporta deux cafés. Son uniforme rose et beige tranchait avec l'habituelle tenue noire et blanche de la plupart des serveuses de Belfast à cette époque. Ma mère me demanda comment se passaient mon travail et les relations avec la famille. Je lui décrivis tout en détail, la maison, le jardin, les enfants, mais me gardai de lui dire que tout cela manquait de chaleur et de joie de vivre.

Aux yeux de ma mère, je le savais, c'était la maison idéale. Mais pour moi, c'était un bâtiment plus qu'un véritable foyer. Je la quittai moins d'une heure plus tard, après une rapide accolade. Le reste de la journée s'étirait devant moi.

Un kaléidoscope de visages exprimant le mépris et la colère se mirent à danser devant mes yeux puis à me parler. Ce fut d'abord mon père. Il avait son sourire narquois et me répétait sans cesse : « Ta mère ne t'aimera plus si tu parles. Tout le monde t'accusera. » Puis je vis le regard noir de ma mère, la nuit où l'hémorragie avait failli me coûter la vie, et je l'entendis murmurer au médecin de m'envoyer à l'hôpital le plus éloigné. Je revis aussi le regard sévère de ma grand-mère, dans lequel tout amour avait disparu. L'expression de répulsion de Nora quand elle m'avait ouvert la porte. Toutes ces voix faisaient écho dans ma tête.

« Antoinette, tu n'es pas la bienvenue. On sait ce qui s'est passé avec ton père. Va t'en et ne reviens pas. Ne reviens jamais. »

La douleur de chacun de ces rejets se ravivait en moi, jusqu'au dernier, celui de David et Rosa. Les larmes me vinrent alors aux yeux. Le désespoir, contre lequel je m'étais battue en faisant ma valise au moment de partir de chez eux, explosait comme une bombe à retardement. Ma seule arme – ma fierté – m'abandonnait et je me laissais aller à m'apitoyer sur moi-même. Je ne trouvais plus la moindre raison d'espérer.

Personne ne m'aimera jamais, me disais-je. Personne ne m'avait d'ailleurs jamais vraiment aimée pour ce que j'étais. Oh bien sûr, on avait aimé la petite fille dans ses jolies robes, l'élève intelligente qui avait de bonnes notes, l'adolescente serviable, toujours prête à rendre service pour un baby-sitting. Mais qui avait aimé la fille enceinte, celle qui avait couché, celle qui avait peur ? Pas même ma mère.

Autour de moi, je voyais des groupes d'amis et des couples qui avaient l'air heureux. Des gens qui avaient des familles, des gens qu'on aimait. Je m'assis par terre, comme une étrangère invisible dans ce monde qui ne voulait pas d'elle et dans lequel elle n'avait été heureuse que les six premières années de sa courte vie. J'avais eu des moments de bonheur, certes, mais furtifs. Le sentiment d'être rejetée m'avait enfermée dans une prison mentale. Je ne trouvais pas le chemin qui pourrait me ramener parmi les vivants. La seule porte que j'entrevoyais était la porte de sortie.

Est-ce que j'allais rester à jamais dans cette prison sans amour, sans amitié et sans même le sentiment d'exister ? Bien sûr que non. Je n'avais qu'une solution : m'en aller.

Je marchai jusqu'au pub le plus proche où je commandai un double whisky que je bus cul-sec – je connaissais bien ses vertus apaisantes. Flairant une potentielle alcoolique, le barman refusa de m'en servir un deuxième.

« Qu'est-ce qui se passe, ma belle ? Problèmes de cœur ? Tu en trouveras d'autres, va, jolie comme tu es... »

Ses mots semblaient provenir d'un autre monde. La paranoïa s'ajoutant à mon désespoir, je pris pour de l'ironie ce qui n'était qu'une parole gentille.

Accrochée à mon idée fixe, j'entrai dans la première pharmacie pour acheter un tube d'aspirine et des lames de rasoir. Puis je me procurai une dernière chose : une bouteille de whisky Bushmills. Mon kit de sortie en poche, je me dirigeai vers les toilettes publiques.

Je surpris un visage livide dans le miroir en avalant une première rasade de whisky et quelques comprimés. Le mélange me remonta dans la gorge à m'en étrangler, mais je continuai jusqu'à ce que la bouteille et le tube soient vides puis j'allai m'enfermer dans les toilettes et choisis une lame de rasoir. Je fis quinze entailles de trois centimètres sur mes poignets, une pour chaque année d'une vie que je ne désirais plus. Le sang se mit à couler lentement le long de mes mains, entre mes doigts, puis goutta sur le sol. Je regardais son trajet, fascinée, en me demandant combien de temps il faudrait pour que mon corps se vide. Mes paupières devinrent lourdes et commencèrent à se fermer ; la pièce s'obscurcit et mes oreilles bourdonnèrent. Je sentis mon corps basculer sur le côté, puis la fraîcheur du mur contre mon visage. Et plus rien.

28

Des mots indistincts parvinrent jusqu'à mon cerveau. Deux voix se mêlaient ; la voix grave d'un homme et celle, plus haut perchée, d'une femme.

« On sait que tu es réveillée. Allez, ouvre les yeux ! », dit la première.

Une main douce prit la mienne et j'entendis la voix de la femme.

« Allez, ma grande, on est là pour t'aider. Ouvre les yeux, maintenant. »

Je leur obéis avec difficulté.

J'étais couchée dans un lit, dans une petite pièce blanche. Mes lèvres essayaient de former des mots mais j'avais une sensation étrange dans la bouche ; quelque chose empêchait les sons de sortir. Ma langue butait contre un objet rigide. Je me rendis compte qu'il traversait ma gorge et sortait par ma bouche.

Je distinguai bientôt deux silhouettes et reconnus d'abord une infirmière ; l'autre personne portait une veste en tweed et une chemise à col rond. C'était un pasteur. Je pris vaguement conscience que j'étais à l'hôpital et crus soudain m'étouffer ; un liquide brûlant me remontait dans la gorge. On me mit un récipient sous le menton et tout mon corps se souleva sous l'action de la sonde naso-gastrique qui s'appliquait à me faire un lavage d'estomac.

L'attaque terminée, je me rallongeai ; mes oreilles n'arrêtaient pas de bourdonner. L'envie de dormir me poussait à fermer les yeux, mais les voix ne comptaient pas me laisser repartir si facilement. Je les entendis me demander comment je m'appelais et où je vivais, mais je n'étais pas sûre de le savoir moi-même. La main qui tenait la mienne me procurait un sentiment de sécurité, aussi m'y agrippai-je fermement.

« Allez, ouvre les yeux, dit le pasteur. On te laissera dormir quand tu auras répondu à quelques questions. »

Je fis un effort pour écarter les paupières et vis ses yeux bleus bienveillants et inquiets. La gentillesse de son regard me fit fondre en larmes et cette fois, ce furent les sanglots qui secouèrent tout mon corps. L'infirmière me tenait toujours la main pendant que le pasteur essuyait mes larmes.

Peu à peu, je commençai à m'apaiser et parvins à leur dire que je m'appelais Antoinette. Je me présentai sous ce nom que j'avais pourtant fini par détester. Antoinette. C'était comme ça qu' « il » m'appelait, que sa mère m'appelait et que l'école m'avait appelée pour m'annoncer mon renvoi. Toni, la personne que je voulais être, avait réussi à m'échapper.

Le pasteur me demanda ensuite mon âge.

« Quinze ans, répondis-je, en me préparant à la question suivante.

— Antoinette, pourquoi as-tu fait ça ? »

Mes yeux se posèrent sur mes poignets bandés. À nouveau, sa voix pleine de compassion me fit fondre en larmes, mais en silence, cette fois. Je parvins finalement à leur raconter une partie de mon histoire. Je leur expliquai que mon père m'avait mise enceinte et était maintenant en prison, que je n'avais pas de chez moi et que personne ne voulait de moi. Je n'avais plus envie de vivre, ma vie n'avait plus de sens.

Il m'était insupportable de rouvrir toutes mes blessures, de leur parler de toutes les fois où l'on m'avait rejetée et où je m'étais sentie si inutile et détestée. Ou de la culpabilité que je ressentais pour avoir détruit la vie de ma mère, qui m'en voulait pour cela. Je ne dis rien non plus du rêve qui fut un jour le mien que l'on découvre ce que faisait mon père et que l'on se précipite à mon secours. Ni de mon espoir que ma mère m'emmène loin de lui. Après la découverte de « notre secret », la réalité avait été intolérable. Je ne leur dis rien des frissons qui me parcouraient la nuque ni des haut-le-cœur qui me soulevaient l'estomac à chaque fois que j'entrais dans un magasin et que le silence se faisait autour de moi. Quand je repartais, je savais que j'étais l'objet de tous les murmures qui s'élevaient.

Petit à petit, j'en étais arrivée à me voir à travers les yeux des autres qui m'ignoraient au point qu'il ne me restait plus qu'à disparaître. J'étais une telle pestiférée qu'on avait peur de se salir rien qu'en admettant mon existence.

Non seulement je n'avais rien, mais je *n'étais* rien. Et pourtant, il me restait une minuscule étincelle de fierté qui m'empêchait de parler de ce que je ressentais. Je n'en ai jamais parlé ; comme si le fait de ne pas verbaliser ces sentiments pouvait finir par leur ôter toute réalité.

J'entendis l'infirmière prendre une grande inspiration avant de me poser la question suivante.

« Qu'est-ce qui est arrivé au bébé ? » Elle imaginait peut-être que j'avais accouché et abandonné l'enfant sur le seuil de quelque maison. Cette idée me mit en colère.

« J'ai avorté », répondis-je sèchement. Ce n'était pas le genre de mots auxquels on pouvait s'attendre de la part d'une fille de quinze ans.

« Antoinette, si on te laissait repartir, est-ce que tu referais la même chose ? » demanda l'infirmière, mais ils n'attendirent même pas ma réponse qu'ils connaissaient trop bien.

Le pasteur prit l'adresse de mon employeur et promit d'aller y chercher mes affaires. L'infirmière me donna une boisson fraîche et je me rendormis, malgré les bourdonnements constants dans ma tête – un effet des poisons que j'avais ingérés.

À mon réveil, un autre homme était assis à mon chevet.

« Tu veux boire quelque chose, Antoinette ? me demanda-t-il gentiment.

— Du thé », grommelai-je. J'avais l'impression que ma langue avait doublé de volume et ma gorge me faisait mal.

Les bourdonnements étaient plus faibles, mais j'avais toujours des douleurs lancinantes dans la tête.

« Est-ce que vous pourriez me donner un anti-douleur ? demandai-je d'une voix faible.

— Il faut que ça passe tout seul », répondit-il. Puis il continua, comme s'il avait décidé que je méritais bien une explication. « Ça fait un moment qu'on extrait de

286

l'aspirine de ton corps. » Il fit une pause. « Antoinette, je suis médecin, mais un médecin de l'esprit, un psychiatre. Tu sais ce que ça veut dire ? »

Je fis un signe de la tête. Ce qu'il était m'intéressait peu : je voulais seulement boire un thé et me rendormir. Mais lui, de son côté, avait encore des choses à me dire.

« Tu vas être transférée dans un hôpital psychiatrique. Là-bas, ils sauront s'occuper de toi. Tu souffres d'une maladie, ça s'appelle une dépression sévère. »

C'était une déclaration que je ne pouvais qu'approuver. Il me tapota l'épaule, m'assura que j'irais bientôt mieux et s'en alla. Je ne crus guère à ses encouragements. Quelques minutes plus tard, je fus transférée en ambulance à l'hôpital psychiatrique voisin de Purdysburn.

La voiture passa devant une immense bâtisse de briques rouges, qui avait été un hospice pour les plus démunis à l'époque victorienne et abritait désormais des patients internés. Le service psychiatrique où je fus admise se trouvait dans un bâtiment plus récent d'un seul étage, juste à côté. De tous les patients, j'étais de loin la plus jeune.

Le premier soir, encore trop engourdie par mon overdose, je fus à peine consciente de ce qui m'entourait et m'endormis rapidement jusqu'au lendemain matin. Quelqu'un ouvrit les rideaux de ma chambre et, d'une voix gaie, me dit de me lever, de me débarbouiller et d'aller prendre mon petit déjeuner. J'ouvris les yeux pour voir d'où venait cette voix et aperçus une jeune infirmière au visage si sympathique qu'elle m'arracha un sourire. À côté d'elle se tenait une grande blonde qui devait avoir quelques années de plus que moi.

« Voici Gus, me dit l'infirmière. Elle va te faire visiter les lieux. »

Puis elle s'en alla, nous laissant toutes les deux. Gus était une sacrée bavarde, ce qui me permit de garder un confortable silence. Elle ne s'arrêtait de parler que pour reprendre son souffle ou émettre un petit rire nerveux – c'était le revers de la dépression, comme je l'appris bientôt.

Gus me montra où était la salle d'eau et attendis que je me prépare pour m'accompagner dans un petit réfectoire. Peu à peu, je commençai à prendre mes repères. Tous les murs étaient peints de couleurs pâles et de grandes fenêtres laissaient entrer la lumière. C'était un endroit paisible et aéré. Gus me présenta rapidement à une vingtaine de patients déjà attablés. J'avais entendu des histoires terribles à propos des asiles de fous ; une fois enfermés, les gens pouvaient se perdre dans le système et ne jamais en sortir. Mais on ne m'avait jamais parlé des services psychiatriques, qui n'étaient pas encore monnaie courante.

Tout le monde avait l'air étrangement normal. Il y avait des hommes et des femmes d'une vingtaine à une cinquantaine d'années qui venaient de tous les horizons, comme j'allais m'en rendre compte. L'alcoolisme et la dépression – les deux principales causes de leur présence ici – ne se limitaient ni à un âge ni à une classe sociale.

Au fil des semaines, j'appris la plupart de leurs parcours. Il y avait la femme du riche agent immobilier, un coureur de jupons qui lui avait fait perdre toute confiance en elle ; elle s'était mise à boire en secret. Comme moi, elle avait fait une overdose de médicaments. Mais pour elle, c'était un accident. Elle avait bu tellement de gin qu'elle ne savait plus combien d'antidépresseurs elle avait pris et avait fini par vider le tube. Il y avait aussi un jeune couple qui s'était rencontré un an plus tôt dans ce même service psychiatrique. À l'époque, ils étaient tous les deux soignés pour alcoolisme. En sortant, au lieu d'aller marcher main dans la main dans le soleil couchant, ils poussèrent la porte d'un pub...

Certains des patients attablés avaient l'air plutôt inertes, à cause des tranquillisants. Les médecins attendaient que la dépression s'atténue : pour l'instant, les médicaments gardaient le contrôle ; ensuite, ce serait aux patients de reprendre les rênes. Une femme en particulier attira mon attention. Elle avait une belle chevelure rousse, une peau crémeuse et des yeux verts. C'était la plus jolie et la plus impassible de l'assemblée.

Pendant que je mangeais, je ne pouvais pas m'empêcher de la regarder. Elle, en revanche, ne levait pas les yeux de la table. Elle semblait totalement déconnectée de ce qui l'entourait. Cette absolue indifférence aiguisait mon intérêt.

À la fin du petit déjeuner, une infirmière vint à sa table, prit doucement son bras et l'accompagna jusqu'à un fauteuil. Elle y resta des heures, une couverture sur les genoux, muette.

Intriguée, je demandai à Gus qui était cette femme.

« C'est la femme d'un médecin, me dit-elle. Sinon, ça fait longtemps qu'elle ne serait plus là.

— Qu'est-ce qu'elle a ?

— Je ne sais pas, mais certaines femmes font une grosse dépression quand elles ont un bébé et ça fait plus d'un an qu'elle est ici. Au début, elle parlait, mais maintenant elle n'en est même plus capable.

— Est-ce qu'elle va aller mieux ? » Mais je savais, à peine avais-je posé cette question, quelle était la réponse.

Le sort de cette femme me préoccupait, pour je ne sais quelle raison. Je ne l'avais jamais rencontrée, pourtant je voulais connaître son histoire et elle me faisait pitié. Je connaissais cette contrée où la réalité s'évapore et où le monde ne vous touche plus, mais instinctivement, je savais que son exil était bien plus profond que le mien l'avait jamais été.

« En tout cas, si elle ne va pas mieux, on va la transférer. C'est ce qui se passe quand on ne réagit pas aux traitements. » Gus semblait indifférente à ce qui attendait cette femme. Comme je ne tenais pas à en savoir davantage sur ce transfert, je mis un terme à mon enquête.

Après le petit déjeuner, une infirmière me questionna sur mes antécédents médicaux et me pria de ne pas m'éloigner : un médecin allait venir me voir pour décider d'un traitement et me prescrire des médicaments, si nécessaire. Une heure plus tard, j'eus le premier entretien d'une longue série avec un psychiatre. Il prit beaucoup de notes pendant que je parlais et, alors que je commençais à me détendre, me posa une question qui allait compromettre nos relations ultérieures.

« Est-ce qu'il t'est arrivé d'apprécier les avances de ton père ?

— Jamais, répondis-je, mais il insista.

— Tu es une adolescente, tu as certainement déjà ressenti du désir ? »

À ce moment précis, je décrochai. Sa voix flottait dans l'air, je ne voulais plus que ses mots atteignent mon cerveau. Je ne lui dis pas que j'étais devenue une paria dans ma ville, que je me sentais rabaissée et inutile, que j'avais besoin de l'amour de ma mère ni que j'avais perdu tout espoir dans la vie. Je ne lui confiai pas non plus que tous les affronts et les rejets que j'avais subis m'avaient arraché des cris de douleur à l'intérieur. Que j'avais oublié les paroles du juge et fini par me voir à travers les yeux de mes accusateurs comme un être méprisable. Au lieu de cela, je me protégeai derrière un autre masque – ce n'était plus celui de l'élève polie vivant dans une famille heureuse, mais celui de quelqu'un qui se méfie de l'autorité et qui ne veut pas qu'on l'aide.

Il me fit passer des tests de QI et me demanda si j'entendais des voix, des voix qui me poussaient à faire telle ou telle chose. Puis il y eut une dernière question : « Est-ce que tu penses que les gens parlent de toi ?

— Je ne pense pas, répondis-je, je le sais. »

Le psychiatre, qui prenait toujours des notes, eut alors un sourire arrogant et un léger mouvement de poignet. J'appris par la suite qu'il m'avait décrite dans son rapport comme une personnalité revêche, récalcitrante et paranoïaque.

Étant donné mon âge, les médecins décidèrent de ne pas me mettre sous médicaments ni, plus important encore, sous électrochocs. Mon traitement consisterait en des séances de thérapie quotidiennes.

Ces séances duraient une heure. Un des trois psychiatres qui me suivaient m'interrogeait sur ce que je pensais et ressentais, et je répondais aussi succinctement que possible. Je cachais ma dépression derrière un bouclier d'indifférence. Il n'y a qu'une seule question à laquelle je ne leur ai jamais donné la réponse qu'ils attendaient : « Est-ce qu'il t'est arrivé d'y prendre un plaisir sexuel ? »

Cette question revenait sans cesse. Je pense qu'ils étaient convaincus que j'y avais trouvé du plaisir et que, si je l'admettais, je commencerais à aller mieux. Je savais qu'ils ne cherchaient pas à me faire du mal ; ils avaient tout simplement des idées préconçues et refusaient d'accepter la vérité. Pensaient-ils vraiment, m'étonnais-je, qu'on pouvait trouver du plaisir à se faire frapper, à être forcée de boire du whisky et à endurer de telles tortures mentales ?

Souvent, ils me demandaient aussi depuis quand j'étais déprimée. J'avais envie de leur crier : « Depuis combien de temps, à votre avis ? » La vérité, c'était que ma dépression remontait à mes six ans, quand ma vie avait été bouleversée. Mais je savais que ce n'était pas la réponse qu'ils voulaient entendre. Je leur disais qu'elle datait de quelques semaines. J'avais fini par savoir précisément ce qui attendait les patients que les médecins jugeaient dangereux ou incurables : ils étaient placés en milieu fermé et pouvaient dire adieu à la vraie vie.

Les murs de l'ancien hospice, non loin de notre service psychiatrique, étaient parsemés de petites fenêtres tristes munies de barreaux, et les longs couloirs du bâtiment empestaient les antiseptiques. L'imposante bâtisse était entourée de plusieurs bâtiments d'un étage où vivaient, en fonction de la gravité de leur maladie mentale, des patients internés. On les voyait souvent sortir en petits groupes pour leurs exercices quotidiens, surveillés par des infirmières armées de bâtons.

À cette époque, un asile psychiatrique était une communauté isolée du monde extérieur où l'on considérait qu'il fallait pourvoir à tous les besoins des patients. Il y avait une cantine et un magasin dans lesquels on avait le droit de se rendre. Mais à chaque fois que j'y allais, j'en revenais bouleversée. On aurait dit le village des âmes perdues : des gens dont plus personne ne voulait et qui avaient été oubliés depuis longtemps.

Le monumental bâtiment, situé à quelques dizaines de mètres de la route principale, faisait paraître ridiculement petites toutes les constructions plus récentes qui avaient essaimé dans le vaste parc. Ses portes s'ouvraient régulièrement sur une armée des ombres qui sortait faire sa promenade ou rejoignait la cantine. Parfois, je jetais un œil à l'intérieur et distinguais des lits-cages et des chaises en bois sur lesquelles restaient assis ceux qui n'avaient même plus l'énergie d'aller marcher dehors. Ils se balançaient d'avant en arrière en gémissant doucement.

La première fois que j'ai eu un aperçu de ce qu'était la vie des patients considérés comme trop gravement atteints pour notre service psychiatrique, je me rendis compte de la chance que j'avais d'être là où j'étais. Non seulement les lieux étaient modernes et agréables, mais nous avions la télévision et une salle de jeux ; la cuisine était accessible jour et nuit, nous étions libres de nous préparer un thé quand nous le voulions et de confortables fauteuils étaient à notre disposition. Il n'y avait pas de barreaux aux fenêtres, nous pouvions lire ou nous promener autant que nous voulions. On ne nous imposait que deux conditions : nous promener à plusieurs, par mesure de sécurité, et être à l'heure pour nos soins. Nous n'avions pas non plus le droit de sortir du parc sans autorisation, et celle-ci ne nous était accordée que si un visiteur nous accompagnait. Mais nous n'étions nullement tentés de désobéir et d'affronter seuls le monde extérieur, car l'hôpital était un endroit sûr qui nous préservait en outre de la solitude.

Dans notre service, les heures de visite étaient flexibles. On attendait seulement des visiteurs qu'ils aient quitté les lieux avant notre dernière boisson du soir. Les six premiers jours, j'attendis ma mère, mais elle ne vint pas. La dernière personne qui me restait au monde m'avait-elle oubliée ?

Tous les soirs, je voyais le mari de la dame rousse et leurs deux petits garçons, dont l'un était encore dans ses langes. Ils étaient roux aux yeux verts, comme leur mère. L'homme tenait la main de sa femme et lui parlait pendant que les enfants faisaient du coloriage. La détresse du mari était palpable. Sa femme restait assise, immobile, un petit sourire atone sur le visage. Elle n'ouvrit pas une seule fois la bouche. Elle n'était plus capable de quitter cet état d'hébétude où la réalité n'avait plus aucun sens, mais je commençais à me rendre compte que moi, j'avais encore le choix. En les regardant, je sentais poindre en moi un peu d'optimisme. Je savais qu'il était facile de lâcher prise, de disparaître à l'intérieur de moi-même jusqu'à ressembler à la dame rousse, mais je n'en avais plus envie. La force de la jeunesse, sans doute, refaisait surface.

Le dimanche, ma mère vint me voir, les bras chargés de fruits, de livres de poche, de magazines et de fleurs. Je ressentis un tel élan d'amour que c'en était douloureux. J'appris par la suite que l'hôpital l'avait appelée afin de savoir pourquoi elle ne venait pas me rendre visite. J'étais encore mineure et après mon traitement, c'est à elle qu'ils allaient me confier. Ma mère avait été charmante et les avait assurés de son intérêt pour moi ; simplement, elle avait du travail. Ses responsabilités de gérante ne lui avaient pas laissé le temps de venir me voir, mais elle avait bien sûr prévu une visite dès le dimanche, son seul jour de repos. Avec un seul salaire, elle ne pouvait pas se permettre de prendre des congés, elle était certaine que je comprendrais cela.

C'est une infirmière qui m'informa de cette conversation. Elle essayait d'avoir l'air aussi compréhensive que ma mère s'attendait à ce que je le sois. Aveuglément loyale, je lui confirmai qu'en effet, ma mère faisait de son mieux.

Je me précipitai vers elle en la voyant arriver. Elle me serra dans ses bras pour la première fois depuis bien longtemps. Elle me dit à quel point elle s'était fait du souci et que, pour l'instant, cet endroit était ce qu'il y avait de mieux pour moi. Elle avait des projets pour nous deux. Il ne fallait plus que je vive chez des étrangers. C'était sûrement à cause de cette famille que j'avais craqué, ils ne m'avaient pas bien traitée. Puis elle me dit ce que j'attendais par-dessus tout : je pourrais travailler en tant que serveuse dans son café dès que j'irais mieux et je vivrais avec elle. Elle avait repéré une maison, m'annonça-t-elle, une jolie petite maison de gardien qu'on pourrait s'offrir avec nos deux salaires. Dans le café où elle travaillait, les serveuses gagnaient plus qu'elle, car l'endroit était fréquenté par des hommes d'affaires qui laissaient de généreux pourboires, surtout à de belles filles comme moi, ajouta-t-elle, avec un de ses grands sourires que je n'avais pas vus depuis des lustres.

C'était la première fois depuis mon enfance que ma mère me faisait un compliment. J'étais aux anges. Nous discutâmes toutes les deux comme cela nous arrivait bien des années auparavant. Je lui parlai de certains patients avec qui je m'étais liée d'amitié. Quand elle repartit, je lui fis un grand signe de la main en regrettant de devoir attendre tout une semaine avant de la revoir.

Je restai plusieurs semaines à l'hôpital. Le temps passait vite. Même si les journées n'étaient pas très structurées, elles semblaient bien remplies. C'est là-bas qu'est née une amitié qui devait durer plusieurs années ; il s'appelait Clifford. Il avait entendu parler de mon passé et, au vu des bandages sur mes poignets, savait ce que j'avais essayé de faire, comme tous les autres. C'était une relation platonique qui nous convenait à tous les deux. Il avait peu, voire pas, d'attirance pour les femmes et réprimait ses autres désirs ; c'est à cause de cela que sa femme l'avait quitté et qu'il était tombé en dépression. Il m'avait parlé de tout cela lors de nos promenades ; il sentait bien que, contrairement à sa femme, sa confession serait plutôt de nature à me rassurer.

Je commençai à sortir de ma dépression grâce à la

présence constante d'autres personnes, à l'amitié de Clifford et aux visites désormais plus fréquentes de ma mère. Je retrouvais un sens à ma vie. Il y avait une maison et un travail qui m'attendaient, une vie à recommencer.

Trois mois après mon admission à Purdysburn, ma mère vint me rechercher.

29

Quelques jours plus tard, je rencontrai le propriétaire du café, un jeune homme qui semblait ravi d'avoir engagé ma mère comme gérante et me proposa immédiatement de m'embaucher.

On me donna un uniforme rose pâle avec un tablier beige et, à mon grand soulagement, le travail me parut facile. Comme ma mère me l'avait dit, les pourboires étaient généreux. Je pouvais désormais me payer le coiffeur et m'acheter des vêtements, tout en donnant une partie de ce que je gagnais à ma mère. De son côté, voyant que l'argent n'était plus un problème, elle concrétisa son projet d'acheter la maison de gardien. Il fallait emprunter un peu d'argent, mais avec ma contribution, il n'y aurait aucun souci pour assumer les échéances.

Presque deux années passèrent ainsi paisiblement. On ne parlait jamais de mon père ni de ma dépression, et ma mère et moi étions à nouveau proches. Certains soirs, quand nous étions libres l'une et l'autre, nous allions voir un film et passions ensuite des heures à en faire la critique. Mon père et son goût des westerns n'étant plus là, nous pouvions choisir des films qui nous plaisaient vraiment.

D'autres fois, je l'attendais à la fin de son service

et nous allions prendre un café et discutions comme peuvent le faire deux adultes. En l'absence de mon père, ma mère avait appris à apprécier ma compagnie et plus les semaines passaient, plus j'en étais enchantée. Je lui manifestais enfin l'amour que je lui avais toujours porté ; la présence néfaste de mon père, sa jalousie quand je faisais l'objet de la moindre attention, tout cela ne polluait plus mon quotidien. Comme une fleur a besoin de l'énergie du soleil pour pousser, j'avais besoin de cette liberté de montrer mon amour pour m'épanouir. Je pouvais désormais le faire de multiples manières, et cela me rendait si heureuse que j'étais tout à fait ravie de passer l'essentiel de mon temps libre avec ma mère.

Pendant toute cette période, je recherchais très peu la compagnie d'autres personnes. Parfois je préparais le dîner puis mettais la table, et mon plus grand plaisir était de regarder ma mère apprécier le repas que m'avait inspiré mon dernier livre de recettes. Nous aimions toutes les deux lire et écouter de la musique, mais nous passions aussi de nombreuses soirées devant la télévision, une acquisition toute récente qui nous fascinait encore. Comme il n'y avait que deux chaînes, on se disputait rarement pour le choix du programme. Nous nous installions confortablement devant un bon feu, elle dans son fauteuil préféré et moi dans le canapé, à côté de Judy. À la fin du programme, j'allais nous préparer une infusion et nous allions nous coucher.

Il m'arrivait d'aller chiner chez les antiquaires de Smithfield Market pour lui trouver un bijou ou quelque accessoire original.

Mes amis acceptaient tout à fait que ma mère prenne

une telle place et je tenais aussi à l'intégrer à ma vie sociale. Je voulais qu'elle passe de bons moments avec nous car je ressentais sa solitude ; j'avais envie de la protéger.

Une seule chose me frustrait : je ne voulais pas être serveuse toute ma vie. Je nourrissais de plus grandes ambitions, pas seulement pour moi mais aussi pour ma mère. Je voulais qu'elle soit fière de moi et il me fallait aussi un bon travail pour être en mesure de prendre soin d'elle.

Peu de temps avant mon seizième anniversaire, je pris une décision. J'avais renoncé à aller à l'université, car trois années sans travailler feraient peser une trop grande pression financière sur nos épaules. Sans mon salaire, ma mère ne pourrait pas rembourser l'emprunt pour la maison.

J'envisageais donc une autre solution : en suivant des cours de secrétariat, je pourrais obtenir un certificat de fin d'études à dix-huit ans, grâce auquel j'aurais plus de chances de convaincre de futurs employeurs. Je m'étais déjà renseignée sur le prix d'une école privée. Si le propriétaire du café me permettait de chercher un autre travail pendant la saison estivale, je pourrais mettre de l'argent de côté pour payer une première année de formation. J'avais l'intuition que cela ne lui poserait aucun problème, car Belfast regorgeait d'étudiantes qui seraient ravies d'avoir un job de serveuse pendant les vacances d'été. En procédant de la même manière l'été suivant, j'aurais de quoi financer mes deux ans de formation.

Une fois mon plan d'action établi, j'allai en parler au propriétaire.

Non seulement il accepta, mais il me proposa de le mettre en œuvre dès les vacances de Pâques. Il avait une cousine éloignée qui tenait une pension, qu'elle appelait pompeusement « un hôtel », sur l'île de Man. Elle cherchait du personnel pour les vacances de Pâques et il était prêt à me recommander à elle. Il me prévint cependant que je devais m'attendre à travailler dur : dans un petit établissement comme celui de sa cousine, les employées devaient bien sûr servir le petit déjeuner et le dîner, mais aussi faire les chambres et servir le thé dès le petit matin.

Le salaire n'était pas très élevé mais il y avait de très bons pourboires, et je devrais pouvoir gagner deux fois plus que chez lui, me dit-il. Et si tout se passait bien, elle me reprendrait pour la saison estivale.

Deux semaines plus tard, je pris donc un ferry pour l'île de Man en promettant à ma mère de lui donner régulièrement de mes nouvelles.

Avec seulement deux employées dans l'hôtel, le travail était en effet pénible. Nous étions de vrais larbins. Nous nous levions à sept heures et demi, préparions le thé et montions le servir dans les chambres. Ensuite, il fallait préparer le petit déjeuner et ce n'est qu'après avoir tout débarrassé et nettoyé que nous pouvions nous asseoir pour prendre le nôtre. L'hôtel ne faisait pas demi-pension, aussi nous attendions-nous à pouvoir profiter d'un peu de temps libre à l'heure du déjeuner. Mais c'était sans compter sur les exigences de la propriétaire, une petite femme obèse dont les cheveux teints en blond, coiffés en arrière, formaient un étrange casque.

Il fallait frotter l'argenterie une fois par semaine,

nous dit-elle d'une voix essoufflée de fumeuse invétérée. Elle ne nous lâchait pas d'une semelle, inquiète sans doute que quelque chose disparaisse de sa pension ou que le travail ne soit pas fait si nous échappions à sa surveillance.

Quand les vacanciers arrivaient, elle les accueillait avec un charmant sourire mais nous dardait de ses yeux impatients dès que ses hôtes regardaient ailleurs. Nous n'étions jamais assez rapides pour elle. Il fallait que nous nous dépêchions de monter les bagages dans les chambres et, à peine redescendues, elle aboyait pour qu'on prépare le thé.

Une seule fois, nous eûmes l'audace de lui demander une pause, mais elle nous répondit d'un air grincheux que les clients avaient davantage besoin d'un rafraîchissement après leur voyage que nous n'avions besoin de nous reposer. Nous étions jeunes, continua-t-elle, tandis qu'elle avait le cœur fragile. N'avions-nous pas envie qu'on nous donne des pourboires ? Intimidées, nous n'osâmes plus aborder le sujet.

Je remarquais tout de même que son cœur fragile ne l'empêchait ni de fumer ni d'engloutir d'énormes parts de pudding... À chaque fois que je l'entendais se plaindre qu'elle ne pouvait pas porter d'objets lourds, j'avais envie de commenter : « ... à part toi-même ! »

Jour après jour, son visage rougeaud m'était de plus antipathique et je me demandais comment un être aussi charmant que le propriétaire du café de Belfast pouvait être apparenté à un tel dragon.

Quand un homme s'offusquait qu'on demande à une jeune fille de lui porter ses valises, elle répondait d'un air glacial que nous étions payées pour cela. Dans l'escalier, une fois hors de portée de son regard de fouine, les vacanciers nous tapaient souvent sur l'épaule pour nous signifier en silence qu'ils prenaient le relais, et nous soulageant gentiment de nos fardeaux. Après les avoir accompagnés jusqu'à leur chambre, nous descendions à la cuisine leur préparer un thé et grimpions à nouveau les escaliers avec nos plateaux chancelants, poursuivies par les grognements de la propriétaire qui nous trouvait encore trop lentes. La devise de cet hôtel, c'était « pas de répit pour les jeunes » ! Certes nous étions payées, mais elle faisait en sorte que le taux horaire soit le plus bas possible.

Le soir venu, j'étais épuisée. Je me demandais si j'allais jamais profiter de la vie nocturne de l'île, dont on m'avait tellement parlé. Et ce ne fut en effet pas le cas, en cette première saison. Quand la plupart des vacanciers furent repartis et qu'il ne restait plus à l'hôtel que les irréductibles, la propriétaire nous accorda un après-midi pour faire du shopping, mais je pense que c'est uniquement parce que je lui avais dit que je voulais acheter un cadeau pour ma mère.

Avec des journées qui commençaient à sept heures et demi et se terminaient à neuf heures et demi du soir, ce n'était pas difficile de faire des économies ! À la fin de la saison, j'avais plus d'argent que je ne l'espérais ; ayant bien noté que la propriétaire était près de ses sous, c'est en toute confiance que je lui demandai de quitter l'hôtel quelques jours plus tôt que prévu.

En me souvenant de ces vacances de Pâques, dans le salon de l'hospice, j'entendais dans ma tête la voix d'Antoinette à dix-sept ans. « Souviens-toi, Toni, souviens-toi de ce qu'elle a fait ; rappelle-toi son choix. »

Il était trop tard pour repousser le souvenir du jour où ma confiance inconditionnelle en ma mère finit par se briser.

Je voulais lui faire la surprise. Je ne l'avais pas prévenue que j'avais avancé mon retour. Je pris un ferry pour Belfast en imaginant sa joie de me revoir. En arrivant au port, j'étais tellement impatiente que je pris un taxi plutôt qu'un bus. Je m'imaginais déjà faire le récit de mes aventures à l'île de Man à ma mère devant une tasse de chocolat chaud. J'avais préparé quelques anecdotes savoureuses qui allaient la faire rire. Je voyais d'avance son visage s'illuminer quand elle déballerait les cadeaux que j'allais lui offrir ; en particulier, un jupon gonflant volanté en tulle mauve, bordé de soie – un style à la mode à une époque où l'on portait des jupes amples. Je n'avais jamais rien vu d'aussi joli. J'avais été tentée de me l'acheter mais avais finalement décidé de l'offrir à ma mère. J'étais impatiente de lui faire ce plaisir, elle qui aimait tellement les cadeaux et les beaux vêtements.

Les vingt kilomètres entre Belfast et Lisburn, où nous habitions, me parurent une éternité.

En descendant du taxi, je me dépêchai de payer la course, pris mes valises et courus jusqu'à la porte. « Je suis là ! » criai-je en entrant. Judy se précipita vers moi mais je n'entendis pas de réponse de ma mère. Je savais pourtant qu'elle ne travaillait pas ce jour-là. Perplexe, j'ouvris la porte du salon et découvris un tableau qui me coupa littéralement les jambes.

Mon père était installé dans le fauteuil de ma mère, avec un air de triomphe arrogant. Assise à ses pieds, ma mère était en adoration devant lui. J'avais oublié ce regard ; ce fameux regard qu'elle lui lançait si souvent, dans notre vie d'avant, et dont elle ne m'avait jamais gratifiée. En une fraction de seconde, je sus que j'avais perdu. C'était lui qu'elle voulait, c'était lui le centre de son univers ; moi, je lui avais seulement tenu compagnie en attendant qu'il revienne.

Je fus prise d'un sentiment de dégoût mâtiné de trahison. J'avais cru en ma mère, je lui avais donné toute ma confiance, et la réalité était là devant moi. Dans un état semi-comateux, je refusai d'entendre les mots qu'elle commençait à prononcer.

« Papa a été libéré pour le week-end. Il repart demain. Je ne t'attendais pas, sinon je t'aurais prévenue. »

Elle donna ces explications sur le ton réjoui de quelqu'un qui vous annonce une bonne nouvelle et veut vous la faire partager. Sa force de persuasion m'intimait silencieusement l'ordre de me joindre à eux pour recommencer notre bon vieux jeu de la « famille heureuse ». Elle continua de parler ; sa voix guillerette ne vacilla jamais et son sourire restait accroché à son visage. On aurait dit que mon père revenait d'un long déplacement professionnel – et d'une certaine manière, c'était le cas. C'était certainement ce qu'elle avait raconté aux voisins. C'était pour ça, réalisai-je, qu'elle lui avait interdit de lui écrire : elle ne voulait pas que des lettres portant le cachet de la prison nous parviennent. J'avais espéré qu'elle avait finalement décidé de tirer un trait sur son mari. Mais je comprenais tout, maintenant. C'était aussi pour cela qu'elle avait choisi Belfast et pas l'Angleterre : elle l'attendait.

J'avais envie de m'enfuir ; la présence de mon père m'était insupportable et la voix de ma mère devenait un bruit monstrueux que je ne pouvais plus tolérer. Je pris ma valise et montai dans ma chambre. Je défis lentement mes affaires et enfouis le jupon en tulle, que j'avais choisi avec tant de soin, tout au fond de mon armoire. Jamais il ne fut porté, car jamais je ne le lui offris ni ne pus me résoudre à considérer qu'il m'appartenait.

Le lendemain matin, j'entendis ma mère fredonner les mélodies sur lesquelles elle avait autrefois dansé avec mon père. Je pris la laisse de Judy et sortis en silence avec ma petite chienne. À mon retour, mon père était déjà reparti. Il pourrait purger la fin de sa peine avec l'assurance qu'un foyer l'attendait à sa sortie de prison.

Ce fut le début du nouveau jeu auquel ma mère me convia : « Quand Papa rentrera. »

30

Je savais qu'il ne me restait plus beaucoup de temps à passer à l'hospice. Ma mère dépendait désormais entièrement de moi. Elle ne pouvait plus avaler la moindre nourriture solide et n'ingurgitait que du liquide qu'il fallait lui donner à la petite cuillère.

Se pencher ainsi sur quelqu'un pour le nourrir à la cuillère, quelqu'un de si faible qu'il n'est quasiment plus en mesure d'avaler, c'est à vous tuer le dos. Je le faisais trois fois par jour. L'amour était en effet une habitude difficile à perdre, comme l'avait dit le pasteur. J'étais triste que ma mère s'en aille, j'avais envie de pleurer sur toutes ces années gâchées, je ne voulais pas qu'elle quitte ce monde, mais je souhaitais aussi que ses souffrances cessent. Elle ne pouvait plus parler. Malgré tous les efforts qui crispaient son visage, aucun mot ne sortait plus de sa bouche. Je lui tenais la main en lui disant que ce n'était pas grave ; que nous n'avions plus besoin de nous parler.

Je lui dis que je l'aimais, ne prenant en cela aucun risque puisqu'elle n'était plus en mesure de me demander pardon. J'avais repoussé très loin dans mon esprit l'idée qu'elle ait pu ne jamais en avoir envie. Maintenant qu'elle en était réduite au silence, je n'avais plus à craindre la douleur d'un espoir déçu.

Elle s'apprêtait à passer sa dernière nuit dans cette chambre. Le lendemain, on devait l'installer dans une pièce où elle serait seule. C'était bouleversant de la voir si marquée et amaigrie par le cancer et pourtant encore à ce point accrochée à la vie. Ses os complètement décharnés transperçaient sa peau ; pour protéger ses articulations, on les avait recouvertes d'épais pansements. On avait aussi placé une structure en acier au-dessus de ses jambes pour que les draps ne les touchent pas. Le simple frottement du tissu sur sa peau risquait de créer une plaie sanglante.

Au moment où je m'étirais pour soulager mon mal de dos, j'entendis un son que je reconnus pour l'avoir déjà entendu à l'hospice. Ce râle qui précède la mort venait du lit d'en face. Ma mère me regarda d'un air effrayé : en soins palliatifs, personne n'aime qu'on lui rappelle à quel point il est près de sa propre fin. Même si les patients prient souvent pour être libérés de leurs souffrances, c'est la fin de la douleur qu'ils espèrent, pas la fin de leur vie.

Je caressai la main de ma mère et allai chercher une infirmière qui se dépêcha, une fois dans la chambre, de tirer le rideau autour du lit. Son geste me confirma, puisque le râle s'était tu, que Mary était morte.

En continuant de nourrir ma mère à la cuillère, je pensais à cette femme. Elle occupait le lit en face de celui de ma mère depuis mon arrivée. C'était une femme joyeuse et appréciée, à en juger par le nombre de personnes qui étaient venues la voir. Elle aimait la musique classique et avait croqué la vie à pleines dents.

Elle m'avait montré des photos de sa famille, le visage rayonnant, et elle gloussait en me racontant ses chers souvenirs de son mari, mort depuis plusieurs années. J'étais heureuse pour elle qu'elle soit partie si vite, avant de devenir l'esclave d'un besoin permanent de morphine.

La voisine de lit de Mary, qui était arrivée le jour même, se précipita dans la salle de bains, manifestement bouleversée. Je continuais à verser doucement dans la bouche de ma mère un liquide dont elle ne voulait plus. La patiente ressortit sans un mot et retourna dans son lit. Je l'entendis émettre un long soupir, puis plus rien. En quelques secondes, elle avait cessé de vivre. J'étais là et je ne connaissais même pas son nom. J'appris par la suite qu'elle s'appelait Mary elle aussi.

Je sonnai l'infirmière. Elle me lança un regard interrogateur en entrant dans la chambre. Tout en continuant de donner son bouillon à ma mère, je fis un signe de tête en direction du lit numéro trois. Encore une fois, elle tira le rideau. Un silence angoissant pesait maintenant dans la chambre : à part ma mère, il ne restait plus qu'une vieille dame en vie et d'après ce que j'apercevais du coin de l'œil, elle était loin d'avoir bonne mine. Elle m'appela. Je posai la cuillère et m'approchai d'elle.

D'une voix chevrotante, elle me dit qu'elle ne souhaitait pas rester dans cette chambre. Je l'aidai à sortir de son lit et lui passai lentement sa robe de chambre. Un bras autour de sa taille, je l'accompagnai jusqu'au salon réservé aux patients et allumai la télévision. Puis je retournai dans la chambre où reposaient les corps de deux vieilles dames, près d'une troisième qui n'avait plus que quelques heures à vivre.

Épuisée, je reculai du chevet de ma mère et me rendis soudain compte que je m'appuyais sur les pieds de Mary. La situation l'aurait certainement amusée si elle avait pu voir ça, me dis-je, mais je n'avais pas le cœur à sourire. Plusieurs infirmières vinrent s'affairer autour de ma mère. J'allai chercher la demi-bouteille de sherry que j'avais rangée dans son armoire. Plus jamais nous ne boirions ensemble un dernier verre avant de nous coucher. Je m'éclipsai dans le salon des visiteurs et bus à la bouteille, sans même prendre le temps de chercher un verre.

J'allumai une cigarette et passai un coup de téléphone en Angleterre. J'avais besoin d'entendre une voix qui ne soit pas celle d'un mourant ni de quelqu'un qui avait quoi que ce soit à voir avec tout ça.

« On fait une soirée », dit la voix venue d'un monde que j'avais quitté depuis plusieurs semaines ; un monde qui me paraissait désormais à des années-lumière. « Qu'est-ce que tu fais ? »

« Je suis assise à côté de deux cadavres et de ma mère », eus-je envie de répliquer, mais je répondis : « Je bois un verre. » La conversation s'arrêta là et je repris une bonne gorgée de sherry.

Le lendemain, ma mère fut transférée dans une chambre voisine et pendant deux jours, je quittai à peine son chevet. Elle mourut la troisième nuit. En début de soirée, alors que je faisais une courte pause dans le salon, où je m'étais assoupie, l'infirmière de nuit vint vers moi. Je sus ce qui se passait sans avoir besoin de le demander.

« Elle est en train de mourir, Toni », m'annonça-t-elle,

une main sur mon épaule. Je me levai de ma chaise et la suivis dans la chambre de ma mère.

Elle était immobile et respirait faiblement, les yeux clos. Ses paupières ne bougèrent pas quand je lui pris la main. Ses doigts étaient devenus bleus.

« Est-ce qu'elle m'entend ? demandai-je.

— Nous pensons que l'ouïe est le dernier sens à disparaître, répondit l'infirmière. Ne vous inquiétez pas, Toni, je vais rester avec vous si vous le souhaitez. »

Je partis téléphoner à mon père. Comme il ne répondait pas, j'appelai le second numéro que j'avais pour le joindre, celui du British Legion Club.

« Ma mère est en train de mourir ; elle va mourir cette nuit », parvins-je à lui annoncer, avant d'ajouter, par égard pour elle : « Tu peux venir ? »

— Je ne conduis pas la nuit, tu le sais très bien », répondit-il d'une voix déjà brouillée par l'alcool. Je pouvais entendre des rires et de la musique derrière lui. N'en croyant pas mes oreilles, je lui répétai qu'elle était en train de mourir. Je lui dis qu'elle aurait voulu qu'il soit à ses côtés, qu'il n'avait qu'à prendre un taxi, car elle ne passerait pas la nuit.

Il me rétorqua avec le ton définitif que je lui connaissais : « Eh bien, tu es là, non ? Qu'est-ce que je peux faire ? »

Totalement abasourdie, j'avais envie de lui hurler : « Être là, espèce de connard égoïste, être là tout simplement ! Lui dire au revoir, la laisser s'en aller avec la conviction que tu l'as aimée et qu'elle a eu raison de tout sacrifier pour toi ! »

Au lieu de cela, je raccrochai le combiné sans un mot et retournai près de ma mère.

« Papa arrive », lui dis-je tout en faisant signe du contraire à l'infirmière, et je lui pris la main.

De temps en temps, elle arrêtait de respirer et à chaque fois, je sentais ce mélange de terreur et de soulagement que l'on éprouve quand on veille un mourant. Sa respiration s'interrompait quelques secondes puis repartait dans un léger râle. Elle vivait ses dernières heures.

Comme l'infirmière m'avait dit qu'elle entendait peut-être encore, je lui parlai des bons moments que nous avions passés ensemble ; je lui racontai tout ce qui me traversait l'esprit et dont j'imaginais qu'elle en sourirait, si elle était consciente. Je voulais que les derniers mots qu'elle pouvait encore entendre lui évoquent des instants de bonheur. Je voulais qu'elle puisse emporter ces derniers souvenirs avec elle.

Elle passa donc sa dernière nuit sans mon père, l'homme qu'elle avait tant aimé pendant un demi-siècle, mais entourée d'une infirmière et de sa fille qu'elle avait rejetée si souvent. Je me disais qu'elle était bien seule pour le grand départ.

Cette nuit-là, je maudis mon père en silence. C'était son ultime péché, pensai-je, et je priai pour que ma mère ne reprenne pas conscience et ne se rende pas compte de son absence. Qu'on la laisse mourir avec son rêve intact. Elle s'éteignit peu avant l'aube ; sa gorge gargouilla légèrement puis émit un râle. Je lui tenais la main quand elle rendit son dernier soupir, dans un petit gémissement. C'était terminé.

Je sentis le fantôme d'Antoinette tressaillir en moi. J'espérais qu'il pourrait désormais reposer en paix.

Mes souvenirs s'évanouirent et, à moitié endormie, je réalisai que j'étais toujours assise près du lit de ma mère. J'avais faim ; je sentais presque le fumet un peu âpre d'une pizza qu'on sort du four. Je voyais nettement, comme dans une hallucination, le fromage fondant et le salami, une table joliment dressée et une bouteille de vin. Va pour un sandwich au thon, me dis-je en allant me chercher un café.

Pour la première fois depuis longtemps, je réfléchis alors de manière objective à ma relation avec mes parents. Pourquoi n'avais-je pas coupé les ponts bien des années plus tôt ? J'étais incapable de répondre à cette question. Peut-être, comme je l'avais dit au pasteur, avais-je eu besoin d'entretenir l'illusion d'avoir une famille, comme tout le monde. Est-ce que ma vie aurait été différente, est-ce que j'aurais suivi les mêmes chemins si j'avais eu le courage de partir ? Mon amour pour ma mère avait-il été une force ou une faiblesse ? Est-ce qu'Antoinette aurait continué de me hanter ? Je repensai à une image que j'avais donnée à une psychiatre qui m'avait posé ce genre de question en thérapie.

« Vous pouvez construire une maison, bien peindre les murs et soigner la décoration intérieure. Vous pouvez en faire un symbole de réussite, comme je l'ai fait avec mon appartement de Londres, ou bien un havre de bonheur. Mais si vous n'avez pas pris soin de la bâtir sur un terrain stable et d'édifier de solides fondations, au fil des années, vous verrez des fissures. Si aucune tempête ne vient menacer votre maison, elle pourra durer des années, mais si les conditions météo vous sont défavorables, s'il y a trop de pression, elle s'effondrera, parce que ce n'est rien d'autre qu'une maison mal construite.

« Avec un beau vernis, personne ne se rendra compte

qu'elle est mal conçue ; un coup de peinture, de beaux rideaux luxueux, et personne ne remarquera qu'elle est construite sur de mauvaises fondations, sauf un expert... ou vous, lui avais-je dit avec un sourire ironique, si la maison en question est un être humain. »

C'était mon secret, me dis-je, mais aussi la réponse à mes questions. Si je n'avais pas vécu cette vie d'adulte, je n'aurais tout simplement pas survécu. Je connaissais mes limites et j'avais essayé, peut-être pas toujours avec succès, de ne pas les dépasser.

Épilogue

Dans les petites villes irlandaises comme Larne, on respecte encore les anciens rituels funéraires. Ce sont les hommes qui suivent le cercueil, vêtus de costumes sombres avec un bandeau de crêpe noir autour du bras et d'une chemise blanche barrée d'une cravate noire. C'est un convoi entièrement masculin qui accompagne le mort et lui rend les honneurs pour son dernier voyage. Le pasteur et les femmes les suivent en voiture. Les femmes vont jusqu'à l'entrée du cimetière, puis font demi-tour pour aller préparer le buffet qui sera servi quand les hommes rentreront. Aucune femme ne jette une poignée de terre sur le cercueil, aucune femme ne le voit descendre en terre. Elles ne viennent faire leurs adieux au mort que le lendemain, sur une tombe fleurie.

J'enfilai mon manteau, prête à affronter le vent – ma mère est morte fin octobre –, et sortis du funérarium où le corps de ma mère avait été exposé pendant la cérémonie religieuse. Son visage était paisible ; comme elle désormais, espérais-je.

Je parcourus l'assemblée du regard. Il y avait là des amis qui m'avaient épaulée et avaient pris soin de ma mère ; et je vis mon père et ses comparses. Lesquels d'entre eux, me demandais-je, buvaient un verre avec lui lors de ma dernière nuit à l'hospice ? Ces hommes qui venaient soutenir en public le veuf éploré savaient très bien qu'elle était morte sans lui. Et c'étaient eux qui allaient porter et suivre le cercueil de ma mère en signe de respect...

Faisant fi de la voiture qui m'attendait pour aller au cimetière, je me dirigeai vers eux et m'arrêtai devant mon père. Avec la mort de ma mère, les dernières traces du fantôme de mon enfance s'étaient évanouies. Il n'y avait plus que lui et moi. En le regardant droit dans les yeux, je ne sentis pas la moindre réminiscence de mes peurs de petite fille. Il avait un sourire piteux. « Ils peuvent marcher derrière moi », lui dis-je en désignant ceux qui l'entouraient.

À partir de ce moment-là, il se tint à distance car il avait compris qu'il avait finalement perdu le contrôle et que toute sympathie entre nous était morte à l'hospice. Sans dire un mot, il prit place parmi les porteurs. Ils soulevèrent le cercueil, le posèrent sur leurs épaules et entamèrent leur lente procession. Je redressai les épaules, comme je le faisais quand j'étais enfant, et suivis le corps de ma mère, la tête droite, devançant le cortège des hommes.

Ce fut ma main et non celle de mon père qui jeta de la terre sur le cercueil. J'étais la seule femme autour de sa tombe pour lui dire adieu.

Puis je partis, seule, rejoindre la voiture qui m'attendait.

Le lendemain, je retournai en Angleterre, dans ce monde que j'avais mis entre parenthèses. Je savais qu'Antoinette, le fantôme de mon enfance, avait enfin trouvé le repos.

REMERCIEMENTS

Un merci tout spécial à Alison, Gerry et Gary, qui m'ont tellement apporté.

Un grand merci à Barbara Levy, mon agent, pour sa patience et ses excellents plats chinois.

Et merci à Mavis Cheek pour ses livres pleins d'humour et d'esprit, qui m'ont tenu compagnie pendant toutes ces nuits passées au chevet de ma mère.

Paru dans Le Livre de Poche :

LE LIVRE DE JOHANNES

Du même auteur :

ILS ONT LAISSÉ PAPA REVENIR, City, 2011.

Le Livre de Poche s'engage pour
l'environnement en réduisant
l'empreinte carbone de ses livres.
Celle de cet exemplaire est de :
400 g éq. CO$_2$
Rendez-vous sur
www.livredepoche-durable.fr

PAPIER À BASE DE
FIBRES CERTIFIÉES

Composition *JOUVE* – 45770 Saran

Achevé d'imprimer en juin 2014 en Espagne par
BLACK PRINT CPI IBERICA, S.L.
08740 Sant Andreu de la Barca (Barcelona)
Dépôt légal 1re publication : janvier 2011
Édition 14 : juin 2014
LIBRAIRIE GÉNÉRALE FRANÇAISE
31, rue de Fleurus – 75278 Paris Cedex 06

31/2833/7